성채 1

Citadelle

성채

생텍쥐페리 지음 · 배영란 옮김 · 이림니키 그림

1

1

나는 동정심이 길을 잃고 헤매는 걸 많이 봤다. 사람을 다스리는 우리는 마음을 헤아리는 법을 배웠다. 돌봐줄 만한 가치가 있는 대상만 배려하기 위해서다. 나는 죽어가는 사람이든 위독한 병자든 여자들의 마음에 고통을 안겨주는 노골적인 상처에 대해서는 동정하지 않는다. 거기에는 그럴 만한 이유가 있다.

어렸을 때 걸인과 그들의 몸에 난 부스럼에 연민을 가졌던 때가 있었다. 나는 이들을 위해 치료사를 고용하고 치유 효능이 있는 허브를 사들였다. 대상들은 섬에서 금가루로 만들었다는 연고를 가져다주었다. 문드러진 피부를 회복시켜 주는 약이라면서.

저들이 자기 몸에서 나는 악취를 무슨 귀한 보석이라도 되듯 좋아하고 있었다는 사실을 깨닫기 전까지, 나는 자신의 몸을 긁어대고 진물을 뿜어대는, 마치 땅에 퇴비를 주어 자색꽃 뿌리를 만들어내는 사람처럼 보이는 저들에게 놀라움을 안겨줬다. 저들은 자기가 동냥하여 얻은 것을 자랑하며 몸에서 나는 썩은 내를 서로 뽐내고 있었다. 가장 많이 동냥 얻은 자는 최고의 우상을 모시는 대사제와 자신을 동일시했다.

저들이 기꺼이 내 주치의를 만나겠다면, 그것은 냄새도 냄새이거니와 규모 또한 만만치 않은 부스럼으로써 그를 놀래주고 싶기 때문이다.

저들은 제 구실을 하지 못하게 된 손과 발을 휘두르며 나름대로 세상에서 자리를 잡으려고 애를 썼다. 걸인들은 치료의 손길을 자신들에 대한 경의

의 표시로 해석하고 정중히 치료를 받아들였다. 그러나 이들의 더러움이 씻기자마자 걸인들은 스스로를 아무것도 내뿜지 못하는 쓸모없는 사람으로 여기더니, 다시 부스럼을 만들어 내느라 여념이 없었다. 몸에서는 곧 부스럼이 생겨났다. 자랑스럽고 천박한 더러움에 다시 온몸을 내맡긴 걸인들은 쪽박을 차고 대상 행렬에 합류하더니만 그들이 모시는 추잡한 신의 뜻에 따라 행인의 돈을 탈취했다.

• • •

죽은 자에 대한 연민을 가졌던 때도 있었다. 정신적인 사막에 내던져진 자는 절망스런 고독에 빠졌을 거라고 생각했기 때문이다. 저들의 교만함을 아직 접해 보지 못했던 나로서는 죽어가는 자가 '결코' 고독에 빠지지 않을 거라고는 짐작조차 못했다. 그런데 최후의 순간까지도 절대 자신의 물건을 빼앗아가지 못하게 했던 구두쇠나 이기주의자가 사람들을 모아놓고 마치 아이들에게 변변치 못한 장난감을 나눠 주듯 젠체하며 자기의 재산을 균등하게 나눠 주는 모습을 본 적이 있다.

한 번은 별 것 아닌 일에도 절절하게 도움을 호소하는 심약한 부상자를 본 일이 있는데, 부상자의 어디가 부러지고 난 뒤에는 주위 사람들이 자신을 도와주다가 위험해질까봐 되려 도움을 거절하는 것이었다. 사람들은 환자의 배려에 찬사를 보내겠지만 나는 여기에서 은근한 경멸감을 느꼈다. 뜨거운 햇볕에 목이 마를 때도 수통의 물을 나눠 마시거나 굶어 죽기 직전에도 빵조각을 나눠 먹는 사람이 있다. 이 경우, 일단 그에게는 물이나 빵이 더 이상 필요하지 않기 때문이며, 지독한 무지에 사로잡힌 그는 선심 쓰듯 이를 타인에게 내던져버리는 것이다.

그러니 내가 이들을 딱하게 여길 연유가 무엇이겠는가? 어찌하여 저들이 생을 마감하는 것에 내가 눈물을 흘리느라 시간을 허비해야 하는가? 나는 고인들의 경지에 대해 너무나도 잘 알고 있다. 나의 열여섯 살을 즐겁게 만들어주었던 포로여인의 죽음보다 더 가벼운 죽음은 없었다. 사람들이 그녀를 내게로 데려왔을 때, 여인은 가쁜 숨을 몰아쉬며 기침을 토해 내는 등 이미 죽음을 맞이하느라 정신이 없었다. 한참을 내달리다 궁지에 몰려 더 이상 갈 곳이 없어진 영양 같았던 여인은

오히려 웃는 걸 좋아했으니, 죽음에 대해서는 무심한 셈이었다. 하지만 그 웃음은 수면 위를 쓰다듬고 지나가는 한 줄기 바람 같고, 공상의 잔영 같고, 한 마리 백조의 자취 같았다. 그러나 더욱 소중해진, 더욱 붙잡아두기 힘들어진 그 웃음은 백조가 날아올라 사라져버리는 자취처럼 순수했다.

• • •

생을 완성하고 돌이 된 아버지의 죽음도 마찬가지다. 자객은 단도로 부친을 찔러 육신을 해치운 게 아니라, 오히려 부친의 드높은 위엄에 사로잡혀 버렸다. 그때, 자객의 머리는 하얗게 세어 버렸다고 한다. 황실에 숨어 있던 자객은 아버지를 마주보고 있던 게 아니라, 석관(石棺)의 거대한 화강암과 마주보고 있는 격이었다. 자신이 놓은 것이기도 했던 침묵의 덫에 사로잡힌 자객은 망자의 미동조차 하지 않는 모습에 위축되어 새벽에 엎드린 채로 발견되었다.

단숨에 영원의 세계로 가신 아버지가 숨을 거두셨을 때, 아버지는 사흘간 다른 사람들의 숨도 멎게 하셨다. 흙 속에 그를 묻은 뒤에야, 사람들은 비로소 말문을 열고 움츠러든 어깨를 폈다. 우리를 다스렸다기보다는 우리에게 영향을 미치며 자신의 길을 닦았던 부왕(父王)은 우리에게 너무도 중요한 존재였기에, 무덤 속으로 관을 내리며 삐거덕거리고 흔들리는 줄을 보면서 우리는 선친의 시신을 매장하는 게 아니라 곳간에 무언가 하나를 비축해 두는 심정이었다. 사원의 머릿돌이 사원 전체에 영향을 미치듯, 부왕은 그렇게 온 나라에 그 힘을 미치고 있었다. 우리는 부왕을 땅속에 묻은 것이 아니라 땅속에 봉인하여 모셔둔 것이었다. 그렇게 부왕은 이 나라의 기반이 된 것이다.

부왕께서는 내게 죽음에 대해 가르쳐주셨고, 어린 나이에 내가 정면에서 죽음을 바라보게 하셨다. 사실 아버지는 단 한 번도 시선을 아래로 떨어뜨리는 적이 없었다. 당신은 독수리의 혈통을 이어받은 분이셨다.

그해는 태양이 사막을 확장시키고 있었기에, 우리가 '태양의 향연'이라 칭한 저주받은 해의 일이었다. 태양은 모래 위 유골과 메마른 가시덤불, 죽은 도마뱀의 투명한 거죽, 바싹 말라버린 낙타풀 사이를 비추고 있었다. 꽃의 줄기를 곧추 세워

9

주던 태양은 모든 피조물을 집어삼키고 있었고, 곳곳에 흩어
진 시신 위에 군림했던 모습은 마치 엉망진창으로 망가뜨린
장난감 위에 우뚝 선 어린아이 같았다.

태양은 지하에 비축해 둔 것까지 빨아들였고, 드문드문 있
던 우물물까지 마르게 했다. 모래의 금빛까지 흡수하여 모래
가 너무도 하얗고 텅 비어 보였기에 우리는 그곳을 '거울'이
라 이름 붙였다. 거울은 아무것도 담지 않고 있을 뿐 아니라,
거울에 비친 상은 무게도 기간도 없기 때문이다. 거울도 사해
처럼 눈을 따갑게 하지 않는가.

낙타를 타고 사막을 건너던 사람이 길을 잃은 상황에서 한
번 잡은 먹잇감은 절대 놓아주는 일이 없는 덫에 걸리게 되면,
처음에는 자신이 덫에 걸렸다는 사실을 인지하지 못한다. 알
아볼 것이 아무것도 없기 때문이다. 그리고 태양의 그림자라
도 되는 듯 유령처럼 다리를 질질 끌고 간다. 빛이라는 거머리
에 사로잡힌 그들은 자신들이 걷고 있다고 생각하며, 이미 영
원의 늪에 사로잡힌 채 자신들이 살아 있다고 믿는다. 이들은
무한히 펼쳐진 사막에서 그 어떤 노력도 소용없는 곳으로 대
상 마차를 밀고 간다. 있지도 않은 우물을 향해 걸어가면서,

이들은 석양빛의 상쾌함에 즐거워한다. 그저 쓸데없는 유예 기간일 뿐인데도 말이다. 머리 위로 눈 깜짝할 사이에 밤이 지나가는데도, 이들은 순진하게도 밤이 왜 이리 더디게 가느냐고 불평을 늘어놓을 수도 있다. 무언가 부당하다는 생각에 목구멍에서부터 욕지거리를 내뱉어보지만, 정당함은 이미 자신들 곁을 떠나가 버리고 난 후라는 사실을 이들은 모르고 있다.

웬 대상 행렬 하나가 분주히 움직이고 있다고 생각하는가? 20세기쯤 흐른 뒤에 다시 얘기하자.

• • •

내게 죽음에 대해 가르쳐주고자 아버지께서 나를 말에 태워 데려갔을 때, 시간에 녹아들어 모래알로 변한 '거울'이 집어삼킨 유령들을, 나 역시 발견하게 되었다.

"저기에는 우물이 있었지."

너무도 깊어 단 하나의 별밖에 비추지 않는, 수직으로 뻗은 원통형 구멍 가운데 바닥 깊숙한 곳에서는 심지어 진흙조차 굳어버렸고, 그 안에 사로잡힌 별은 빛을 잃어버렸다. 그런데,

단 하나의 별이 없다는 것만으로도 땅속에 파인 함정만큼이나 확실하게 길 위의 대상 행렬을 전복시키기엔 충분하다.

사람이든 짐승이든 자신의 피 같은 물을 대지 배 속으로부터 받아 먹기 위해, 마치 탯줄이 끊어진 것 같은 형상의 비좁은 우물 주위에, 소용없는 짓임을 알면서도 그렇게 들러붙어 있었다. 신념이 확고하던 인부들은 우물 밑바닥까지 빨려 들어가 딱딱한 지면을 하릴없이 긁어대고 있었다. 죽음의 공포에 떨면서, 양 측면 꾸러미에 있던 비단과 꽃가루와 금괴를 주위에 내던져놓은 대상 마차의 모습은 흡사 산 채로 박제된 곤충의 모습과도 비슷했다. 말라버린 우물 하나 때문에 땅에 주저앉은 대상 마차는 끊어져버린 짐짝 고리와 부서져버린 짐궤, 널브러진 다이아몬드와 무거운 금괴가 모래에 파묻혀 꼼짝 않는 가운데, 이미 창백해지고 있었다.

• • •

내가 이를 주시하고 있자 아버지께서는 이렇게 말씀하셨다.

"초대받은 손님들과 연인들이 한 번 왔다가 떠난 결혼 피로

연의 광경은 너도 알고 있을 게다. 다음 날 새벽이면 손님들이 남기고 간 무질서한 풍경이 사방에 펼쳐져 있단다. 항아리는 깨져 있고, 탁자는 뒤집어져 있으며, 불씨는 사그라져 들어가고, 뻑적지근했던 전날의 난리법석이 고스란히 그 흔적을 남기고 있지.

하지만 이런 무질서한 자취만 생각한다면 너는 사랑에 대해 아무것도 배울 수가 없을 게다. 선지자의 책장을 넘기며 이리저리 살펴보면서 문자의 모양이나 채색 문자의 금빛에만 눈이 멀어버린 문맹인은 결국 헛것에만 정신이 팔려 그 속에 담긴 신성한 지혜라는 본질을 놓쳐버리고 말지. 이와 마찬가지로, 밀랍 양초의 본질은 흔적을 남기는 밀랍이 아니라 바로 촛불이란다."

• • •

한 번은 도시의 판사들이 범죄를 저지른 젊은 여인에게 벌건 대낮에 속살을 훤히 드러내고 사막의 말뚝에 몸뚱이를 묶으라는 벌을 내린 적이 있었다. 그때 부왕께서는 내게 이렇게

말씀하셨다.

"사람들이 무엇을 향해 가는지 알려주마."

그리고는 나를 그곳으로 데리고 가셨다. 우리가 길을 가는 동안, 여자의 머리 위로는 한낮의 태양이 내리쬐고 있었다. 태양은 여자의 따끈한 피와 침, 겨드랑이의 땀을 마셔버리고, 눈에서 반짝거리는 눈물을 훔쳐갔다. 석좌에서 하얀 맨몸뚱이를 드러낸 물 먹은 줄기보다 더 약한 모습이지만 땅속에서 두터운 침묵을 만드는 육중한 물과도 단절된 채, 불길 속에서 탁탁 소리를 내며 타들어가는 포도나무 가지처럼 되어버린 두 팔을 비틀던 여자가 신의 동정심을 부르짖고 있었던 금지된 평원에 아버지와 내가 다다랐을 때는 밤이 내려와 여자에게 보잘것없는 아량을 베풀고 있었다.

"여자의 외침을 들어보렴. 여자는 본질을 찾은 게다."

하지만 나는 심약한 어린아이였다.

"아마 고통스러울 거예요. 겁도 날 거고요……."

"역사는 고통과 두려움을 넘어섰단다. 고통과 두려움이라는 건 비천한 가축 무리들에게서나 만들어지는 외양간 질병 같은 거란다. 여자는 진리를 발견하고 있어."

나는 여자가 신음하는 소리를 들었다. 경계도 없는 밤에 사로잡힌 여자는 저녁때 집 안을 밝히는 램프와 램프의 불빛을 담고 있는 침실 그리고 자기를 방 안에 가둬두는 방문을 떠올렸다. 모습을 드러내지 않는 우주 전체에 스스로를 내어 맡긴 여자는 잠들기 전 안아주던 아이를, 세상의 축소판이었던 아이를 떠올렸다.

이 사막에서 알지도 못하는 행인에게 자신의 몸을 내어 맡긴 여인은 남편의 발소리에 대한 찬사를 아끼지 않았다. 여인은 남편의 발소리가 밤이 내리기 직전의 저녁을 알려온다며, 귀에 익어 쉽게 알아챌 수 있고 마음을 놓게 한다고. 손에 쥘 지푸라기 하나 없던 그 여인은 자신에게 존재의 의미를 부여해 주는 버팀목을 가져다달라고 부탁했다. 빗어줄 양털이라든가, 씻어줄 사발이라든가, 아니면 하다못해 잠이 들게 해줄 아이라도 갖다달라고 애원했다. 그 밖에 다른 것은 원하지 않았다. 여자는 저녁마다 똑같은 기도에 열중하며 가정의 영원함을 향해 울부짖었다.

2

성채의 탑 정상에서 내가 깨달은 것은 신의 품 안에 서는 이렇듯 고통도, 죽음도, 심지어 죽은 자에 대한 애도까지 도 불평할 일이 아니라는 점이었다. 비록 고인이 된 사람일지 라도 우리가 그에 대한 기억을 잊지 않고 있다면, 그는 살아 있는 자보다 더욱 큰 존재감과 힘을 가졌다고 볼 수 있기 때문 이다. 나는 사람들의 불안감을 이해했고, 이들을 딱하게 여겼 다. 그리고 이들을 치료해 주기로 마음먹었다.

나는 엄숙한 한밤중에 잠을 깨는 자에 대해 연민을 느꼈다. 그는 스스로 신의 별 아래에서 비호받고 있다고 여기며, 문득 자신이 여행자가 되었다는 생각을 갖고 있었다.

나는 사람들에게 질문하지 말라고 했다. 사실 이들이 원하 는 답은 결코 존재하지 않는다. 질문하는 자가 우선적으로 찾고자 하는 것은 바로 내면의 소리이기 때문이다.

● ● ●

　내가 비난하는 것은 절도범을 범죄의 길로 몰아가는 근심이다. 저들의 마음을 읽는 법을 배워서 가난에서 구제하는 것이 제대로 구원해 주는 게 아님을 알기 때문이다. 절도범이 다른 이의 금덩어리를 탐낸다고 믿는다면 그건 오산이다. 하지만 금은 별빛처럼 빛난다. 자신도 모르는 금에 대한 애정은 오직 결코 손에 넣지 못할 빛을 향한 것이다. 수면에 비친 달을 잡겠다며 샘의 물을 모두 퍼내는 미치광이처럼 절도범들은 쓸데없는 재산을 빼돌리며 골똘히 생각하고 또 생각할 것이다. 이들은 자신들이 빼돌렸던 쓸모없는 잿더미를 난잡한 향연의 궁색한 화롯가에 집어던질 것이다. 그리고는 약속 시간이 다가올 때처럼 긴장한 모습으로 언젠가 이곳에 자신들을 메워 줄 무언가가 있을 거라 상상하며 두려움에 사로잡혀 부동자세로 밤의 의식을 재개한다.

　이자는, 만일 내가 그를 풀어주면, 자신이 늘 거행하던 의식

을 계속 행할 것이고, 내 휘하의 군인들은 그자의 심장 뛰는 소리로 가득 찬 누군가의 정원에서 나뭇가지를 쳐내면서, 오늘도 행운의 여신이 자신을 굽어 살펴줄 거라 믿는 이자에게 놀라움을 안겨줄 것이다.

물론 저들의 가게에서 선의보다는 열정을 보여주며, 나는 일단 사랑으로 저들을 보듬어준다. 그러나 나는 도시를 세우는 자다. 이곳에 내 성채의 토대를 마련하기로 결심했다. 나는 대상 행렬을 계속 진행시켰다. 대상 행렬은 바람의 침대에서 굴러다니는 한낱 알갱이에 지나지 않는다. 향수 같은 바람이 백향목 씨앗을 실어다주고, 나는 바람에 맞서 신의 영광을 위해 백향목을 자라게 할 요량으로 대지에 그 씨앗을 심는다.

사랑은 그 대상을 찾아야 한다. 내가 구제해 줄 수 있는 자는 오직 존재하는 것, 우리가 만족시켜 줄 수 있는 것을 사랑하는 사람이다.

따라서 나는 여자를 결혼이라는 굴레 안에 가두었고, 간음한 아내에게 돌을 던지라고 명했다. 물론 여자의 갈증을 모르는 바는 아니며, 여성이 내세우는 갈증의 존재감이 얼마나 큰지도 알고 있다. 기적이 만들어지는 저녁 시간, 지평선이 보이는 먼 바다로 사방이 가로막힌 채, 마치 고독한 사형집행인에게 인도되듯 온화한 고문에 처해진 채, 테라스에 턱을 괴고 있는 여자에게서 나는 이를 느낄 수 있다.

모래 위에 버려져 파닥거리는 송어처럼 사막 위에 버려져 숨을 헐떡이는 여자가 느껴진다. 먼 바다의 광활한 파도처럼 푸른 기사의 외투 자락을 기다리는 그녀는 밤새도록 그가 부르는 소리를 떨쳐내려 애를 쓰고 있다. 그녀 앞에 나타나는 그 누구든 그녀의 소망을 이뤄줄 수 있으리라. 하지만 허망한 외투자락만이 하나둘 그녀 곁을 지나간다. 그녀의 빈자리를 채워줄 남자는 없기 때문이다. 연안은 바다의 파도에게 어서 밀려와 자신을 적셔주고 가라 손짓하고, 파도는 끊임없이 연안으로 밀려온다. 파도가 차례로 지쳐 간다. 남편을 갈아치운들 무슨 소용이 있겠는가. 사랑의 다가옴을 좋아하는 사람은 그 누구든 만남의 참맛을 알지 못하는 법이다.

간음한 여자가 있다면 나는 오직 씨앗의 주위에 자리 잡고 한계 속에서도 싹을 틔우는 백향목처럼 내면에 자리한 뜰 주위에서 스스로를 가다듬을 수 있는 여자만을 구제해 줄 것이다. 나는 무조건 봄을 좋아하는 게 아니라 봄을 머금은 꽃이

가지런히 피어오르는 걸 좋아하는 여자만을 구제해 줄 것이다. 그리고 나는 무조건 사랑을 좋아하는 게 아니라 사랑에 사로잡힌 특별한 얼굴을 좋아하는 여자만을 구제해 줄 것이다.

밤만 되면 정신이 산만해지는 여자를, 어떤 때는 잘라버리고 또 어떤 때는 거둬주는 이유도 여기에 있다. 하여 나는 벼랑 끝에 선 듯한 여자의 주위에 향로와 주전자와 황동 쟁반을 놓아두어 여자가 이로부터 서서히 친근한 얼굴을, 여기서밖에 나올 수 없는 미소를 발견하도록 했다. 이제 곧 여자에게 신의 모습이 드러날 것이다. 아이는 젖 달라고 아우성을 칠 테고, 솔질해야 할 양털은 빗어줄 손길을 간절히 원할 것이며, 꺼져가는 불꽃은 부채질을 해달라고 요구할 것이다. 그리되면 여자는 그 상황에 사로잡혀 해야 할 일을 해나갈 것이다. 나는 잔향이 남아 있도록 하기 위해 주변에 통을 세워두는 사람이다. 과일을 풍성하게 만드는 습성이 있는 사람이며, 여자가 자신의 얼굴을 갖고 존재감을 느낄 수 있도록 해주는 사람이다. 추후 신에게 나아가는 그녀의 모습이 바람결에 흐트러지고 약한 숨을 내쉬는 사람이 아닌, 강한 열정과 온기, 각별한 고통을 가진 사람으로 비춰지도록 하기 위해서다.

나는 오랫동안 평화의 의미를 고찰해 보았다. 평화는 오직 갓 태어난 아기와 막 거둬들인 이삭에서만, 완전히 정리가 끝난 집에서만 느껴질 수 있는 것이다. 만석(萬石)의 곳간에서 느껴지는 평화, 잠든 어린 양에게서 느껴지는 평화, 잘 개어진 빨래에서 느껴지는 평화, 완성에서 느껴지는 평화, 한 번 이뤄지면 신에게 선물이 되는 평화, 이러한 평화는 일이 끝난 것들이 귀속되는 영원의 보금자리 안에서 생겨난다.

나는 인간이 성채와 비슷한 존재라고 생각한다. 인간은 성벽을 부수어 자유를 얻으려 한다. 그리되면 남는 건 부서져 별들에게 개방된 요새뿐이다. 이에 따라 근원을 알 수 없는 두려움이 시작된다. 인간은 뙤약볕에서 농익어가는 포도나무 가지가 만들어내는 향이나 털을 깎아줘야 하는 양으로부터 진리를 발견한다. 그렇게 발견된 진리는 우물처럼 그 깊이를 더해간다. 시야가 흐려지면 신을 보지 못한다.

밤마다 정인과의 약속 장소에 부리나케 달려 나가는 간음녀보다 신에 대한 깊은 지식을 가지고 스스로를 추스를 줄 아는 현인(賢人)은 양털의 무게 외에는 아무것도 알지 못한다.

성채여, 인간의 마음속에 너를 세울 것이다.

3

나는 위대한 진리 하나를 깨달았다. 즉 사람은 한 곳에 정착하여 살아가며, 사람에게 있어 이런저런 것들의 의미는 집이 갖는 의미에 따라 달라진다는 점이다. 길이며, 보리밭이며, 언덕이 이루는 곡선이며 하는 것은 하나의 영지를 이루고 있느냐 아니냐에 따라 받아들여지는 느낌이 다르다. 서로 다른 길과, 보리밭과, 언덕이 이루는 곡선이 한데 모여서 사람의 마음에 영향을 미친다. 신의 왕국에 살고 있느냐 그렇지 않느냐에 따라 각자가 살아가는 세상은 천지 차이다. 사실은 그렇지 않은 데도 부를 손에 거머쥘 수 있다고 믿으며 우리를 비웃는 비(非) 교인들은 잘못 생각하고 있는 것이다. 이들은 자만함에 취해 양 떼를 취하는 것이나 자만함이 만들어내는 기쁨조차도 손에 잡히지 않는다.

영토를 이루고 있는 것들을 하나하나 쪼개면서 자신이 영토에 대해 이해하게 되었다고 말하는 사람들 또한 마찬가지다.

"거기에는 양과 염소, 보리, 보금자리와 산이 있다. 그 외에 다른 게 뭐가 더 있는가?"

더 이상 아무것도 갖지 못하는 이들은 불쌍하기 짝이 없다. 이들의 삶에는 온기가 없다. 이들의 모습은 마치 "나는 삶을 훤히 다 보여줄 수 있다. 삶이란 뼈와 피와 근육과 그리고 내장을 섞어놓은 것에 지나지 않는다."고 말하며 시신을 하나하나 토막 내는 자의 모습과 비슷하다. 삶이란 잿더미에서는 더 이상 느낄 수 없는 눈빛과도 같은 것이기 때문이다. 내가 가진 이 땅은 양이나 논밭, 보금자리, 산과는 정말 다른 것이다. 이들을 다스리며 하나로 엮어주는 것, 그게 바로 내 땅이다. 사랑하는 내 조국 또한 마찬가지다. 이들이 이걸 안다면 참으로 행복한 삶을 살 것이다. 내 집에서 살고 있으니까.

의식은 시간 속에 존재하고, 집은 공간 속에 존재한다. 흘러가는 시간은 손에서 빠져나가는 한줌 모래처럼 그렇게 우리를 소모시키고 사멸시키는 게 아니라, 우리를 완성시켜 준다. 시간은 무언가를 건설하는 것과 같다. 시간의 흐름과 더불어

나는 이런저런 축제를 맛보고, 여러 생일을 맞이하며 이번에
는 이 포도를, 다음에는 저 포도를 수확한다. 모든 걸음걸음이
의미를 지니는 부왕의 궁전 속 빽빽이 들어찬 공간 속에서 그
옛날 회의실에서 휴게실로 옮겨 다니곤 하던 것처럼 말이다.

나는 벽과 같은 형태의 법을, 내 거처를 정돈하는 것과 같은
법을 따르도록 명했다. 그랬더니 웬 몰상식한 자가 내게 와서
이렇게 말하는 것이었다.

"당신의 구속으로부터 우리를 해방시켜 주십시오. 그리하
면 우리는 더욱 성장할 수 있을 겁니다."

나는 저들이 한 가지 측면을 모르고 있다는 걸 알고 있었다.
스스로에 대한 인식 또한 좋아하지 않는다는 것도 알고 있었
다. 하지만 나는 저들의 애정을 풍부하게 키워주기로 마음을
먹었다. 저들은 내게 모든 걸음걸음이 의미를 갖고 있던 부왕
의 궁전 벽을 낮게 낮춰달라고 요구했었다. 이곳에서 좀 더 편
안하게 산책하기 위해서란다.

부왕의 궁전은 여성들에게 할애된 공간과 분수의 노랫소리
가 들려오는 비밀의 화원이 있는 규모가 큰 거처였다. (무언가가
멀어지고 가까워짐을 느낄 수 있도록 그리고 이를 통해 나가고 돌아올 수 있도록

나는 집 안에 심장을 만들어둘 것을 명령했다 그러지 않으면 자유로운 것이 아니라 존재하지 않는 것이 되어 그 어디에도 갈 수 없기 때문이다.) 곳간과 외양간도 있었다. 곳간이 비고 외양간에 일손이 가지 않는 날도 있었다. 아버지께서는 한 사람의 목적을 위해 다른 사람을 이용하는 것에 반대하셨다.

"곳간은 하나의 곳간일 뿐이다. 어느 곳에 뭐가 있는지 모른다면 너는 그 집에 살고 있다고 말할 수 없다. 그 쓰임새가 알차든 그렇지 않든 이는 별로 중요하지 않다. 인간은 사료만 주면 되는 가축이 아니다. 인간에게 사랑은 효용성의 가치보다 더 중요한 의미를 갖는다. 표정이 없는 집, 발걸음이 의미를 갖지 않는 집을 너는 사랑할 수 없을 것이다."

주요 대사들에게 할애된 공간도 있었다. 기사들이 모래바람을 일으키며 달려올 때에만 햇살을 받으며 열리던 방이었다. 해질 무렵이면 바람이 바다를 쓰다듬듯 이들의 깃발을 쓰다듬었다. 별로 중요하지 않은 나라의 왕자들이 올 때에는 그 방을 사용하지 않았다. 재판하던 공간과 죽은 자를 실어 나르던 공간도 있었다. 용도가 파악되지 않은 빈 방도 있었다. 그 방에는 분명 아무도 없었을 것이다. 그렇지 않으면 그 방의 비밀

이 풀렸을 테니까 말이다. 그 방에는 아무도 들이지 않았던 것 같다.

바쁘게 복도를 오가던 노예들은 그 무게를 이기지 못하여 어깨 위로 옷감들을 옮기곤 했다. 이들은 걷고 또 걸었으며, 문을 열고 다시 층을 내려와 걷고 또 걸었다. 가운데 있는 분수에서 멀어지고 가까워짐에 따라 이들은 소란스럽기도 하고 또 조용하기도 했다. 여자들 영역과의 경계를 지날 때면 고개를 푹 숙이고 지나가야 했다. 여자들과 안면을 트기라도 하는 날엔 목숨이 달아날 팔자였다. 여자들은 도도하고 말이 없었으며, 거처에서 잠시 잠깐 얼굴을 비칠 때도 있었다.

웬 몰상식한 자가 내게 이런 소리를 늘어놓는다.

"공간은 낭비되고, 부는 썩어가고 있으며, 부주의하게 잃어버린 편의시설이 너무 많습니다! 이 쓸데없는 벽을 허물어야 합니다. 걷기에 불편한 계단들을 없애 평평하게 만들어야 합니다. 그러면 인간은 자유로워질 것입니다."

그에게 나는 이렇게 대답했다.

"그러면 인간은 길가의 동물과 다름없어질 것이며, 한없이 게을러져서 바보 같은 게임이나 만들어낼 것이다. 물론 일말의 규칙이 있는 게임이겠으나, 그리 대수롭지 않은 규칙이다. 무릇 궁이란 시상(詩想)이 쉽게 떠오르는 곳이어야 한다. 하지만 저들의 주사위 놀음을 보고 어떤 시를 지을 수 있겠는가? 저들은 오랫동안 벽의 환영 속에서 살아서 벽이 만들어내던 시에 대한 향수를 가질 것이다. 이어 환영조차 사라져버릴 것이고, 저들은 더 이상 시를 이해하지 못하는 상황이 발생할 것이다."

그리되면 저들은 무엇에서 즐거움을 구할 텐가?

표정 없는 얼굴로 하루하루 의미없는 한 주를, 즐거움이 없는 한 해를 보내며 방향을 잃은 사람 또한 마찬가지다. 위계질서가 잡히지 않은 상황에서, 자기보다 뛰어난 옆사람을 질투하며 그를 자신의 위치로 끌어내리려 애를 쓰는 사람 또한 마찬가지다. 정체의 늪에서 이들이 무슨 즐거움을 끌어낼 수 있겠는가?

나는 다시 힘의 장(場)을 만든다. 산에 댐을 만들어 물을 가둬둔다. 그렇게 나는 자연의 성향을 거스르는 부당한 행동을 한다. 사람들이 한데 섞인 물처럼 모여 있는 그곳에, 나는 다시 위계질서를 세운다. 활시위를 당겨본다. 현재의 부당함에

서 미래의 정당함을 세우는 것이다. 각자가 제자리에 설 수 있는 방향으로 나가며 잠시 머무르는 상태를 행복이라 명명한다. 저들이 정의라 외치는 고인 물을 나는 경멸한다. 나는 아름다운 부정의로부터 만들어진 것이 활개를 치도록 풀어준다. 그렇게 제국을 더욱 고귀하게 만들어간다.

사실 나는 저들의 논리가 뭔지 알고 있다. 저들은 부왕이 만들었던 사람에 대해 감탄해 마지않았다. 그토록 완벽한 성공작을 어떻게 함부로 할 수 있겠느냐는 것이다. 그런 구속이 만들어냈던 이 사람의 이름으로, 저들은 구속의 틀을 깨뜨려버렸다. 마음속에서 존재하고 있는 한, 이 구속들은 여전히 효력을 발휘했다. 곧 사람들은 이를 잊었다. 그리고 우리가 구하고자 했던 그 사람은 세상을 떠났다.

• • •

그러기에 나는 게으른 자의 빈정댐을 경멸한다. 게으른 자는 "당신들은 다른 습관을 가지고 있다. 이를 왜 바꾸지 않는가?"라는 말을 한다. 마찬가지로 "당신들더러 곳간에 수확한 곡식을 넣으라고 강요하는 이는 누구며, 우리에 양 떼를 집어 넣으라고 강요하는 이는 누구인가?"라는 말도 한다. 하지만 언어의 기만에 속아 넘어가는 건 바로 그자다. 단어들이 모여 만들어내는 힘을 무시하기 때문이다. 그자는 사람들이 집에서 산다는 사실을 깨닫지 못한다.

집의 진가를 알지 못하는 저 희생양들은 집을 허물기 시작한다. 이렇게 사람들은 '사물의 의미'라는, 자신들에게 주어진 가장 귀중한 재산을 허비한다.

어느 날, 종교가 없는 한 남자가 내 아버지를 찾아와 이런 말을 뇌까렸다.

"전하께서는 우리에게 전하의 집에서 꼭 13알 묵주로 기도를 하라고 명하셨습니다. 묵주 알의 수가 바뀌면 무사안녕의 정도가 달라지기라도 한다는 말입니까?"

그 사람은 그럴싸한 이유를 들어 12알 묵주로 기도하는 것을 합리화했다. 귀가 얇았던 어린 나는 과연 아버지가 이자의 주장을 능수능란하게 받아칠 수 있을까에 대해 매우 회의적이었다. 따라서 유심히 아버지를 쳐다보고 있었다. 그런데 아버지의 대답이 걸작이었다.

29

"13알 묵주는 그 이름으로서 내가 베어버렸던 모든 머리의 무게가 나간다."

개종한 남자에게 신은 빛을 하사하셨다.

4

사람들의 보금자리인 그대를 누가 논리적으로 만들 수 있겠는가? 그 누가 그대를 논리로 세울 수 있단 말인가? 그대는 존재하기도 하고 존재하지 않기도 한다. 그대는 존재감이 있기도 하고 없기도 하다. 그대는 부조화의 재료들로 만들어진다.

그대가 눈에 띄기 위해서는 우선 그대가 지어져야 한다. 집에 대해 잘 안다는 잘난 척을 하며 그대의 집을 허문 자는 오직 돌무더기와 벽돌, 기와밖에는 소유하지 못한 것이며, 이 같은 재료들이 집이란 걸 이루어 만들어내는 그늘과 침묵과 내면의 아름다움은 알지 못하는 것이고, 그 재료들이 모여 자신에게 무엇을 제공해 줄 수 있는지 또한 알지 못한다. 이들 재료로 집을 짓는 건축가의 마음과 영혼을 생각하지 못하기 때

문이다. 돌 하나하나에서 사람의 마음과 영혼을 읽지 못하기 때문이다.

그러나 수의 법칙과 논리의 규칙에서는 묵묵히 내재된 힘으로써 벽돌과 석재와 기왓장을 지배하고 변화시키는 영혼과 마음은 빠지는 법이다. 재료의 단순한 연결만 생각하기 때문이다. 하여 나는 내 멋대로 나타난다. 나는 건축가다. 영혼과 마음을 가진 자다. 돌을 침묵으로 변화시킬 수 있는 유일한 자다. 나는 논리가 아닌, 오직 신께서 내게 일러준 창조적 이미지에 따라 건축 재료에 불과했던 콘크리트를 빚는다. 나는 나의 문명만이 갖고 있는 유일한 묘미에 사로잡힌 채 나만의 문명을 세운다. 다른 이들이 이 문장을 왜 이렇게 바꾸었고, 저 단어는 왜 저렇게 바꾸었는지 논리적으로 설명해야 한다는 강박관념 없이 마음껏 문장을 바꾸고 단어를 바꾸며 시를 짓듯, 그렇게 시가 가질 유일한 묘미에 사로잡힌 채 시를 짓듯 그렇게 나만의 문명을 세운다.

성채여, 따라서 나는 배를 만들 듯 너를 만들었다. 너를 꼼짝 못하게 세워둔 뒤 한껏 치장하여 순풍 같은 시간 속에 풀어놓아주었다.

배가 없으면 사람들은 영원성을 잃어버릴 것이다.

하지만 나는 내 배에 어떤 영향이 미칠지 알고 있다. 배라는 건 새까만 바다에 의해 요동치기 마련이다. 비단 바다뿐만은 아닐 것이다. 다른 사원 즉 거짓도 진실도 아닌, 온당하지도 부당하지도 않은 또 다른 사원을 만들기 위해 언제라도 이전 사원에서 돌을 빼낼 수 있는 것이기 때문이다. 어떠한 재앙이 닥쳐올지는 아무도 모른다. 평범한 돌무더기 안에는 침묵이 깃들어 있지 않기 때문이다.

하여 내가 배의 늑골을 든든히 만들어 달라고 하는 것이다. 그래야 세대가 거듭되어도 무사히 건재할 수 있다. 나는 매번 사원을 새로 짓더라도 이를 꾸미지는 않을 것이기 때문이다.

5.

하여 내가 배의 늑골을 든든히 만들어 달라고 하는 것이다. 배는 사람의 건축물이 아니던가. 배 주위에는 이성적 판단력이 결여되고 정형화되지 않은 강력한 힘을 가진 자연이 있기 때문이다. 바다의 힘을 망각한 채 맘 편안히 있다 보면 곧 위험에 처하고 만다.

자신에게 주어진 보금자리 안에서 사람들은 절대적으로 안전하다고 믿는다. 한 번 배에 오르면 이는 너무도 명백해진다. 승선한 후에는 사람들은 더 이상 배에 대해 생각하지 않는다. 아니면 바다의 존재를 인지하고 있더라도, 바다는 그저 배를 꾸며주는 장식에 불과하다고 생각할 뿐이다. 그게 정신의 힘이다. 바다가 배를 움직이기 위해 만들어진 것이라고 생각하게 만드는 것이다.

하지만 그건 오산이다. 자신이 지금 바다에 나와 있다는 사실을 의식하지 않은 사람은 자신이 배에 있다는 사실 또한 망각하기 마련이다. 이자는 곧 그의 바보 같은 게임을 파도로 휩쓸어버릴 바다가 솟아오르는 걸 보게 될 것이다.

나의 제국에서 이와 같은 일이 일어났었다. 순례를 목적으로 바다 한가운데에 있었을 때의 일인데, 내 백성들과 내가 직접 목격했었다.

사람들은 파도가 높이 이는 가운데 선상에 꼼짝없이 갇힌 신세가 되었다. 나는 말없이 사람들 사이를 거닐었다. 먹을 것 주위에 옹기종기 모여 있는 사람도 있었고, 아이에게 젖을 물리거나 묵주를 연달아 돌리며 기도 삼매경에 빠져 있는 사람도 있었다. 이들은 배에서 살고 있는 것이었다. 배는 이들의 보금자리가 된 셈이다.

그러던 어느 날 밤, 일부 사람들이 들고 일어났다. 나는 그들에 대한 내 애정을 내색하지 않고 저들을 찾아가 보았다. 변화의 낌새는 전혀 없었다. 반지에 무늬를 새기고 양털로 실을 잣거나 소곤소곤 이야기를 나누는 등 사람들은 인연의 끈을 이어가고 있었다. 누군가가 죽으면 모두에게서 무언가 하나

를 앗아가는 듯한 느낌을 갖게 하는 그런 인연의 그물망을 만들어가고 있었다. 나는 저들이 하는 말의 내용에는 신경 쓰지 않은 채, 주전자니 병이니 하는 얘길 귀 기울여 들어봤다.

사물의 의미는 목적이 아닌 과정에 있다는 걸 알기 때문이다. 무거운 표정으로 웃음을 지었을 때, 그는 그 자신을 내어주었다. 두려움이나 신의 부재가 그 원인임을 모르는 다른 이는 지겹다는 내색을 해보였다. 이렇게 나는 그들에 대한 애정을 드러내지 않고 저들을 바라보았다.

육중한 파도의 물결이 사람들 사이를 파고들었다. 파도의 높이가 정점에 달했을 때에는 모든 게 무아지경 속에서 붕 떠버렸다. 곧이어 어수선한 배 전체가 마치 철근이 쪼개지듯 요동을 쳤다. 그순간, 기도하고 이야기하며 아이에게 젖을 물리고 은세공을 하던 사람들이 모두 정지 상태가 됐다. 대들보처럼 단단한 것이 우지끈하며 부러지는 소리가 여기저기를 가로지르며 퍼져나갔다. 배는 모든 지지대가 부러질 정도로 쿵하며 내려앉았고, 그 바람에 사람들은 토악질을 해댔다.

속이 메스꺼울 정도로 유등이 심하게 좌우로 흔들리는 가운데, 돼지우리 같은 배 안에서 서로를 꼭 부둥켜안았다. 저들이 두려움에 떨까 저어되어, 나는 이렇게 말을 전했다.

"그대들 가운데 은세공을 하는 자 있거든 내게 물병을 만들어 달라. 다른 이들의 식사를 준비하는 자 있거든 더욱 열심히 준비하라. 성한 사람은 아픈 사람을 돌보아줄 것이며, 기도하는 자는 더욱 간절히 기도에 매진하라."

창백한 얼굴로 기둥에 기대고 두꺼운 널빤지 틈새로 바다의 금지된 노래를 듣고 있던 자에게 나는 이렇게 말했다.

"화물창에 가서 죽은 양의 수를 헤아리거라. 공포로 숨이 막혀 죽었을 것이니라."

그러자 그가 내게 말했다.

"신께서 바다를 주무르고 계십니다. 우리는 다 틀렸습니다. 배의 늑재가 부러지는 소리를 들었어요. 배의 기틀이자 골조가 되는 늑재는 무너지면 안 됩니다. 우리가 집을 세우고 올리브나무가 늘어서 있으며 저녁때면 양들이 느릿느릿 신께서 주신 풀을 뜯어먹는 지구의 기반 역시 흔들려선 안 되는 겁니다. 올리브나무와 양들을 돌보고, 집에서 식사를 준비하면서 사랑을 키우는 건 좋은 일입니다. 하지만 기반이 되는 틀 자체가 흔들리는 건 좋지 않습니다. 만들어졌던 것이 다시 일을 만

37

드는 것 또한 좋지 않습니다. 지금은 잠자코 있어야 하는 게 말을 하고 있는 셈입니다. 산이 중얼거리며 말을 한다면 어떻겠습니까? 저는 그 중얼거림을 들은 적이 있습니다. 평생 잊지 못할 기억이었지요."

"어떤 중얼거림을 말하는 건가?"

"예전에 저는 한 언덕배기의 탄탄한 등성이에 살았었습니다. 하늘과 땅 사이에 자리를 정말 잘 잡았었지요. 그곳은 오래도록 살아남기 위해 세워진 마을 같았고, 오래도록 살아남을 것 같은 마을이었습니다. 우물가와 바위 위와 굽어진 경사면 위의 샘에는, 아름답게 마모된 흔적이 반짝이고 있었습니다.

어느 날 밤, 땅 밑에서 무언가가 태동을 하고 있는 것이었습니다. 우리는 발밑에서 대지가 살아 꿈틀거리기 시작한다는 걸 알았습니다. 이미 만들어졌던 것이 다시 일을 만드는 것이었습니다. 두려웠습니다. 목숨 때문에 두려웠던 것이 아니라, 우리의 노력이 수포로 돌아가게 된 것 때문에 두려웠던 겁니다. 그동안 살아오면서 함께 주고받은 모든 것이 사라져버리는 게 두려웠습니다. 저는 세공사입니다. 하여 지난 2년간 공들여 만든 은제 물병이 없어질까 두려웠습니다. 2년의 시간을 쏟아 밤을 꼬박 지새우며 작업했기 때문입니다. 어떤 이는 우수한 품질의 양모 카펫 때문에 노심초사하고 있었습니다. 낮에는 햇볕에 말려가며 하루하루 즐겁게 카펫을 만들었었으니까요. 그는 자신의 메마른 몸뚱이를 헌신하여 그토록 깊은 감동을 얻어낼 수 있다는 걸 자랑스러워했습니다. 또 어떤 이는 자신이 심은 올리브나무 때문에 고민이 이만저만이 아니었습니다. 이 가운데 그 누구도 죽음을 두려워한 건 아니었습니다. 어찌 보면 지극히 사소한 것들 때문에 벌벌 떤 것일 수도 있습니다.

하지만 우리는 삶이란 게 서서히 자신을 헌신하여 무언가를 얻어내는 '교감' 속에서만 그 의미를 갖는다는 사실을 알게 되었습니다. 정원사가 죽는다고 하여 나무가 해를 입는 건 아닙니다. 하지만 만일 누군가가 나무를 위협한다면, 정원사는 두 번 죽는 셈입니다. 사막에서 가장 아름다운 이야기를 많이 아는 노년의 이야기꾼도 있었습니다. 그에게는 이야기를 예쁘게 꾸미는 재주가 있었는데, 아들이 없어 그 사람 혼자서만 많은 이야기들을 알고 있었지요. 대지가 요동치기 시작할 때,

그가 걱정한 건 사람들에게 알려질 수 없는 운명에 처한 사소한 이야기들이었습니다. 하지만 대지는 계속해서 요동쳤고, 황톳물이 떠내려오기 시작했습니다. 서서히 떠밀려오며 모든 것을 집어삼키는 황톳물을 예쁘게 꾸며주기 위해 자신을 헌신할 수 있겠습니까? 여기에 무엇을 만들어 세울 수 있단 말입니까?

그 힘에 밀려 집들은 서서히 방향이 틀어지고, 눈에 띄지 않는 뒤틀림에 대들보가 우지끈 소리를 내며 무너져 버렸습니다. 벽은 요동을 치다 결국 완전히 해체되어 버렸습니다. 주민들 가운데 살아남은 사람들은 삶의 의미를 잃어버렸습니다. 정신이 나간 채 노래를 해대던 이야기꾼만 빼고 말입니다.

우리를 어디로 데려가실 작정입니까? 우리가 그동안 기울여왔던 그 모든 노고와 더불어 이 배는 침몰하고 말 것입니다. 1초, 2초, 시간이 헛되이 흐르는 게 느껴집니다. 저는 흘러가는 시간을 느낍니다. 시간은 이렇게 흘러가선 안 됩니다. 견고하게 만들고, 농익게 만들며, 늙어가게 하는 것이 바로 시간입니다. 서서히 일이 진행되도록 해주는 게 시간입니다. 하지만 이제 시간이 무엇을 더 견고하게 만들어주겠습니까? 무엇이 우리에게로 오는 것이며, 무엇이 우리에게 남는 것이란 말입니까?"

6.

시간은 모래시계처럼 덧없이 흐르는데, 세대를 통해 안정적으로 지속될 게 아무것도 없는 상황에서, 나는 자신을 헌신하여 무언가를 얻어내는 '교감'이 더 이상 불가능함을 생각하며 백성 사이를 거닐었다.

그러나 이들에게 아직 남아 있는 것을 담아낼 커다란 상자 같은 게 필요하다. 그리고 이 상자를 실어 나를 운반도구도 필요하다. 사실 나는 사람보다 더 오랜 지속성이 있는 것에 대해 존경심을 갖는다. 이들은 서로의 교감에서 생겨나는 의미를 그렇게 보전했다. 그리고 모든 것을 내어맡기는 제단의 감실을 만들었다.

• • •

저녁나절, 모든 게 허물어진 삼각주에서 백성 사이를 거닐며, 나는 허름한 노점상 위에서 낡고 지저분한 옷을 입고 있는 저들을 바라보았다. 꿀벌처럼 부지런히 하던 일에서 잠시 손을 놓은 상태였다. 나는 저들이 하루 종일 함께 일을 하며 벌집통을 완성할 때로 관심을 덜 가졌었다.

그 가운데 눈도 멀고 한쪽 다리까지 불구가 된 사람 앞에서 깊은 생각에 잠겼다. 무척이나 노쇠하고 병약해진 노인은 움직일 때마다 오래된 가구에서 나는 소리 같은 신음소리를 냈다. 나이가 워낙 많았던지라 한 번 질문을 하면 대답이 나오기까지 시간이 한참 걸렸으며 발음도 명확하지 않았다. 하지만 자신과 교류를 하는 대상에게 있어서는 더 또렷하고 명확하게 얘기했다. 떨리는 두 손으로 그는 섬세하게 계속해서 작업했다. 노인은 그렇게 굳어가는 육신을 놀라울 정도로 뛰어 넘으며 더욱 행복한 사람으로, 쉽게 무너뜨릴 수 없는 존재로 변했다. 불멸의 존재에 가까워진 것이다. 죽음이 다가오는 노인은 자신의 손이 수많은 별들로 가득 차고 있는 것을 아마 알지 못했을 것이다.

43

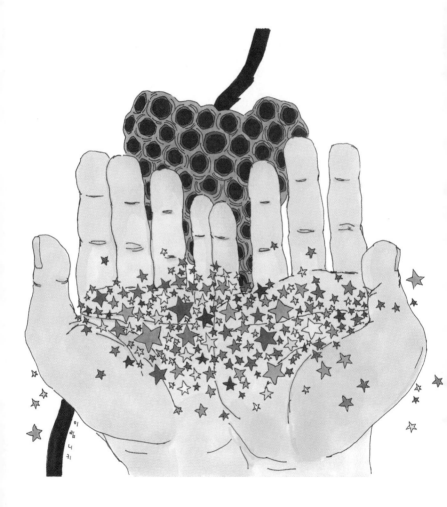

이렇게

44

• • •

저들은 한평생 '쓸모없는 풍요'를 위해 일했다. 썩지 않는 수를 놓기 위해 모든 걸 다 바쳤다. 작업의 일부만 '쓸모'를 위해 바쳤을 뿐이고, 나머지는 모두 세공 그 자체를 위해, 금속의 쓸모없는 속성을 위해, 그림의 완성을 위해, 곡선의 부드러움을 위해 바쳤다. 이는 오직 나를 헌신하여 무언가를 얻는 '교감'의 대가라는 점 그리고 육신보다 오래 지속된다는 점 외에는 아무런 소용이 없는 작업이다.

기나긴 산책을 하는 동안, 나는 먹을 게 부족하지 않다고 해서 제국의 문명이 풍요로워지는 건 아님을 깨달았다. 문명의 질적 수준은 사람들이 무엇을 요구하며 일에 대해 얼마만큼의 열의를 갖고 있느냐에 따라 달라지는 것이었다. 높은 수준의 문명은 가진 것으로부터 생기는 게 아니라 주는 것으로부터 만들어진다. 나는 우선 내가 의미하는 바의 장인, 즉 자신이 교류하는 대상에서 스스로를 재창조하고, 죽음을 두려워하기는커녕 반대로 영원의 존재가 되는 그런 장인을 양성했다. 제국을 위해 몸 바쳐 싸우는 자도 육성했다. 하지만 상인

에게서 사들인 사치품이 아무것도 만들어내는 능력이 없다면, 이는 비록 두 눈에는 완벽해 보일지언정 아무 소득도 없이 그저 몸에 두르고 있는 것에 불과하다. 나는 시는 쓸 능력이 못 되면서 이를 읽기만 하는 타락한 사람들을, 자신의 땅은 갈지 못하면서 노예에게 의지하는 타락한 이들을 알고 있다.

남쪽 사막의 모래는 무의미한 비축품을 정복하느라 열을 올리는 부족들을 영원한 가난의 굴레로 요리한다. 나는 마음이 제자리에 머물러 있는 이들은 별로 좋아하지 않는다. 이런 사람들은 자신을 희생하여 무언가를 얻어내는 교류도 소통도 하지 못하며, 그 어떤 존재도 될 수 없다. 단지 숨을 쉬고 있다는 이유로 삶이 이들을 성숙하게 만들어주는 건 아니다. 이들은 그저 손에서 빠져나가는 모래알같이 시간을 흘려보낼 뿐이고, 결국 시간을 잃어버리고 마는 셈이다. 이들의 이름으로 내가 신에게 건네줄 게 무엇이 있겠는가?

따라서 나는 저들이 가득 채운 저장고가 산산조각이 났을 때, 저들이 느끼게 될 고통이 무엇인지 알게 되었다. 교류와 소통을 통해 자신의 모든 것을 대상과 맞바꾼 뒤 생을 마감한 선각자의 죽음은 그저 경이롭기 때문이다. 사람들이 땅속에 묻는 것은 바로 필요성이 다한 도구일 뿐이다. 백성 가운데에서 나는 죽음의 위협에 놓인 아이들을 보았다. 눈은 반쯤 감기고 숨을 가쁘게 쉬던 아이들은 짙은 속눈썹 아래 꺼져가는 불길을 담아두고 있었다. 수확하는 사람과도 같은 신은 다 익은 보리 속에 섞여 있던 꽃을 그냥 무심코 베어버릴 때도 있다. 알곡으로 가득 찬 짚단을 가져갈 때에야 비로소 신은 보리 속에 섞여 있는 고귀한 꽃의 존재를 발견한다.

• • •

"이브라임의 아이가 죽어가고 있어요."

사람들이 말했다. 나는 그 말을 외면한 채 천천히 이브라임의 처소로 다가갔다. 사람들은 언어가 만들어내는 환상을 통해 이해한다는 것을 알기 때문이다. 죽어가는 아이의 소리에 귀 기울이느라 정신이 없던 사람들은 내게 관심을 두지 않았다.

집 안에서 사람들은 조용조용 얘기하고 있었다. 그리고 극도의 두려움을 가진 누군가가 있는 듯이, 무언가 또렷한 소리

가 나면 금방이라도 도망칠 누군가가 있는 듯이, 사람들은 가죽신을 질질 끌면서 앞으로 나아갔다. 사람들은 감히 문을 닫지도, 그렇다고 열지도 못하고 있었다. 기름이 다 되어 파리하니 떨리는 램프라도 있는 형세였다.

아이의 얼굴을 봤을 때, 내게 아이는 짧게 내쉬는 숨 때문인지 마치 도망치고 있는 사람 같아 보였다. 앞을 보기 싫은 듯 꽉 감은 두 눈 때문인지, 어찌 보면 한참 달리는 말 위에서 고삐를 단단히 거머쥐고 있는 사람 같기도 했다. 아이의 주변에서 사람들은 야생동물 새끼를 길들이려고 애쓰듯 그렇게 아이를 진정시키려 애쓰고 있었다. 꺼져가는 아이에게 사람들은 떨리는 손으로 우유를 내밀었다. 아마도 아이가 우유를 먹고 싶어 했었나보다. 아이는 잠시 우유의 향기로운 풍미에 멈칫했다가 곧 마실 것이다. 그리고 사람들은 손바닥에서 풀을 뜯어먹는 사슴에게 말하듯 아이에게 조심스레 말을 걸 것이다. 하지만 아이는 심각하고 무표정한 얼굴로 있었다. 아이에게 필요한 건 우유가 아니었다. 나이 많은 어른들은 부드럽게, 마치 비둘기에게라도 말을 걸 듯 부드럽게 아이가 좋아하는 노래를 낮은 목소리로 부르기 시작했다. 샘물에서 떠돌아다니는 별들에 대한 노래였다. 하지만 아이는 너무나도 먼 곳에 있었던 탓에 사람들이 들려주는 노랫소리를 들을 수가 없었다.

아이는 뒤도 보지 않고 내달렸다. 고분고분 죽을 수는 없는 일이었다. 잠시 던지는 그 눈길, 한 걸음을 늦출 수 없는 여행자가 친구에게 던지는 듯한 그 눈길, 적어도 사람들은 아이에게서 이것 하나는 구걸할 수 있었다. 그건 알아보고 있다는 표시였다. 사람들은 침대에 아이를 돌아눕히고 얼굴의 땀을 닦아준 뒤 입을 좀 축이게 했다. 이 모든 행동은 죽음에서 아이를 깨어나도록 하기 위한 것이었다.

• • •

사람들은 아이를 살리기 위해 아이 앞으로 그의 마음을 홀릴 만한 물건들을 가져다놓느라 여념이 없었다. 아홉 살 난 아이의 마음을 홀리기란 얼마나 쉬운 일이던가! 장난감을 가져다놓는 것만으로도 아이를 행복하게 해줄 수 있으니 말이다. 하지만 아이는 사람들이 장난감을 너무 많이 들이댄 탓에, 마치 앞길을 가로막는 가시덤불을 멀리 치우듯 고사리 같은 손

으로 장난감들을 무참히 뿌리쳤다.

나는 자리를 빠져나와 다시 문간으로 갔다. 거기에는 하나의 순간, 하나의 빛줄기, 도시의 한 가지 모습만이 다른 것들 사이에 끼어 있었다. 신의 실수로 그분의 부름을 받은 아이는 미소로 부름에 응답했다. 아이는 이제 막 벽 쪽으로 돌아누웠다. 아이는 이미 새보다도 더 여린 존재가 돼버렸다. 나는 사람들이 죽어가는 아이에게 길들여질 수 있도록 그들의 침묵을 방관했다.

좁은 골목길을 따라 거닐다보니 대문 틈새로 하인들을 꾸중하는 소리가 들려왔다. 사람들은 집안의 질서를 세우고 있었고, 밤길을 떠나기 위한 채비를 하고 있었다. 하인들에 대한 꾸지람이 정당한 것인지 부당한 것인지는 내겐 별로 중요하지 않았다. 내게 들린 건 오직 노기 어린 목소리일 뿐이다.

멀리서 한 어린 소녀가 분수대에 기대어 고개를 파묻고 있었다. 나는 소녀의 머리 위로 가만히 손을 얹고는 내 쪽으로 소녀의 얼굴을 돌렸다. 하지만 소녀에게 왜 우는지 묻지 않았다. 소녀도 모를 것임을 알고 있기 때문이었다. 고통이란 언제나 결실을 맺지 못하고 흘러가버리는 시간으로 인한 것이다.

하루하루가 속수무책으로 달아남이 괴롭고, 팔찌를 잃어버려 그것과 더불어 흩어져 날아가버린 시간 때문에 괴롭고, 형제의 죽음에 시간이 무의미해져서 괴롭다. 그리고 여기 이 소녀는 좀 더 나이가 들면 연인과의 이별에서 고통을 느낄 것이고, 곧이어 주방에서 주전자 물이 끓고, 근사한 집에서 아이들에게 젖을 먹이고 하는 것들을 자신도 모르는 사이에 잃어버리게 된다.

이별은 본인도 알지 못하는 사이에 잃어버린 현실이 되는 거다. 소녀에게 시간은 모래시계에서 흐르는 모래알처럼 덧없는 순간이 되어버릴 것이다.

• • •

눈부시게 빛나는 한 여자가 길모퉁이에서 모습을 드러낸다. 그리고 한껏 기쁨에 사로잡힌 채 정면에서 나를 바라본다. 아마도 잠이 든 아이 때문이거나, 향이 맛깔나는 수프 때문이거나, 혹은 그저 집으로 돌아가는 길이기 때문이리라. 전적으로 그녀에게 속한 시간을 가진 것이다. 나는 외다리 구두수선공

51

앞을 지나간다. 가죽신을 금으로 선조세공(線條細工)하느라 여념이 없다. 나는 그가 소리 내지 않아도 노래를 부르고 있음을 잘 알고 있다.

"이보게나, 무엇이 자네를 그리도 기쁘게 만드는가?"

하지만 그는 내게 답을 하지 못했다. 뭐가 진정으로 기쁜지 모르는 그는 아마도 내게 그날 번 돈 때문이라던가, 그를 기다리고 있는 식사 때문이라든가, 혹은 곧 취하게 될 휴식 때문이라고 말할 것이다. 자신의 행복이 금장 가죽신을 아름답게 가꾸는 데 있음을 몰랐기 때문이다.

7

나는 또 다른 진리 하나를 발견했다. 자신의 거처에서 편히 살 수 있을 거라고 믿는 정착민의 환상은 헛되다는 점이다. 당신이 북풍을 맞으며 산 위에 세운 사원은 오래된 뱃머리처럼 서서히 닳아 몰락하기 시작했다. 모래알은 자리를 잡아 점점 영역을 넓혀갈 것이고, 사원을 이루던 구조물 위에서 당신은 바다처럼 넓게 펼쳐진 사막을 보게 될 것이다.

양과 염소, 집과 산으로 이루어져 있으나 이를 하나하나 따로 떼어서는 생각할 수 없는 내 왕궁 또한 마찬가지다. 처음에는 궁에 대한 애정으로 궁이 세워지지만, 왕궁 전체의 표정이 압축적으로 요약되어 있는 왕이 죽으면 왕궁은 다시 산과 염소, 집과 양으로 분해된다. 그렇게 되면 이제 왕궁은 궁을 이루고 있는 어울리지 않는 조합으로서만 존재하며, 그 가치를

잃어버리면서 마치 초보 조각가에게 주어진 뒤죽박죽 상태의 반죽에 지나지 않는 상태가 된다. 그러면 사막의 모래가 밀려와 사원의 표정을 새로이 만들어갈 것이다.

• • •

나 역시 그랬다. 내가 전시 출정을 나가서 보았던 그 화려한 밤에 대해 어떤 찬사를 보내야 할지 몰랐다. 그 누구의 발길도 허락하지 않았던 모래의 순결함 위에 세모꼴로 야영지를 세운 나는 밤이 내려오는 것을 기다리기 위해 언덕으로 올라갔다. 나는 전사들과, 전차, 무기 등을 집결시킨 곳보다 조금 더 크고 검은 얼굴을 눈으로 어림잡아 보았다. 그리고 저들의 연약함에 대해 곰곰이 생각해 보았다.

푸른 천막 아래서, 별들이 하나둘 자리 잡는 야밤에, 한기의 위협을 받고 있는 한 줌의 인간들보다 더 비참한 게 뭐가 있을까? 더욱이 우물이 있는 곳까지 가려면 수통을 들고 9일은 꼬박 가야 했으므로, 이들은 갈증의 위협도 받고 있었고, 자리에서 일어나면 세차게 몰아칠 모래바람의 위협도 받고 있는 데다, 과일에 멍든 것처럼 살점을 시퍼렇게 할 구타의 위협도 받고 있었기 때문이다. 참으로 버려지기 쉬운 것이 인간이다. 강철 무기로 간신히 힘을 보강하고, 발길이 허용되지 않은 곳에 맨몸으로 드넓게 자리잡은 저 푸른 천 꾸러미보다 무엇이 더 비참하단 말인가?

하지만 저들의 모습이 연약한 것이 내게 뭐가 그리 중요하겠는가? 나는 흩어져 있는 저들을 엮어주고, 위험에 처한 저들을 구해 주었다. 밤을 대비하여 각 진지를 세모꼴로 정렬시킨 나는 사막에 내리는 밤을 알아보았다. 주둔지는 주먹처럼 단단히 닫혀 있다.

나는 자갈 사이로 솟아오른 백향목을 보았고, 나무는 파괴되는 와중에도 넓게 벌린 가지를 유지하고 있었다. 밤낮으로 안팎과 싸워나가는 나무에게 잠이란 게 있을 리 만무하다. 적대적인 환경에서 나무는 자신을 파괴하는 요인으로부터 양분을 섭취한다. 매 순간 나무는 서서히 자라난다. 매 순간 나는 내 보금자리가 유지될 수 있도록 지켜나간다. 입김 한 번으로 흩어져버렸던 개체의 조합으로부터 나는 탑처럼 완강하고, 뱃머리처럼 항구적인 기반을 구축했다. 행여 나의 야영 진지

가 밤잠을 이루지 못할까, 아무도 모르게 해체되지 않을까 염려되어 사막에서 떠돌아다니는 풍문의 진원지가 되는 파수대로부터 야영 진지를 멀리 떨어뜨려 놓았다. 나무가 자양을 빨아들여 자신의 일부로 변화시키는 것과 같이, 나의 야영 진지는 외부의 위협으로부터 자양분을 섭취했다.

야간 교신 때, 소리 소문 없이 와서 쭈그리고 앉아 북쪽에서는 상황이 어떻게 진행되었고, 도둑맞은 낙타의 뒤를 쫓느라 남쪽에선 부족들이 어떻게 이동을 했고, 또 인사 사고 때문에 다른 진영에선 어떤 루머가 떠돌았으며, 장막 아래에서 다가올 밤에 대하여 깊은 생각에 잠긴 이들의 계획은 무엇인지 말하는 침묵의 전령들은 축복받을 것이다. 침묵의 시간을 얘기하러 온 전령의 말을 그대는 들었으리라.

갑작스레 우리의 불 가로 모습을 드러내고는, 너무도 숙연하여 불조차도 모래 속에 가라앉게 만들고, 사람들은 엎드려 진지 주변을 화약왕관으로 꾸며놓고 하염없이 총만 만지작거리게 만드는 말을 쏟아내는 이 전령들은 축복받을 것이다.

• • •

이제 갓 내려앉기 시작한 밤은 경이로움의 근원이 되었다!

매일 저녁 나는 사막에 한 척의 배와 같이 정박해 있는 부대에 대한 깊은 상념에 잠겼다. 나의 부대는 언제나 변함이 없었다. 날이 밝으면 온전하게 남아 있었고, 아침이 밝아온 것에 너무나도 기뻐하는 수탉처럼 환희로 충만해 있었다. 짐을 실으면서도 상쾌한 아침나절의 영롱한 목소리로 재잘거리는 게 들린다. 아침 댓바람에 리큐어에 만취한 사람처럼 병사들은 새로이 숨을 가다듬고, 넓게 펼쳐진 진지에서 씁쓸한 기쁨을 맛본다.

나는 이들을 끌고 우리가 개척해야 할 오아시스로 향했다. 인간을 이해하지 못하는 자는 오아시스에서도 종교를 찾으려 든다. 그러나 오아시스 곁에 있는 자들은 알지 못한다. 오아시스를 찾는 건 무장 습격대에게나 중요한 일이다. 나는 사람들에게 오아시스에 대한 가르침을 주었다.

저들에게 나는 이렇게 말했다.

"저곳에서 자네들은 향기 나는 풀을 보고 샘물이 노래하는 소리를 들으며, 색깔 있는 베일을 두른 여성들이 민첩하게 그러나 마치 잡아주길 바라는 듯 잡기 쉽게 도망가는 사슴 떼처

럼 놀라 달아나는 것을 볼 것이다.

자네들을 싫어하는 여자들은 자네들을 밀어내기 위해 손톱과 이를 사용할 것이다. 하지만 그대들은 저들의 푸른 머리칼을 휘어잡는 것만으로 충분히 여인들을 길들일 수 있다.

힘을 약간 발휘하는 것만으로도 여자들을 꼼짝 못하게 붙들어놓을 수 있다. 여자들은 아직 눈을 가린 채 그대들을 무시하고 있으나, 그대의 침묵은 여자들에게 독수리의 그림자와 같은 암운을 드리울 것이다. 그러면 결국 여자들은 그대들을 향해 눈을 뜰 것이고 여자들의 눈에는 눈물이 한가득 차오를 것이다.

여자들에게 무척이나 존재감이 큰 사람이 될 것이다. 저 여자들이 어떻게 그대들을 잊을 수 있겠는가?"

끝으로 나는 저들이 천국 같은 기분에 심취할 수 있도록 이런 말을 해주었다.

"이제 저곳에서는 오색찬란한 새들과 종려나무들이 그대 잎에 모습을 나타낼 것이다. 그대가 마음속에 오아시스에 대한 종교를 갖고 있기에 오아시스가 그대를 찾아올 것이다. 반면 그대들이 그곳에서 추방해 버린 사람들은 더 이상 여기에 어울리지 않는다. 희고 둥근 조약돌 위로 흐르는 시냇물에서 빨래를 하는 아내들은 자신들이 만국 공통의 서글픈 의무를 달성한다고 생각한다. 모래 속에서 몸이 굳어지고 태양 아래 목이 마르며 외피에 짠 소금 냄새가 배인 그대들은 이 여인들과 결혼하여 푸른 물에서 빨래하는 여인의 모습을 뒷짐 진 채 바라보면서 승리감을 맛볼 것이다.

지금 그대들은 백향목처럼 모래 속에 머무르고 있다. 그대들을 에워싸고 그대들의 힘을 키워주는 적들 덕분이다. 앞으로 그대들은 오아시스를 쟁취하여 몸을 피하거나, 만사를 잊어버리는 도피처가 아닌 사막의 영원한 승리자로서 여기에 머무를 것이다.

저기 저 사람들은 그대들에게 패배했다. 자신들이 비축한 것들에 만족한 채 이기주의에 갇혀 있기 때문이다. 저들은 모래 왕좌 위에 올라 오아시스의 멋진 장식만을 보았다. 그들은 샘이 솟아 있는 이 나라의 경계에서 보초를 서다 잠든 보초병들을 교대시켜 주고자, 자신들의 마음을 움직여보려 애쓰는 훼방꾼들을 비웃었다.

저들은 소유한 재물에서 행복을 얻고 있다는 환상을 갖고

있다. 하지만 행복이란 단지 무언가를 행하는 것에 대한 열기일 뿐이며 창작의 과정에서 얻게 되는 만족감일 따름이다. 자신을 희생하여 대상으로부터 무언가를 얻어내는 교류의 과정을 전혀 행하지 않는 저들은, 타인으로부터 가장 맛있고 엄선된 양식을 받아먹으며 자신은 시도 쓰지 않으면서 이방인의 시를 듣는다. 오아시스를 활기차게 만들지도 않으면서 오아시스로부터 기쁨을 취하며 사람들이 베풀어준 성과를 마구잡이로 사용한다. 여물통에 치중하는 동물과 같은 저들은 지금 노예가 될 준비가 된 것이다.

한 번 쟁취하고 나면 그대에게 있어 오아시스의 본질은 변하지 않는다. 이는 그저 또 다른 형태의 야영 진지일 뿐이다. 나의 제국은 사방에서 위협을 받고 있다. 제국의 건설에 쓰인 재료는 염소와 양, 보금자리, 산 등을 친숙하게 모아놓은 것일 뿐이다. 하지만 이들을 서로 엮어주는 매듭이 풀린다면 남는 건 이것저것 섞여 약탈에나 소용될 자재뿐이다."

8

저들은 존중에 대한 착각을 하는 것 같았다. 사실 나도 인간을 통한 신의 권리에 대해서만 전적으로 고민해 왔다. 물론 나는 그 중요성은 부각시키지 않은 채 걸인 자체를 신의 대리인 정도로 여겨왔다.

하지만 나는 걸인이 마땅히 누려야 할 권리, 즉 걸인이라면 누구나 갖고 있는 몸의 부스럼과 저들끼리 우상처럼 숭배하는 그 추한 외모는 인정하지 않았다.

• • •

언덕의 허리춤에 세워져 하수구 같은 형상으로 바다까지 이어지는 이 마을보다 더 거북한 곳을 내가 거닌 적이 있던가?

61

좁은 골목길로 이어지는 통로 곳곳에서는 연기들이 독한 숨을 뿜어냈다. 늪 표면에서 눅진한 기포가 뽀글뽀글 터지듯이, 모든 걸 빨아들일 듯한 저 심연에서는 목멘 소리로 욕지거리를 내뱉기 위한 찌꺼기들이 솟아나왔다.

내 눈에 띈 나병 환자는 더러운 천으로 눈에서 나오는 진물을 빨아들이고 있었다. 그는 천박한 분위기를 풍기며 비열한 농지거리를 해대고 있었다.

아버지는 그곳을 불태워버릴 결심을 하셨다. 곰팡이가 서린 누추한 집을 좋아했던 천민 패거리는 곰팡이 천지인 그곳에서 나병에 걸리는 것도 자신들의 권리라고 주장하며 술렁이고 있었다. 아버지께서는 "당연한 거다. 저들에겐 존재하는 것을 지속하는 게 정의니까 말이다."라고 말씀하셨다.

저들은 자신들의 '썩을 권리'를 부르짖었다. 부패로써 만들어진 저들은 부패를 위해 존재했기 때문이다. 아버지께서는 이런 말씀을 하셨다.

"만약 네가 바퀴벌레가 증식하도록 내버려둔다면, 바퀴벌레들의 권리가 탄생한다. 바퀴벌레는 분명 자기의 권리를 가진 셈이다. 그리고 이를 예찬하는 이들이 생겨나 네게 멸종 위협을 받는 바퀴벌레들의 비애가 얼마나 큰 것인지에 대해 열변을 토할 것이다.

정당하기 위해서는 선택이 필요하다. 대천사장을 위한 정당함인지, 아니면 인간을 위한 정당함인지, 혹은 상처를 위한 정당함인지, 아니면 말끔한 피부를 위한 정당함인지 선택해야 하는 것이다. 자신의 악취를 위해 나를 만나러 오겠다는 자의 얘기를 내가 들어줄 이유가 어디 있겠느냐?

하지만 나는 그자를 돌보아줄 것이니라. 신 때문이다. 그런 사람 또한 신께서 머무시는 곳이다. 그저 자신의 부스럼에 의해 표현되는 저자의 욕구에 따라 그리하는 것이 아니다.

내가 저자를 씻어주고 닦아주며 가르쳐준다면 저자의 욕구는 달라질 것이다. 또한 저자는 스스로를 부정할 것이다. 내가 왜 스스로를 부정하는 자의 편에 서야 하는가? 흉측한 문둥이는 원하는 대로 그렇게 태어나서 그렇게 꾸미고 살면 되는 것이다.

자신이 존재를 반대하는 이의 편을 내가 왜 들어줘야 하느냐? 무기력하게 살아가는 자의 편을 내가 왜 들어줘야 하느냐?"

63

• • •

아버지께서는 계속 말씀하셨다.

"내가 봤을 때 정의란 내 물건을 맡아준 사람에게 대가로 수임료를 지불하는 것, 그것도 내가 나 자신에게 주었을 것 같은 수준의 대가를 치르는 것이다. 그에게는 물론 내가 맡긴 물건의 빛이 어느 정도인지 잘 보이지는 않겠지만, 그가 그 빛을 비추는 정도는 나와 같을 것이기 때문이다. 정의란 그를 하나의 길로, 하나의 전달 수단으로 생각하는 것이다. 내가 베푸는 자비란 그가 힘겹게 스스로를 만들어내는 과정에서 그를 도와주는 것이다.

하지만 바다로 내달리는 하수구에서 나는 부패함에 슬픔을 느낀다. 이곳에서 신은 이미 너무나도 훼손되어 있다. 저들에게 나는 사람다움을 보여주는 신호를 기대해 보지만 아직 그런 신호를 보지 못하고 있다."

"하지만 저들은 빵을 함께 나눠 먹고, 자기보다 힘든 이의 짐을 들어주거나 혹은 아픈 이를 가엾게 여기던걸요."

"저들도 그저 평범하게 살아갈 뿐이다. 이 진창 같은 곳에서 자비를 베푸는 것이지. 저들도 나눌 줄은 안다. 하지만 썩은 고기를 앞에 둔 자칼도 할 줄 아는 계약 속에서 저들은 무언가 위대한 감정을 찬양하고 싶어 한다. 저들은 우리에게 베풀어 줌의 미덕을 믿게 하려는 것이다. 하지만 남에게 베풀어줌의 가치는 베풂의 대상이 무엇이냐에 따라 달라진다. 여기에서 는 그 가치가 가장 낮아서 마치 취객에게 술을 주는 것과 같은 상황이다. 그렇게 되면 주는 게 곧 병이 된다. 하지만 만일 내 가 건강을 베풀어준다면 나는 생살을 잘라 주는 것이나 다름 없다. 내 살이야 싫어하겠지만······.

• • •

내 제국의 관점에서 보면 자비란 협력이다.

• • •

나는 아버지께서 갖고 계신 선의 또한 느꼈다.
"중역을 맡았던 자, 그 가치를 인정받은 자라면 누구든 비천

해질 수 없다. 통치를 했던 자는 누구든 자신의 통치권을 박탈당할 수 없으며, 너는 걸인에게 적선했던 사람을 걸인으로 만들 수 없다. 여기에서 네가 훼손하는 건 배의 형태와 골조 같은 무언가이기 때문이다. 내가 죄에 걸맞는 형벌을 내리는 이유도 여기에 있다. 고귀함의 가치를 얻었다고 생각되는 이들에게 나는 잘못을 저질렀을 때 처벌은 내리더라도 노예 신분으로 만들지는 않았다.

언젠가 식모살이를 하며 빨래를 하던 공주를 만난 적이 있다. 주위 사람들은 공주에게 "부엌데기, 대체 네 왕궁은 어디 있다는 거야? 예전에 너는 사람들의 목을 벨 수도 있었다지? 하지만 이젠 우리가 너를 모욕하고 욕보일 수 있게 됐어! 이건 그저 정의일 뿐이야!"라고 말하며 공주를 비아냥거렸다. 그네들에게 정의란 받은 만큼 되돌려주는 보답이었기 때문이다.

부엌데기가 된 공주는 말이 없었다. 스스로에 대한 굴욕감, 특히 자신을 뛰어넘는 무언가에 대한 굴욕감을 느꼈기 때문이다. 창백한 얼굴로 온몸이 뻣뻣하게 굳어버린 공주는 빨래통 속으로 몸을 숙였다. 옆에 있던 아낙들은 안으로 공주를 무참히 밀어 넣었다. 그렇다고 공주가 발끈하여 이들에게 대든 건 아니었다. 공주는 정갈한 몸짓과 조용한 성품으로 품위를 지키고 있었기 때문이다. 아마도 여자들이 빈정대려 했던 건 공주 그 자체가 아닌, 공주의 실추된 기품이 아닐까 싶다. 탐내고 있던 먹잇감이 내 수중에 떨어졌을 때, 이를 먹어치우려고 달려드는 게 사람이다. 하여 나는 공주를 불러 이렇게 말했다.

"나는 그대가 과거에 사람들을 다스렸다는 것밖에는 아는 게 없다. 오늘부터 그대에게는 빨래터 옆에 있던 여자들을 죽이고 살릴 권리를 갖게 된다. 나는 그대를 다시 왕좌에 올려놓을 것이다. 그만 가보거라."

공주가 자신의 자리를 되찾았을 때, 공주는 치욕스러웠던 그날의 기억에 개의치 않았다. 빨래터에서 공주를 모욕했던 아낙들은 더 이상 공주의 몰락으로부터 양분을 취할 수가 없었으므로 공주의 기품을 칭송하며 공주를 떠받들었다. 여자들은 잔치를 벌여 공주의 귀환을 축하했고, 공주가 지나갈 때면 바닥에 엎드려 경의를 표했다. 과거에 자신들의 손으로 공주를 만져본 것만도 이들에겐 크나큰 영광인 셈이었다.

"내가 하층민의 모욕에, 간수들의 무례한 행동에 굴복하지 않도록 하는 이유도 여기에 있다. 나는 황금나팔을 불어대며

서커스 공연을 하는 가운데, 저들의 목을 베어버릴 것이다."

● ● ●

아버지는 말씀하셨다.

"남의 위신을 떨어뜨리는 자는 누구든 스스로가 낮은 위치
에 있기 때문이다."

● ● ●

아버지는 말씀하셨다.

"두목은 결코 부하들의 재판을 받지 않는 법이다."

9

아버지께서는 내게 이런 말을 하셨다.

"저들이 함께 탑을 쌓게 하라. 그리고 저들을 네 형제로 만들라. 하지만 저들이 서로 싫어하길 바란다면 저들에게 곡식을 던져주라."

아버지는 이렇게도 말씀하셨다.

"언젠가 무희들이 춤을 창작하는 걸 보았다. 한 번 창작되어 무대에 오른 춤은 그 누구도 이들이 행한 작업의 결실을 가로채어 비축해 둘 수 없다. 춤이란 불같이 지나가는 것이다. 춤을 창작하는 무리를 일컬어 나는 '문명화' 했다고 말한다. 이들이 비록 춤으로써 수확을 거두지도, 곳간을 채우지도 못했더라도 말이다. 반면, 진열대 위에 물건들을 정렬해 놓는 무리를 일컬어 나는 '원시적' 이라고 말한다. 이들이 비록 완벽한

상품에 도취될 수 있더라도, 이들은 그저 남이 해놓은 작업의 가장 마지막 단계에 있는 일을 하는 것뿐이기 때문이다. 인간이란 무엇보다도 창작의 존재다. 함께 힘을 합치는 자들만이 서로 형제가 될 수 있다. 자신들이 구축해 놓은 비축품 가운데서 평온을 구하지 않는 자만이 살아갈 수 있다."

하루는 사람들이 아버지에게 이렇게 반박한 적이 있었다.

"창작이란 무엇입니까? 창작이라 일컫는 게 눈에 띄는 발명을 의미하는 것이라면, 이를 해낼 수 있는 사람의 수는 극히 적을 것입니다. 그렇다면 소수에 대해서만 논하고 계시다는 말인데, 그럼 나머지는 뭡니까?"

아버지는 이들에게 다음과 같이 말씀하셨다.

"창작이란 춤에서 스텝 하나를 빼먹는 것이다. 돌에 잘못 엇나간 새김을 만들어주는 것이다. 개별 동작 하나하나가 잘됐고, 잘못됐고는 별로 중요한 게 아니다. 너무 바짝 붙어서 냄새를 맡고, 볼 줄 아는 눈을 갖지 못한 그대에게는 이런 노력이 쓸모없어 보일지도 모른다. 한 발자국 뒤로 물러나서 바라보라. 이 동네가 돌아가는 모습을 멀리 떨어져서 바라보라. 거기에는 엄청난 열정 이외에는 아무것도 없으며, 열심히 일하는 사람들의 땀방울밖에는 없을 것이다. 그리되면 그대는 어떤 동작이 빠졌고, 뭐가 잘못됐고 하는 것에 별로 주의를 기울이지 않을 것이다. 작업에 몰입하는 사람들은 잘됐든 못됐든 궁전이나 저수지 혹은 시간이 멈춰진 정원을 만들어낸다. 이들의 작품은 이들의 손이 만들어내는 마법으로부터 태어난다. 무언가를 빼먹은 사람들에게서도, 모든 걸 제대로 성공시킨 사람들에게서도 작품은 태어난다. 사람을 나눠서 생각할 수 없기 때문이다.

그대가 만일 위대한 조각가만을 구명해 준다면, 앞으로 그대 앞에는 위대한 조각가가 나타나지 않을 것이다. 누가 미쳤다고 살 기회가 적은 일을 직업으로 택하겠는가? 형편없는 조각가가 만들어내는 마법의 손짓이 있기에 위대한 조각가가 태어나는 것이다. 형편없는 조각가는 위대한 조각가를 위한 계단을 만들어주어 이들의 위상을 높여준다. 아름다운 춤은 모두를 춤추게 만드는 열정으로부터 태어난다. 춤을 잘 못 추더라도 상관없다. 그렇지 않다면 몸이 아닌 머리로 추는 춤이 모든 걸 장악하게 될 것이요, 의미 없는 무대만이 생겨날 것이다.

지나간 시대를 판단하는 사학자처럼 저들의 실수를 탓하지

마라. 장차 거목이 될 재목인데 왜 아직 씨앗에 불과하냐고, 왜 아직 줄기밖에 없느냐고, 왜 아직 잔가지밖에 되지 못했느냐고 비난해서야 되겠는가? 저들이 하겠다는 대로 내버려두라. 나무는 시행착오를 거듭하며 숲을 이뤄가는 것이다. 나무는 바람이 불면 새들의 지저귐이 널리 퍼져나가는 숲으로 탄생하는 것이다."

그리고 다음과 같이 덧붙이셨다.

"이미 말한 바와 같이, 누구는 실패하고 누구는 성공하고 하는 것이 걱정할 일은 아니다. 이들이 함께 공존하는 건 그저 이로움만을 낳을 뿐이다. 실패한 자는 성공한 자의 발판이 되어주며, 성공한 자는 실패한 자에게 목표를 제공해 준다. 한 번 신을 찾은 자는 모두에게 신을 찾아준다. 사실 내 제국은 하나의 사원과도 같다. 그리고 나는 사람들에게 부탁을 했다. 사원을 지으라고. 그러니 이건 그들의 사원이다. 사원의 탄생은 저들이 가진 최고의 의미를 끌어내는 것이다. 그리고 저들은 금장을 생각해 낼 것이다. 금장 장식을 갈구하는 자는 스스로 이를 개발해 내고 마는 법이다. 그 열정에서 새로운 금장 장식법이 태어난다."

• • •

아버지께서는 이런 말씀도 하셨다.

"모든 게 완벽한 제국을 만들지 마라. 박물관의 문지기나 입맛이 좋기를 바라는 것이다. 쓴맛을 싫어한다면, 너는 그림도, 춤도, 궁전도, 정원도 갖지 못할 것이다. 흙이 하는 일이 지저분하다고 기분 나쁘게 여기면, 너는 공허한 완벽함을 추구하다 그로부터 멀어지고 말 것이다. 그저 모든 게 열정으로 살아 숨 쉬는 그런 제국을 만들어라."

10

부대원들은 무거운 짐을 짊어진 듯 발걸음이 무거웠다. 대위들이 나를 찾아왔다.

"언제쯤 집에 돌아가는 겁니까? 설령 정복된 오아시스에 여자들이 있다 해도, 우리는 이들보다 집에 있는 아내가 더 보고 싶습니다."

그 가운데 한 사람이 내게 다음과 같이 말했다.

"전하, 저희가 원하는 건 시간 속에서 무르익는 삶입니다. 소소한 다툼 속에서 정이 쌓이는 그런 삶입니다. 돌아가서 편안히 나무를 심고 싶습니다. 전하, 무엇보다도 뿌리 깊은 진리지요. 마을에서 조용히 지내도록 해주십시오. 제 삶에 대해 깊이 있게 고민해 보고 싶습니다."

저들이 왜 조용히 지내는 삶의 필요성을 느끼는지 안다. 진리란 오직 조용한 가운데에서만 서로 이어져 뿌리를 내리기 때문이다. 아이에게 젖줄을 대어주는 것만큼 중요한 게 시간이다. 어미의 사랑은 아이에게 젖을 물리는 것에서 시작된다. 하루 만에 갑자기 크는 아이가 어디 있던가? 대개는 아이를 보며 "아니, 얘가 언제 이렇게 컸지?"라고 놀라기 마련이다. 어미 아비라도 아이가 커가는 모습을 체감하는 사람은 없다. 아이는 서서히 성장해 간다. 매 순간 아이는 그렇게 커가는 것이다.

그러니 내 백성에게 시간이 필요함은 당연한 일이다. 비단 나무를 심기 위해서만은 아니다. 같은 나무, 같은 나뭇가지를 바라보며 계단에 걸터앉아 명상에 잠기기 위해서다. 그러면 조금씩 나무의 참모습이 드러난다.

언젠가 시인 하나가 자신의 나무에 대해 덤덤히 얘기하던 일이 떠오른다. 그의 말을 듣는 대다수는 낙타풀이나 가시 많고 키 작은 야자수 외에는 나무를 본 일이 없었다.

"나무를 잘 모르는 자네들은 모르겠지. 창문 하나 없는 은신처 같은 집에서 우연히 나무가 자라 있는 걸 보았는데, 나무는 볕을 쫓아 솟아오른 것이었지. 인간이 공기를 마시고 잉어가

물속에서 살 듯, 나무는 볕이 드는 날씨 속에서 살아가지. 바닥에 뿌리를 묻고 위로 자라나는 나무는 잔가지로 반짝이는 별빛을 만들어내며 별과 우리 사이를 잇는 길이 되어준다네.

앞을 보지 못하는 나무는 밤에 자신의 강력한 근육질을 펼쳐보이고, 벽을 더듬어 비틀비틀 자라났지. 그 비운의 운명은 나선형으로 꼬인 줄기에서 드러났네. 나무는 햇빛이 비치는 쪽으로 자라며 천장을 부수고 기둥처럼 솟아올랐지. 나는 사학자처럼 한 발자국 떨어져 그 승리의 움직임을 지켜보았다네.

폐허가 된 집 안에서 몸통을 키우기 위해 압축된 연결부위와는 대조적으로, 나뭇잎은 태양의 보살핌과 하늘의 젖을 받아 충분히 양분을 섭취하며 조용히 커다랗게 자라고 있었지.

새벽이면 나무가 위에서 아래까지 전부 다 깨어나는 모습을 바라봤네. 나무에는 새들이 자리를 잡고 있었어. 나무는 새벽부터 소생하여 노랫소리를 들려줬고, 햇살이 비치면 자

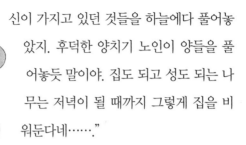

신이 가지고 있던 것들을 하늘에다 풀어놓았지. 후덕한 양치기 노인이 양들을 풀어놓듯 말이야. 집도 되고 성도 되는 나무는 저녁이 될 때까지 그렇게 집을 비워둔다네……."

그의 이야기를 듣고난 후, 우리는 나무가 태어나려면 그것을 오래도록 바라보고 있어야 함을 알게 됐다. 가슴속에 굉장한 나뭇잎과 새를 담아두고 사는 그를 보며, 저마다 부러움에 사로잡혔다.

사람들이 내게 물었다.

"전쟁은 언제쯤 끝납니까? 우리에게 납득을 좀 시켜주십시오. 저희로서는 무언가 변화가 필요한 시점입니다."

부대원들 가운데 하나가 노란빛이 남아 있는 사막 여우 한 마리를 잡았다. 그는 손수 여우를 키웠고, 가끔 영양도 키웠다. 여우는 털이 점점 많아졌고, 여우가 장난을 치는 것이나 떼를 쓰는 것들이 그에게 점점 더 소중해졌다. 그는 여우에게

자신의 일부를 전해 줘야 한다는 환상에 젖어 있었다. 마치 여우가 그의 사랑을 먹고 자라며, 자신의 사랑으로 이뤄져 있기라도 한 것처럼 말이다.

그러던 어느 날, 그가 사랑으로 키우던 사막 여우가 도망쳐 버렸다. 그의 가슴에 휑하니 구멍이 뚫렸다. 그는 마치 매복할 때 보호막을 구축하지 않아 죽은 사람처럼 보였다. 그가 죽었다는 사실을 알게 됐을 때, 사람들은 여우가 달아난 상황에서 그가 한 얘기를 내게 전해 주었다. 침울한 상태에서 헤어나지 못하고 있던 그에게 사람들이 다른 여우 한 마리를 잡아주겠다고 했을 때였단다. 그러자 그 친구는 다음과 같은 알 수 없는 말을 했다고 한다.

"인내심이 굉장히 필요한 일이라네. 여우를 잡는 데 인내심이 필요한 게 아니라 사랑을 하는 데 인내심이 필요하단 뜻이야."

여우니, 영양이니 하는 것들과 애정을 나눠봤자 소용없는 일임을 깨달은 저들은 여우도 영양도 모두 귀찮게 여겼다. 사랑을 찾아 도망쳐버린 여우는 저들의 사막을 풍요롭게 해주지 못했기 때문이다.

11

저들의 생각은 잘못됐다. 하지만 내가 여기에서 무엇을 할 수 있단 말인가? 믿음이 약해지면 신은 죽어 무용지물의 존재가 된다. 저들의 열정이 다하면 제국 자체가 와해되어 버린다. 제국은 저들의 열정으로 세워졌기 때문이고 제국 자체가 허상인 때문은 아니다. 줄지어 선 올리브나무, 몸을 피할수 있는 오두막을 두고 내가 '영지'라고 명명한다면, 이들을 주의 깊게 바라보던 사람들은 여기에 애정을 느끼고 가슴속에 담아둘 것이기 때문이다. 섞여 있는 올리브나무밖에 볼 줄모른다면, 빗속에서 몸을 피할 수 있게 해주는 것 외에는 별의미가 없는 오두막 밖에 모른다면, 영지가 팔려나가고 조각조각 분할되는 상황에서 그 누가 영지를 구하려 들겠는가? 영지가 팔려봤자 올리브나무에도, 오두막에도 아무런 변화가

없을 텐데 말이다. 인간에게 중요한 건 오직 대상이 어떤 의미를 갖고 있느냐다.

• • •

언젠가 마을의 대장장이가 내게 와서 이런 말을 늘어놓은 적이 있었다.

"저와 무관한 일이라면 제겐 별로 중요치 않습니다. 따뜻한 차와 설탕과 잘 먹인 당나귀가 있다면, 그리고 옆에 제 아내가 있으며, 아이들은 제 또래에 맞는 덕목을 습득하며 바르게 자라나고 있다면, 저는 너무나 행복할 것이며 저와 무관한 다른 일은 아무것도 궁금하지 않을 겁니다. 나와 상관없는 것에 왜 고통을 느끼겠습니까?" 그가 집에서 혼자 살아간다면 그는 과연 행복할까? 사막의 외딴 천막 아래 가족하고만 외로이 살아간다면 그는 과연 행복할까? 하여 나는 그에게 생각을 바꿔 보라고 권유했다.

"저녁마다 다른 막사의 친구들과 조우하고, 이들이 자네에게 무언가 새로운 소식을 알려준다면, 자네는 무척 행복해질 것이네."

사실 나는 자네들이 그렇게 지내는 모습을 보았네. 이 사실을 잊지 말게. 한밤중에 모닥불 근처에 옹기종기 모여 앉은 자네들은 양이며 염소며 하는 것들을 굽느라 정신이 없었지. 자네들이 시끌벅적 수다를 떠는 소리가 들려왔어. 그래서 나는 내가 좋아하는 방식대로 말없이 자네들 곁으로 다가갔네. 자네들은 자식 얘기도 나누었지. 한 아이는 벌써 이만큼 자랐네, 또 한 아이는 몸이 아프네 하는 등의 이야기가 들려왔고, 집 얘기도 들려왔지만 거기에만 너무 푹 빠져 있진 않았어.

그리고 웬 행인 하나가 멀찍이 떨어진 대상 행렬에서 빠져나와 자네들 곁으로 다가와 앉았을 때, 자네들은 한껏 활기를 띤 모습을 보여주었지. 그는 자네들에게 왕자의 하얀 코끼리 얘기며, 이름 정도만 알고 있는 사람이 수천 킬로미터 떨어진 곳에서 결혼을 한 얘기며, 적군이 이동한 얘기 등 먼 곳에서 일어난 놀라운 소식들을 전해 주었고, 혜성이니 모욕이니 사랑이니 목숨을 건 용기니 적개심이니 세심한 주의를 기울여야 한다느니 하는 이야기도 해주었네. 그의 얘기가 자네들에게 활기를 불어넣어준 거야.

자네들이 속해 있는 공간은 무척이나 넓어졌고 엄청나게 많은 것들이 자네들과 연결되었으며, 자네들을 위협하기도 하고 또 보호해 주기도 하는 애증의 막사는 큰 의미를 가진 대상이 되어버렸네. 자네들은 지금보다 더 큰 존재로 만들어주는 기적의 연결망 안에 들어가게 된 것이야.

그대들에겐 그대들을 해방시켜 줄 수 있는 드넓은 언어라는 영역이 필요하기 때문이네.

● ● ●

아버지께서 마을 북쪽 야영지에 3천 명의 베르베르인 난민을 가둬두었을 때 생긴 일이었다. 아버지는 베르베르인들이 우리 쪽 사람들과 뒤섞이는 것을 원치 않으셨다. 인자하셨던 아버지는 저들에게 먹을 것과 설탕, 차, 옷감 등을 제공해 주셨다. 그렇다고 저들에게 노동을 요구하여 이에 대한 보상을 받으려고 한 것도 아니었다. 따라서 저들은 생계 걱정을 할 필요도 없었고, 대장장이처럼 "저와 무관한 일이라면 제겐 별로 중요치 않습니다. 제게 따뜻한 차와 설탕과 잘 먹인 당나귀가

있다면 사랑하는 아내가 있고 아이들은 제 또래에 맞는 덕목을 습득하며 바르게 자라나고 있다면 저는 너무나 행복할 것이며 저와 무관한 일은 아무것도 궁금하지 않을 겁니다."라는 식의 말을 누구든 쉽게 내뱉을 수 있었다.

하지만 과연 저들이 행복하다고 말할 수 있는 사람이 누가 있겠는가? 내게 가르침을 주고 싶으실 때면, 아버지께서는 나를 가끔 저들에게로 데려가셨다. 아버지께서는 이렇게 말씀하셨다.

"저들을 한 번 보거라. 가축과 다름없이 서서히 썩어 문드러져가고 있다. 저들의 육신이 썩어들어가는 것이 아니라 저들의 마음이 썩어들어가는 것이다."

저들에게는 모든 것이 그 의미를 잃었기 때문이다. 그대가 비록 주사위 놀음에 그대의 재산을 걸지는 않더라도, 주사위 놀음이 그대에게 없는 다이아몬드나 금괴, 소떼, 영지 같은 꿈을 의미하는 건 바람직한 일이다. 하지만 주사위가 더 이상 아무것도 의미하지 못할 때, 그때는 놀음도 더 이상은 존재하지 못한다.

우리의 보호를 받고 있는 베르베르 난민들은 더 이상 서로

할 말이 없었다. 집집마다 사는 얘기도 비슷했기에 이에 대해서는 더 이상 얘기할 게 없었고 막사마다 지내는 얘기도 비슷했기에 또한 얘기할 게 없었다. 두려움에 떨 일도 기대를 걸 것도 무언가 새로이 만들어낼 필요도 없었다. '버너 하나만 빌려주게.'라든가 '우리 아들 못 봤나?' 하는 식의 기본적인 소통만 이뤄지고 있었다. 짚더미 위에서 여물통을 곁에 둔 채 잠든 사람들이 대체 무엇을 바라겠는가? 저들은 무엇을 걸고 싸울 것인가? 빵을 위해서? 빵이라면 이미 받았다. 그럼 자유를 위해서? 하지만 주어진 공간 안에서 저들은 무한히 자유롭다. 일부 부자들을 인정머리 없게 만들기도 하는 그 가늠할 수 없는 자유로움 속에서 허우적대고 있는 것이다. 아니면 적에게 승리하기 위해서? 그러나 저들에게 더 이상 적이란 존재하지 않는다.

아버지께서는 이렇게 말씀하셨다.

"네가 수용소를 거닐며 저들의 면상을 채찍으로 후려갈길 수도 있다. 그러면 저들에게서는 오직 뒤로 물러서서 으르렁대며 물고 싶어하는 한 무리 개떼의 자극밖에는 나오지 않을 것이다. 하지만 자신을 헌신하는 이도 없고, 너를 무는 자도

없을 것이다. 너는 그렇게 팔짱을 낀 채 저들 사이를 거닐며 저들을 경멸할 것이다.

저들은 산송장이나 다름없다. 저곳에 더 이상 사람은 없다. 방심하는 사이 너의 등 뒤에서 저들이 너를 죽일 수도 있다. 도적 떼는 위험하니까 말이다. 그러나 저들은 네 눈을 똑바로 쳐다볼 수 없을 것이다."

그런데 저들 사이에 마치 전염병이 퍼지듯 반목이 자리 잡았다. 두 진영으로 나뉘는 게 아니라, 각각이 서로 대치되는 비일관적인 반목이었다. 남에게 배급된 식량을 뺏는 일이 발생했기 때문이다. 저들은 마치 밥그릇 옆을 맴도는 개들처럼 서로를 감시했다. 그러다 결국 정의의 이름으로 살인을 저질렀다. 저들에게 정의란 평등이었기 때문이다. 남과 차별화된 무언가를 가진 자는 다수가 무참히 짓밟았다.

아버지께서는 이런 말씀을 하셨다.

"대중은 사람을 싫어한다. 비일관적인 대중은 모든 방향으로 동시에 밀고 나가며 창조적인 노력을 무력화시킨다. 물론 인간이 소 떼를 짓밟는 건 좋지 않은 행동이다. 하지만 여기에서 속박이니 예속이니 하는 것을 찾으려들지 마라. 이는 소 떼가 인간을 짓밟을 때에나 보이는 것이다."

천한 권리를 내세우며 사람들의 배에 구멍을 내는 단도로 인해 시신의 수는 계속해서 늘어갔다. 냄새의 흔적을 없애듯 사람들은 새벽이면 수용소 외곽으로 시신을 옮겨 놨다. 덤프 차는 쓰레기를 수거하듯 시신을 수습해 갔다. 아버지께서는 이런 말을 하셨다.

"저들이 서로 형제가 되길 원한다면, 탑을 하나 쌓게 하라. 저들이 서로 증오하길 원한다면, 먹을 것을 던져주어라."

쓸모가 없어진 말은 점점 사용이 뜸해졌다. 아버지는 멍한 얼굴을 한 저들 사이로 나를 데려가셨다. 우리가 누군지도 모른 채, 우리를 바라보고 있는 적들은 얼이 빠진 듯 멍한 모습이었다. 저들은 그저 먹을 것을 달라고 으르렁대고 있을 뿐이었다. 저들은 후회도 욕구도 증오도 애정도 없이 그저 무위도식하고만 있었다. 이들은 더 이상 몸을 씻지도 않았고 몸에 달라붙은 기생충도 죽이지 않았다. 하여 벌레가 득실거렸다. 부스럼과 종양이 나타나기 시작했고 수용소에서는 악취가 풍기기 시작했다. 아버지는 페스트가 생길 것을 염려하셨다. 아마도 인간조건에 대해 생각하셨던 것 같다.

87

"냄새나는 저들 밑에서 숨 막힌 채 잠들어 있는 대천사장을 깨우기로 결심했다. 저들을 존중해서가 아니라 저들을 통해서 신을 존경하기 때문이다."

12

그리고 아버지께서는 썩어가는 인간 세계에 성악가 한 명을 보내셨다. 저녁 무렵이면 성악가는 자리에 앉아 노래를 하기 시작했다. 성악가는 사람들의 심금을 울리는 노래를 했다. 뙤약볕 아래 우물도 없는 모래사막을 걸어 200일을 더 가야 만날 수 있는 신비로운 공주 이야기도 노래했다. 우물이 없는 만큼 희생의 값어치는 더 커지며 더 깊은 사랑에 도취된다. 가죽 수통에 남아있는 물 한 방울 한 방울엔 간절함이 더더욱 깃든다. 그 물 한 방울 한 방울이 사랑하는 그녀가 있는 곳으로 데려다주기 때문이다. 성악가는 다음과 같이 읊조렸다.

"나는 종려나무 숲과 부드러운 빗줄기를 원했습니다. 하지만 내가 특히 바랐던 건 그녀가 웃음으로 나를 맞아주는 것이었습니다. 나는 내 사랑과 내 열기를 구분하는 법을 잊어버렸

습니다."

저들은 갈증을 갈망했고, 아버지 쪽으로 주먹을 내밀었다.

"이 간악한 놈 같으니! 갈증은 사랑을 위한 희생에 도취된 상태이거늘, 당신은 우리에게서 이 갈증에 대한 권리를 앗아간 것이다."

성악가는 전쟁이 발발했을 때 창궐하는 위협, 모래를 뱀의 은신처로 돌변하게 만들어버리는 위협을 노래했다. 각각의 모래 언덕은 삶과 죽음의 힘으로부터 솟아오른다. 저들은 모래를 움직이는 죽음의 위협을 갈망했다. 성악가는 적군이 가진 특별한 매력을 노래했다. 사방에서 튀어나올 적을 기다릴 때, 지평선 아래 이쪽 가장자리에서 다른 쪽 가장자리로 적군이 굴러갈 때, 어디에서 떠오르는 건지 알 수 없는 태양처럼 적군이 나타날 때, 그러한 적의 모습은 얼마나 매력적인가! 저들은 적군을 갈망했다. 바다 같은 드넓음으로 자신들을 감싸 안아줄 적군을 갈망했다.

힐끗 보이는 얼굴처럼 슬쩍 내비치는 사랑을 저들이 갈망했을 때, 칼집에서는 단도가 쏟아져나왔다. 그리하여 저들은 모래를 쓰다듬으며 기쁨의 눈물을 흘렸다. 저들의 무기는 잊혀

지고 녹슬고 낡아 못쓰게 됐다. 하지만 저들의 무기는 사람에게 세상을 만들어낼 힘을 준다. 그건 반란의 신호였다. 활활 타오르는 불처럼 아름다운 반란의 신호였다. 그리고 저들은 모두 죽어갔다.

13

우리는 분열되기 시작하는 군대에 관한 시인의 노래
를 불러봤다. 그러나 놀랍게도 시인은 쓸모가 없어졌고, 병사
들은 시인들을 비웃었다. 저들은 이렇게 말했다.

"진리를 노래하는 게 다 무슨 소용입니까? 내 집의 분수와
저녁 수프의 향 같은 쓸데없는 것들이 우리에게 뭐 그리 중요
하단 말입니까?"

그리하여 나는 또 하나의 진리를 배우게 됐다. 잃어버린 힘
은 회복되지 않는다는 것이다. 제국의 이미지는 풍요로움을
잃어버렸다. 이미지들이 지녔던 힘들이 고갈되고, 죽어버린
물질에 지나지 않으며 흩어지기 직전의 상태가 되어 새로운
풀이 자라기 위한 부식토가 되어버렸을 때, 이미지는 초목과
같이 죽어버렸다. 나는 거리를 두고 이 수수께끼에 대해 생각

해 봤다. 그 무엇보다도 더 사실 같았고, 그 무엇보다도 덜 사실 같았다. 하지만 그 무엇보다도 더 유용해 보였고, 그 무엇보다도 덜 유용해 보였다. 내 손 안에는 다양한 이미지의 매듭이 쥐어져 있었다. 그게 내게서 빠져나간 거였다. 나의 제국을 좀먹은 건 제국 자신이었다. 뇌우에 백향목의 가지가 부러지고 모래바람에 딱딱하게 굳어져 결국 사막에 주저앉아 버리더라도, 이는 모래가 백향목보다 더 강하기 때문이 아니다. 백향목이 스스로를 포기하고 저들의 포악한 짓거리를 받아들였기 때문이다.

성악가가 노래를 불렀을 때, 사람들은 그가 자신의 감정을 과장한다고 비난했다. 그의 비장함은 우리에게 거짓처럼 들려왔고, 마치 그는 다른 시대를 노래하는 듯 했다. 사람들 말로는 염소에 대한 사랑, 양에 대한 사랑, 잠잘 곳에 대한 사랑, 서로 어울리지 않는 대상에 불과한 산에 대한 사랑 등에 시인이 속아넘어가는 것 같다고 했다. 전쟁 중 일어나는 우발적인 사고들과 무관하게 흘러가며 마땅히 피를 요구하지도 않는 강물의 굽이침에 대한 사랑에 시인이 속아 넘어가는 것 같다고 했다. 시인들 자체가 의식 수준이 높은 편은 아니어서 어린

아이들조차 믿지 않는 허무맹랑한 이야기들을 늘어놓았던 것 같다.

아둔하기 짝이 없는 내 장군들은 성악가를 비난했다. 장군들은 내게 "그는 거짓으로 노래를 합니다!"라고 말했다. 그러나 나는 이미 틀렸음을 알고 있었다. 그가 죽은 신을 찬양했기 때문이다.

따라서 아둔하기 짝이 없는 장군들은 내게 이렇게 물었다.

"어찌하여 우리 쪽 사람들은 더 이상 싸우고 싶어 하지 않습니까?"

자신들의 일에서 수치심을 느꼈던 것이다.

"어찌하여 저들은 더 이상 밀을 베지 않는 것입니까?"

나는 이 부질없는 질문을 바꿔봤다. 이는 일에 대해 논하는 차원의 문제가 아니었다. 나는 조용히 내 애정에 대해 자문해봤다.

"어찌하여 저들은 더 이상 죽음을 원하지 않는 것인가?"

나는 지혜를 동원해 그에 대한 답을 찾아보려 애를 썼다.

우리는 양이나 염소를 위해 죽지 않는다. 잠잘 곳과 산을 위해서도 죽지 않는다. 이들은 아무런 희생도 없이 존속되기 때문이다. 하지만 저들을 하나로 엮어주고, 저들을 하나의 제국으로, 영지로, 익숙하고도 친근한 얼굴로 만들어주는 '보이지 않는 매듭'을 구해 내기 위해서라면, 사람들은 기꺼이 목숨을 내놓는다. 전체를 구해 내기 위해 스스로와 맞바꾸는 것이다. 내가 죽더라도, 매듭으로 엮여 하나된 전체는 무너지지 않기 때문이다. 사랑 때문에 스스로의 목숨으로 값을 치르는 셈이다. 서서히 자신의 삶과 맞바꾸어 위대한 과업을 이뤄나가는 사람이 있다. 자신의 삶과 맞바꾸어 수세기 동안 생명력이 유지되는 사원을 만드는 것이다. 이들의 생명력은 자신의 삶보다 더 오래 지속된다. 이런 자는 어수선하게 늘어져 있는 건축 자재로부터 궁전의 모습을 간파해 낼 때, 그 위엄에 감동하고 그 안에 스스로가 녹아들어 기꺼이 죽음을 받아들인다.

하지만 저들은 어찌하여 저속한 이득 따위와 자신의 삶을 맞바꾸는 걸 받아들인 것인가? 이득은 우선 삶부터 요구하는 법이다. 성악가는 사람들에게 위조지폐를 던져주어 저들의 희생과 맞바꾼 셈이었다.

• • •

여기저기서 거짓 예언들이 고개를 들며 사람들을 규합시켰다. 드물기는 하지만 거짓 예언을 철석같이 믿는 사람들이 극성을 떨고 있었고 이들은 자신의 믿음을 위해 죽을 준비가 되어 있었다. 그러나 저들의 믿음이란 다른 사람들에게는 아무런 가치도 갖지 못했다. 그리고 모든 믿음들이 서로 상반됐다. 작은 교회들이 세워져 서로를 헐뜯었고 뭐든지 옳고 그름으로 나누었다. 진실이 아닌 것은 거짓이요, 거짓이 아닌 것은 진실이라는 것이다. 하지만 나는 거짓이 진실의 반대말이 아니라 또 다른 질서, 똑같은 돌로 세워진 또 다른 사원임을 잘 알고 있다. 그건 진실도 거짓도 아닌 또 다른 무언가다.

허상과도 같은 진리를 위해 죽을 준비가 되어 있는 저들을 보고 있노라니 마음 깊숙한 곳에서부터 핏물이 흘러내린다. 나는 신에게 말했다.

"저들 각각의 진리를 지배하고, 이를 한데 아우를 하나의 진리를 제게 가르쳐주실 수는 없는지요? 서로를 갉아먹는 이 풀에서 제가 하나의 영혼으로 살아 움직이는 나무 한 그루를 만든다면, 이 가지는 다른 가지의 양분으로부터 힘을 얻어 성장할 것이고 그렇게 되면 나무 전체가 놀랍도록 협력하여 태양 아래 아름답게 피어나지 않을는지요? 저들을 한데 담아낼 넉넉한 마음을 제가 가질 수는 없는지요?"

● ● ●

미덕이 땅에 떨어지고 상인들이 기승을 부렸다. 사람들은 뭐든 내다팔았다. 처녀들도 대여해 주는 세상이었다. 사람들은 내가 기근을 비축해 둔 보리를 약탈해 갔다. 살인도 저질렀다. 그러나 나는 제국의 종말이 미덕의 실추에서 비롯된 것이라고 믿을 만큼 순진하지는 않았다. 미덕의 실추가 제국의 종말에서 비롯된 것임을 명확하게 잘 알고 있기 때문이었다.

"주여, 사람들이 진심으로 서로를 주고받는 모습을 제게 보여주소서. 모두 개개인을 통해 힘 있게 성장해 나갈 것입니다. 미덕은 저들이 존재하고 있다는 신호가 될 겁니다."

97

14

내 사랑을 내색하지 않고, 나는 저들의 상당수를 처형했다. 한 명 한 명의 죽음은 저항의 불씨를 암암리에 키워갔다. 사람들은 명백한 건 받아들인다. 하지만 이 경우는 그에 해당하지 않았다. 사람들은 모종의 진리를 위해 누군가가 또 죽었다는 사실을 좋지 않게 받아들였다. 하여 나는 신께 지혜를 구하고 권력에 관한 가르침을 받았다.

권력이란 엄격함으로써 설명되지 않는다. 단순한 언어로만 설명되는 게 권력이다.

내가 처결했던 사람들은 저들을 변화시킬 수 없었던 내 무능함을 의미했다. 그들은 내 오류를 보여주는 셈이었다. 따라서 나는 이러한 기도를 올렸다.

"주여, 저의 보호막이 너무나도 부족하여 저는 백성을 끌어

안을 줄 모르는 나쁜 목동에 불과합니다. 저는 어떤 사람들의 필요에는 부응하고 어떤 사람들에게는 해를 입혔습니다.

주여, 모든 희망은 아름답다는 걸 알고 있습니다. 자유에 대한 희망도 규율에 대한 바람도 모두 아름답습니다. 아이들에게 있어서는 빵에 대한 열망도 아름답고, 남을 위해 제 빵을 희생하고자하는 소망도 아름답습니다. 학문 연구에 대한 열의도 타인을 존중하고 타인을 세워주려는 의지도 아름다우며, 사람들을 구분해 주는 위계질서에 대한 바람도 나눔의 소망도 아름답습니다. 명상의 시간을 원하는 마음, 시간을 채우는 일을 하고자 하는 마음, 육체를 짓누르고 인간을 성장시키고 정신으로써 사랑을 하려는 마음, 상처에 붕대를 감아주는 동정심도 아름답습니다. 과거에서 살릴 것은 살리고, 미래를 건설하려는 소망도, 씨앗을 뿌리는 전쟁에 대한 바람도, 씨앗을 거두는 평화에 대한 열망도 모두 아름답습니다. 그러나 저는 분쟁은 단지 말이 분쟁일 뿐 사람이 성장하면 조금 더 높은 곳에서 이를 볼 수 있다는 사실을 잘 알고 있습니다. 그러면 분쟁은 더 이상 존재하지 않습니다.

주여, 저는 제게 속한 전사들을 고귀하게 만들어주고 싶습

니다. 사람들이 자신과 맞바꾸어 이뤄내는 사원, 이들의 삶에 의미를 부여해 주는 사원의 아름다움을 만들어내고 싶습니다. 그러나 오늘 밤, 황폐해진 제 사랑 속을 거닐면서 저는 눈물 흘리는 어린 소녀 하나를 만났습니다. 저는 소녀의 고개를 들어 소녀의 눈에 담긴 걸 읽어봤습니다. 소녀의 슬픔은 제 심금을 울렸습니다.

주여, 소녀의 슬픔을 인정하지 않는다면 저는 세상의 일부를 인정하지 않는 셈이 되며 제 작품을 완성하지 못하는 게 됩니다. 제 원대한 목표에서 멀어진 게 아닙니다. 이 어린 소녀의 슬픔이 위로받길 원하는 겁니다. 그래야만 세상이 순리대로 돌아갈 겁니다. 소녀 또한 세상이 보내는 하나의 신호입니다."

15

전쟁이 자연스러운 행로를 밟지 않으며 욕구의 발현으로 이뤄진 게 아닐 때 전쟁은 어려워진다. 아둔하기 짝이 없는 장군들은 행동으로 옮기기 전 능수능란한 전술을 연구하고 서로 의논하며 작전의 완벽함을 추구했다. 저들을 움직이는 건 신이 아니었다. 저들은 그저 정직한 일꾼일 뿐이었다. 그래서 실패했다. 하여 나는 저들을 모아놓고 훈계했다.

"자네들은 승리하지 못할 걸세. 완벽을 추구하기 때문이야. 완벽이란 박물관 진열장 안의 유물 같은 것일세. 자네들은 실수를 용납하지 않고 실행에 옮기게 될 행동이 제대로 된 효과를 보여주는지 알 수 있을 때까지 기다렸다 이를 시행하지. 그러나 자네들은 어디에서 미래를 읽은 것인가? 자네들의 영토에 그림, 조각 그리고 모든 비옥한 창작물들이 발을 들이지 못

하도록 막는 것처럼 자네들은 승리가 발을 들이지 못하게 막고 있는 것이라네. 내가 볼 때 탑과 도시, 제국은 나무처럼 커가는 것이란 말일세. 탑과 도시, 제국이 태어나려면 인간의 힘이 필요하기 때문에 이들은 인생의 표현인 셈이지. 사람은 계산을 한 것이라고 생각해 버리네. 자신이 원해서 돌무더기가 만들어진 것일 때 사람은 돌들의 축조가 이성의 지배를 받은 것이라고 생각해. 마음속으로 도시의 모습을 그리고 있을 때 도시는 마치 씨앗 속에 갇혀 있는 나무처럼 사람의 마음속에 갇혀 있는 것이네. 그가 한 계산이란 건 그의 욕심에 옷을 입혀준 것뿐이야. 그걸 보여주는 것뿐이지. 나무가 마셨던 물, 나무가 길어 올렸던 광물 성분, 나무에게 힘이 되어준 태양 따위로 나무는 설명되지 않아.

'그래서 이 천장은 무너지지 않으며…… 건축가들의 계산은 이런 것이며……' 따위로 도시는 설명될 수 없네. 새로운 도시가 태어나면 사람들은 늘 정확히 계산해 내는 계산기를 찾기 마련이지만 계산기는 그저 도움되는 도구에 불과해. 어떤 사람을 앞세워 그의 손에서 도시가 만들어지는 거라고 생각한다면 모래에서는 결코 도시가 솟아오르지 않을 걸세. 그는 어떻게 도시가 만들어지는지는 알아도 왜 도시가 만들어져야 하는지는 알지 못하는 까닭이네. 무지한 정복자 하나를 그의 백성들과 함께 자갈이 난무하는 척박한 토양에 집어던져보게. 그리고 시간이 조금 지난 뒤 돌아와 보면 자네들은 서른 개의 둥근 지붕이 있는 도시 하나가 찬란하게 빛을 발하고 있는 광경을 볼 수 있을 게야. 그 지붕들은 백향목의 가지들처럼 곧추 세워져 있을 것이네. 정복자의 의지가 둥근 지붕이 있는 도시가 되었기 때문이네. 그는 자신이 원했던 모든 계산기들을 수단으로 도로로 도시로 여겼을 것이네.

따라서 자네들은 전쟁에서 지게 될 걸세. 자네들은 아무것도 원하지 않기 때문이야. 자네들을 부추기고 있는 성향 같은 게 전혀 없어. 자네들은 힘을 합치는 게 아니라 일관되지 못한 결정 사항들 속에서 서로 헐뜯기에 급급한 상태지.

있는 그대로의 돌을 한 번 살펴보게나. 돌은 깊이 팬 곳의 가장 깊숙한 곳을 향해 굴러가지. 돌을 이루고 있는 먼지의 모든 알갱이들이 서로 힘을 합쳐 하나의 목표를 향해 힘을 주고 있기 때문이야. 저장고 속의 물을 보게. 물은 내벽을 버티고 서 있지만 호시탐탐 밖으로 터져나갈 기회만을 노리고 있어. 기회

의 날이 오기 때문이야. 물은 밤낮으로 꾸준히 힘을 주고 있지. 겉으로 보기엔 잠들어 있는 듯하지만, 실상은 생생히 살아있는 것이라네. 아주 조금만 균열이 가도 물은 움직이기 시작하고 슬그머니 틈을 빠져나가고 장애물을 만나면 돌아갈 줄도 알지. 그리고 길이 목적지에 다다르지 않으면 또 다른 길을 열어줄 새로운 균열의 틈이 보일 때까지 다시 외관상 잠든 모습으로 돌아간다네. 물은 새로운 기회를 놓치는 법이 없어. 또 어떤 계산기의 계산으로도 알아낼 수 없을 방법들을 통해 단 한 번의 충격으로도 물 저장고를 텅 비게 만들어버릴 수 있지.

그대들의 군대는 방파제로 가로막히지 않은 바다와도 같아. 효모 없는 반죽과도 같지. 씨 뿌리지 않은 흙과 같으며, 소망 없는 군중 같네. 그대들은 이끌어 나가려 하기보다는 관리를 하려 들고 있어. 그대들은 어리석은 목격자에 불과해. 제국의 내벽을 짓누르는 어두운 힘의 세력은 관리자가 필요 없어져 자네들을 늪으로 빠뜨려 버리겠지. 가뜩이나 자네들보다 더 어리석은 역사가들이 재앙의 원인을 설명하려 들 것이고 적군이 성공할 수 있었던 요인을 저들의 지혜와 능숙한 계산법, 발달된 과학 수준이었다고 말하겠지. 그러나 나는 물이 둑을 무너뜨리고 인간의 도시들을 집어삼킨다면, 그건 물의 지혜나 계산 때문도 발달된 과학 때문도 아니라고 말하겠네.

나는 대리석에 마름질을 하여 작품을 만들어내는 창조자의 방식으로 미래를 조각해 나갈 것이네. 신의 얼굴을 가리고 있던 조각들이 하나둘 차례로 떨어져나갈 테지. 다른 이들은 '이 대리석에는 신이 담겨있다. 그가 신을 찾아낸 거다.'라고 말하겠지. 그러나 그는 계산을 했던 게 아니라네. 그저 돌을 연마했을 뿐이야. 땀방울과 불꽃과 마름질과 대리석이 뒤섞여 안면의 미소를 만들어낸 게 아니라네. 미소는 돌로부터 만들어진 게 아니라 조각가 자신으로부터 만들어진 거였어.

사람을 자유롭게 풀어놓아 보게. 그러면 사람은 무언가를 만들어낼 걸세."

. . .

아둔하기 짝이 없는 장군들은 이런 얘길 나누었다.

"아군이 서로 미워하고 분열하는 이유를 알아야 한다."

하여 장군들은 저마다의 이야기를 들어주고 의견을 조율하

여 정의를 바로 세우고자 했다. 어떤 이에게는 의무를 지게 했고, 또 다른 이에게는 부당히 취한 것을 거둬들이게 했다. 질투심 때문에 서로를 미워하는 일이 있을 경우, 각자의 잘잘못을 구분지어 주기도 했다. 하지만 이들은 곧 아무것도 이해할 수 없게 됐다. 문제가 얽히고설켜 있는 데다, 똑같은 행동이 어떤 때는 훌륭해 보였고, 또 어떤 때는 미천해 보였으며, 때로는 잔인하게 때로는 관대하게 보이는 등 천차만별로 나타났기 때문이다. 저들의 조언은 밤새도록 계속됐다. 저들에겐 졸음도 없었으므로 우매함은 점점 더해갔다. 그리하여 장군들은 내게로 와 "방법은 한 가지밖에 없습니다. 히브리인의 대홍수뿐입니다."라고 말했다.

하지만 나는 아버지의 말씀을 기억한다.

"밀에 곰팡이가 슬면 밀의 바깥에서 곰팡이를 찾고 곳간을 바꿔주어라. 사람들이 서로 미워할 때, 저들이 미워하는 이유의 어리석은 변명을 들어주지 마라. 그 이유라면 저들에겐 얼마든지 많이 있고 저들은 생각지도 않았던 이유들을 내세우기 마련이다. 저들에게는 서로 사랑할 이유 역시 얼마든지 많이 있다. 서로 무심하게 살아갈 이유도 얼마든지 많을 것이다.

말이란 단지 읽기 힘든 기호만을 끌어다주므로 나는 결코 말에 관심을 기울이지 않는다. 그건 마치 축조물을 이루고 있는 돌들이 그늘도 침묵도 보이지 않는 것과 같으며, 나무의 물리적 재료로써 나무가 설명되지 않는 것과 같은 이치다. 그런데 내가 증오를 이루는 재료들에 관심을 가져야 할 이유가 어디 있겠느냐? 저들은 사랑을 쌓으라고 갖다 준 돌로 사원을 짓듯 증오심을 키워간 것이다."

따라서 나는 저들이 추악한 논리로 치장하는 증오심을 그저 지켜보고만 있었다. 나는 저들이 허망한 정의의 실천을 통해 치료될 수 있을 거라고 보지 않았다. 증오심은 저들의 잘못이나 이점에 근거를 만들어 줌으로써 저들을 논리로 무장시킬 뿐이었다. 내가 틀렸다고 말해 줬던 이들은 보복을 했고, 내가 옳았다고 말해 줬던 이들은 교만을 떨었다. 결국 나는 골을 더욱 깊어지게 만들었다. 하지만 나는 아버지께서 보여주신 지혜를 기억하고 있었다.

아버지께서는 새 영토를 정복한 뒤 그곳에 자리를 잡으셨다. 장군들이 총독을 지지해 줄 수 있을 거란 확신은 별로 들지 않았다. 그런데 신흥 지방도시에서 수도까지 돌아본 여행

객들이 아버지께 와서 고했다.

"어떤 지방에서는 장군이 총독을 모욕했습니다. 서로 말도 하지 않습니다."

또 다른 지방을 둘러보고 온 사람이 아버지께 다가갔다.

"전하, 총독이 장군을 싫어합니다."

세 번째 사람이 들어왔다.

"전하, 저곳에서 중대한 분쟁을 해결코자 전하의 중재를 간청하고 있습니다. 장군과 총독이 현재 소송 중에 있습니다."

아버지께서는 우선 분쟁의 동기를 파악하셨다. 매번 동기들은 분명했다. 갈등을 겪은 모두가 복수를 결심했던 것이다. 거기에는 수치스러운 배반과 화해 불가능한 분쟁밖에 없었다. 납치와 모욕만이 난무했다. 늘 한쪽은 옳고 다른 한쪽은 그르다는 식이었다.

"저들의 어리석은 분쟁에 대해 연구하기 전에 먼저 처리해야 할 게 있다. 분쟁은 상이한 지역에서 일어나고 매번 달라보여도 결국은 비슷한 양상을 보인다. 그 어떤 기적적인 인사로 내가 총독과 장군을 선임하여 함께 관용을 베풀면서 지내게 할 수 있겠느냐. 우리의 가축들이 하나둘 차례로 죽어나간다면, 병의 원인을 찾기 위해 가축우리를 살펴보지 말거라. 살펴보았다면 곧 불태워버려라."

이어 아버지께서는 전령 하나를 불러들이셨다.

"저들에게 내가 특권을 잘못 내려준 것 같다. 저들은 둘 가운데 누가 상석에 앉을 권한을 갖고 있는지 모르는 듯하다. 둘은 언짢은 기분으로 서로를 감시하고 있다. 그리고 자리에 앉는 순간까지 둘 다 머리를 앞으로 내밀고 있다. 따라서 더 야비한 자 혹은 덜 어리석은 자가 상석을 쟁취하는 것이다. 다른 이는 그를 미워하겠지. 상석을 빼앗긴 자는 다음번엔 덜 어리석은 사람이 되겠노라고 다짐하고는 자리를 차지하기 위한 행보를 더욱 재촉할 것이다. 그다음 수순은 이들이 서로의 아내를 빼앗고 서로의 소 떼를 약탈하고 서로 욕을 해대는 것이다. 이는 득도 없는 허튼소리에 불과하나 저들이 그 효력을 믿으므로 상황은 점점 더 심각해진다. 하지만 나는 저들의 소란을 들어주지 않을 것이다. 저들이 서로 사이좋게 지내길 바라느냐? 그렇다면 저들에게 함께 나눠 먹을 권력의 씨앗을 던져주지 말거라. 한 사람이 다른 사람을 위해 일하고 다른 사람은 제국을 위해 일하도록 만들어라. 그러면 저들은 서로 어깨를 맞대고 사이좋게 지낼 것이며 함께 제국을 건설할 것이다."

저들의 불화가 만들어내는 불필요한 잡음에 아버지께선 잔인하게 벌주셨다. 아버지께서는 그들에게 이렇게 말씀하셨다.

"제국이 온통 그대들의 소란으로 시끄럽구나. 장군은 총독에게 복종해야 한다. 따라서 나는 아랫사람을 제대로 다스리지 못한 죄로 사령관에게 벌을 내릴 것이며, 복종하지 않은 죄로 장군에게 벌을 내리노라. 그리고 그대들에게 조용히 지낼 것을 권고한다."

영토의 끝에서 끝까지 사람들은 조화롭게 살아갔다. 도난당한 낙타들은 주인에게 돌아갔고, 간통한 여인들은 복권되거나 파혼 당했다. 모욕으로부터 다시 명예가 회복되었다. 복종을 했던 이는 그를 다스리는 자의 칭찬으로 기분이 좋아졌다. 그에게 기쁨의 원천이 열린 것이다. 다스리는 자는 자신의 아랫사람을 키워줌으로써 자신의 힘을 보여주게 되어 만족스러워했다. 그리고 연회 자리에서 그를 상석에 앉게 했다 아버지께서는 이렇게 말씀하셨다.

"저들이 어리석었기 때문에 벌어진 일이 아니었다. 혀가 만들어내는 말 가운데 귀담아 들어야 할 말은 하나도 없다. 말이 만들어내는 허풍과 눈속임을 일으키는 말의 논리에 현혹되지 않는 법을 배워라. 조금 더 멀리 보는 법을 배워야 한다. 저들의 증오심은 괜한 게 아니었다. 만일 돌 하나하나가 제자리를 지키지 못한다면 사원 또한 존재할 수 없게 된다. 각각의 돌이 제자리에서 사원을 위해 맡은 바 소임을 다할 때 비로소 돌들이 만들어낸 침묵이 의미를 갖게 되며, 그곳에서 기도가 이뤄지는 법이다. 사람들이 돌에 대해 말하는 걸 들은 적이 있더냐?"

나를 찾아와서 사람들의 분쟁의 원인을 찾아내 재판으로써 질서를 바로잡아 달라는 장군들의 부탁에 내가 관심을 기울이지 않았던 이유도 여기에 있다. 내 사랑을 내색하지 않고 나는 야영지를 가로질러 저들이 서로 미워하는 모습을 지켜봤다. 나는 거기에서 빠져나와 신에게 기도를 드렸다.

"주여, 제국 건설의 일을 중단함으로 인해 저들은 지금 분열되어 있습니다. 분열되어 있기 때문에 제국 건설을 그만둔 게 아닙니다. 제게 저들이 지을 탑을 보여주십시오. 탑은 저마다의 다양한 바람 속에서 저들 스스로와 맞바꾸어 완성할 대상입니다. 저들이 가진 전부를 끄집어낼 탑은 저마다 자신의 모

111

든 것을 걸어 탑의 위대함을 만들어가는 데 기쁨을 느끼도록 해줄 겁니다. 저의 보호막은 너무나도 부족하고 저는 백성을 끌어안을 줄 모르는 나쁜 목동에 불과합니다. 저들이 서로를 미워하는 건 춥기 때문입니다. 사실 증오란 단지 불만족에 지나지 않습니다. 모든 증오심에는 심오한 의미가 있기 마련이나 증오심은 응집력이 있습니다. 풀들이 서로를 미워하고 서로를 물어뜯고 있습니다. 그러나 나뭇가지 하나하나가 서로의 자양분을 나누며 자라나는 나무는 그렇지 않습니다.

제게 당신의 보호막을 빌려주십시오. 전사들과 일꾼들과 학자들과 이 땅 위의 남편들 아내들 그리고 울고 있는 아이들까지 한꺼번에 덮어줄 수 있는 그런 보호막을 빌려주십시오."

16.

미덕도 마찬가지다. 아둔하기 짝이 없는 장군들은 내게 미덕에 대해 이야기했다.

"저들의 기강이 썩어들어가고 있습니다. 왕국이 와해되고 있는 까닭도 여기에 있습니다. 법을 강화하고 보다 강력한 제제를 만들어내는 게 중요합니다. 그리고 이를 어기는 자가 있으면 단칼에 목을 베어버려야 합니다."

나는 생각에 잠겼다.

'중요한 건 목을 베는 일일 테지……. 무릇 미덕이란 결과로 보이기 마련이다. 인간이 부패한 건 아마도 이들의 터전이 되는 제국이 부패했기 때문이다. 만일 제국이 활기차고 고결한 곳이었다면 인간의 고귀함이 더욱 고양됐을 것이다.'

나는 아버지의 말씀을 떠올렸다.

"미덕이란 인간 상태의 완벽함을 말하는 것이지 결점의 부재를 의미하는 건 아니다.

만약 내가 도시 하나를 건설한다면, 나는 도적과 천민을 취하고 힘으로써 도시를 고귀하게 만들 것이다. 나는 도시에 횡령, 훼손, 강간과는 다른 취기를 불어넣어 줄 것이다. 내가 말하는 취기란 서로 한데 엮이면 도시를 세우는 힘을 갖는다. 저들의 자부심은 탑이 되고 사원이 되며 요새가 된다. 저들의 가혹함은 규율의 엄격함과 위대함이 된다. 그러면 저들은 온 마음을 다해 스스로와 맞바꾸어 만들어낸 도시를 위해 일하게 되는 것이다. 요새에서 저들은 도시를 구하기 위해 목숨을 내놓는다. 너는 저들에게서 그보다 더 찬란하게 빛날 수 없는 미덕을 발견하게 될 것이다.

그러나 땅이 보여주는 힘 앞에서 부식토의 거친 겉모습과 부패함, 벌레들의 곱지 못한 모습에 불쾌감을 느끼는 너는 사람들에게 거기 있지 말 것을, 그곳에서 그렇게 냄새를 풍기지 말 것을 요구한다. 그러면 저들의 힘이 발현되는 것을 네가 비난하는 셈이 된다. 이어 너는 아무런 힘도 없는 자들을 제국의 수장자리에 앉혀놓을 것이다.

수장이 된 이들은 자신들이 쓸모없는 힘에 불과하다고 생각하는 악덕을 몰아내려 들겠지. 이들이 몰아내는 것은 오히려 삶이요, 힘이다. 저들은 그저 박물관을 지키는 경비원에 불과하며 죽어버린 제국을 밤새 지키는 것뿐이다."

• • •

아버지께서는 이렇게 말씀하셨다.

"백향목은 땅속의 진흙을 먹고 자라나지만, 태양을 먹고 자라는 두터운 이파리는 진흙을 바꾸어놓는다. 백향목은 진흙의 완성체이다. 백향목은 미덕이 된 진흙이다. 만약 네가 제국을 구하고자 한다면 제국에 열정을 만들어라. 제국이 사람들의 움직임을 유도할 것이다. 같은 행동, 같은 운동, 같은 열망, 같은 노력으로 너의 도시를 파괴하는 게 아니라 오히려 도시를 건설하게 될 것이다.

너에게 한 가지 얘기해 줄 것이 있다. 너의 도시는 완성되는 순간 곧 사멸할 것이다. 사람은 받음으로써 살아가는 게 아니라 주는 것으로써 살아가기 때문이다. 사람들은 축적된 비축물을 서로 가져가겠다며 또다시 늑대 소굴의 늑대가 되어버릴 것이다. 만일 네가 잔인한 칼을 휘둘러 저들을 제압한다면, 그들은 축사 안의 가축이 되고 도시는 완성되지 않는다. 열의가 부족할 때에나 작품이 완성됐다는 식의 말을 하는 것이다. 그렇게 되면 사람들은 죽어간다. 이미 죽은 목숨이기 때문이다.

완벽이란 우리가 도달하는 하나의 목표가 아니다. 신과 교감하는 것이다. 나는 내 도시를 완성시킨 적이 한 번도 없었다."

17

그리하여 나는 말에서 나오는 허풍을 헛된 것으로 무시해 버렸다. 언어의 화려한 기교에 대해 의심했다. 아둔한 장군들이 내게 와서 "백성들이 반란을 일으킵니다. 적절한 조치를 취하셔야 합니다."라고 말했을 때, 나는 장군들을 돌려보냈다. '적절함'은 허황된 말이기 때문이다. 창조에서 우회란 존재하지 않는다. 우리는 그저 우리가 만든 것을 세울 뿐이지 그 이상은 아무것도 아니다. 만일 그대가 하나의 목적을 추구하면서 처음과는 다른 곳을 향해 나아가려 한다면, 오직 말의 사기에 불과한 목적만이 적절한 것으로 보이리라. 그대가 정당화하는 건 결국 그대가 나아가려고 하는 방향이다. 그대는 그저 돌보고 있는 일을 정당화하려 할 뿐이다. 무언가를 몰아내기 위해 일을 돌보고 있더라도 말이다. 내가 적과 전쟁을

117

한다면 나는 적을 정당화해 주는 셈이 된다. 적을 단련시키고 강하게 만들어주는 건 바로 나다. 부질없어 보여도 내가 미래를 위해 나의 제약조건을 더욱 강화시키려 든다면, 결국 이 제약조건을 정당화해 주는 셈이다. 평화를 얻기 위해 내가 전쟁을 벌인다면 나는 전쟁을 정당화해 주는 것이다. 전쟁을 통해 우리가 도달하게 되는 상태는 평화가 아니지 않던가. 무기를 통해 얻어진 평화를 믿고 무장해제를 해버린다면 나를 기다리는 건 죽음뿐이다. 평화는 오로지 평화를 정당화할 때에만 얻어질 수 있기 때문이다.

평화를 구축한다는 건 소 떼 전체가 그곳에서 잠들 수 있을 만큼 커다란 축사를 만드는 것과 같다. 모든 사람이 자기의 짐을 버리지 않고 한데 어울릴 수 있을 만큼 커다란 왕궁을 만드는 것과 같다. 이들을 담기 위해서 누구는 밖으로 잘라내는 게 아니라는 말이다. 평화를 구축한다는 건 신을 얻는다는 뜻이다. 사람들의 모든 요구를 받아 안으며 모두를 받아들일 기다란 복동의 보호막을 신이 빌려주는 것이다. 그렇게 어머니는 자식들을 사랑한다. 어떤 이는 수줍고 연약할 수 있다. 또 어떤 이는 씩씩하게 살아갈 수 있다. 혹자는 꼽추일 수도 있으며 허약한 사람일 수도 있고 자격박탈자일 수도 있다. 다양함 속에서 모두의 마음은 움직인다. 다양한 사랑이 피어나는 가운데 모두 영광을 위해 노력한다.

18

나는 검은 바위 위로 올라가 드넓게 퍼져 있는 야영부대의 검은 점들을 주시했다. 언제나 삼각형 대열로 자리 잡는 야영지, 언제나 세 군데 높은 지점에서 보초병이 지켜주는 야영지, 언제나 화약과 총이 있는 야영지. 죽은 나무처럼 퍼지고 흩어져 속삭이는 야영지.

• • •

나는 사람들을 용서했다. 이해했기 때문이다. 번데기를 만들고 나면 애벌레의 생은 끝난다. 씨앗이 되고 나면 작물의 생은 끝난다. 변화하는 것은 그 무엇이든 슬픔과 번뇌를 겪는다. 그에게 있는 모든 게 무용지물이 되어버린다. 변화하는 것은 모두 빈껍데기에 불과하다. 부질없는 회한일 뿐이다. 노쇠한 제국을 써먹을 때까지 다 써먹은 사람들은 탈피를 기대했다. 누구도 제국의 젊음을 되찾아줄 방도를 알지 못했다. 사람들은 애벌레도 작물도 치료하지 않는다. 허물 벗은 어린아이도 치료하지 않는다. 지극히 행복한 어린 시절로 되돌아가게 해달라고 졸라댄다. 지겹도록 했던 놀이에 오색찬란함을 되찾아 한없는 기쁨을 회복하고 싶다는 것이다. 엄마 품속의 따뜻함을, 그 안에서 먹었던 젖의 맛을 되찾고 싶다는 것이다. 그러나 놀이에 더 이상 색깔은 들어가지 않는다. 도망칠 엄마 품속도 더 이상 존재하지 않는다. 엄마 젖의 맛도 이제는 느낄수가 없다. 그래서 인간은 서글퍼진다. 오래된 제국을 소모시킨 인간들은 자신도 모르는 사이 새로운 제국을 요구하는 것이다. 허물을 벗고 엄마가 필요 없어진 아이는 여자를 찾는 것이외의 다른 휴식은 취할 줄 모른다. 오직 새로운 여자만이 그를 추슬러줄 수 있다. 괴리감이 느껴지는 세상 속에서 누가 자신의 재주만으로 새로운 얼굴을 빚어내고 자신을 알아보게끔할 수 있겠는가? 누가 그렇게 자신을 알아보고 자신을 좋아하게 할 수 있겠는가? 논리학자의 힘으로는 새로운 작품을 만들

어낼 수 없다. 그건 창작자의 몫이다. 조각가의 소관이다. 오직 조각가만이 대리석에서 새로운 얼굴을 만들어낼 수 있다. 스스로를 정당화해야 할 필요가 없는 조각가만이 대리석에 사랑을 일깨워줄 힘을 새겨넣을 수 있다.

19

나는 건축가들을 불러들여 다음과 같이 말했다.

"미래의 도시는 그대들의 힘에 달려 있네. 정신적인 의미에서가 아니라 도시가 보여주게 될 얼굴 차원에서 말이네. 나는 그게 사람들이 행복하게 자리 잡을 수 있는 길이라고 생각하네. 사람들이 도시의 편리함을 누리게 하고 헛된 불평이나 보람 없는 지출로 헛수고하지 않도록 하기 위함이야. 나는 시급한 일과 중요한 일을 구별하는 법을 배웠네. 밥을 먹는 일은 물론 시급한 일이지. 사람이 밥을 먹지 않으면 더 이상 사람으로 존재할 수 없게 되고 문제도 일으키지 않을 테니까. 그러나 사랑과 삶의 의미 그리고 신에 대한 애착은 그보다 더 중요하지.

나는 기름진 족속에게는 관심이 없어. 사람이 행복한지 아

닌지, 풍요로움을 누리는지 그렇지 않은지, 편리하게 지내는지 그렇지 않은지는 하등의 문젯거리가 되지 않네.

내가 궁금한 건 어떤 인간이 번영을 누리고 행복할 것이냐는 점이야. 나는 안전장치를 가득 설치해 두고 풍요로움을 누리는 가게 주인보다는 끝도 없이 도망을 다니며 바람을 쫓는 유목민이 더 좋다네. 나날이 더 넓은 주인을 섬기기 때문이야. 선택을 강요당한 내가 신께서 먼젓번 사람에게는 선처를 거부하고 다음번 사람에게만 선처를 베푼 걸 알았다면 나는 내 백성을 사막에 처박았을 것이네.

나는 빛을 주는 사람을 좋아하기 때문이지. 양초의 두께는 별로 중요하지 않아. 양초가 보여주는 불꽃만으로 나는 그 질을 판가름할 수 있네.

• • •

나는 자네들에게 이런 말을 하고 싶네. 만일 그대들이 주방으로도 못 쓰고 휴게실로도 못 쓰고 명사들의 회의장으로도 못 쓰고 저수지로도 못 쓰는 그저 단순히 인간의 마음을 넓히며 오감을 진정시키고 무르익는 시간들에만 소용되는 사원을 짓는다면 말일세. 평화롭게 몇 시간쯤 맘 편히 노닐다 갈 수 있고, 정념이 차분히 가라앉으며, 누구도 소외되지 않는 정의 가 살아있는 사원을 만든다면, 종기에서 비롯된 고통이 성가 와 봉헌으로 바뀌고, 죽음에 대한 위협은 잔잔한 물속의 문으 로 변하는 그런 사원을 만든다면 그대들은 노력을 허비했다 생각할 텐가?"

20

아둔하기 짝이 없는 장군들은 시위를 해대며 나를
피곤하게 만들었다. 대회라도 개최한 듯한데 모인 그들은 저
마다 언성 높여 미래를 논했다. 그렇게라도 해서 스스로를 적
절한 능력을 갖춘 사람으로 만들고 싶은 것이었다. 장군들은
우선 역사부터 배웠다. 내가 정복에 성공했던 날짜와 전쟁에
패했던 날짜, 무언가가 새로 생긴 날짜와 없어져버린 날짜 등
을 속속들이 꿰고 있었다. 장군들은 이 모든 사건들이 서로 맞
물려 있다고 생각했다. 이들이 바라보는 역사란 역사책 첫 번
째 줄에서 인류 창조의 역사가 시작하여 장군들의 화려한 시
설까지 오게 됐다고 미래의 세대들에게 알려주는 마지막 장
에 이르기까지 인과관계의 고리가 꼬리에 꼬리를 물고 이어
져 있다고. 한참을 앞서 나간 장군들은 결과에서 결과로 넘어

가며 미래를 보여주었다. 저들은 이렇게 말했다.

"따라서 사람들의 행복을 위해서나 평화를 위해서, 혹은 제국의 번영을 위해서 무언가 하셔야 합니다. 우리는 똑똑한 사람들입니다. 우리는 역사를 공부했단 말입니다……."

하지만 나는 이게 단지 반복에 불과함을 안다.

장군들이 눈에 보이는 인과관계를 찾아내고 발견할 때 이들은 물론 논리를 사용한다. 저들은 내게 모든 결과에는 그 원인이 있고 모든 원인에는 그 결과가 있다고 말했다. 원인에서 결과로 장황하게 설명하는 장군들은 결국 오류로 나아가고 만다. 결과에서 원인으로 올라가는 것과 원인에서 결과로 내려오는 것은 별개이기 때문이다.

발길이 닿지 않아 백묵가루처럼 곱게 펼쳐진 드넓은 모래밭에서 나 또한 내 적의 역사를 다시금 돌이켜 보았다. 하나의 걸음은 언제나 그 걸음이 있게 해준 이전 걸음으로부터 비롯되고, 사슬은 고리에서 고리로 넘어가며 중간에 그 어떤 고리도 빠지지 않아야 한다는 사실은 나도 익히 알고 있다. 모래바람이 일지 않았더라면, 초등학교 흑판 위 글씨 지우듯 자취를 지워버리지 않았다면, 나는 족적을 거슬러 올라가며 만물의

기원에 이를 수도 있었을 것이다. 혹은 대상 마차의 뒤를 쫓으며 협곡에서 지체되었다고 믿고 있을 그들을 놀라게 할 수도 있었겠지. 하지만 그렇게 읽어내려가는 과정에서 나는 저들의 발걸음을 앞지르는 방법을 터득하지 못했다. 저들을 지배하는 진리는 모래와는 다른 차원의 본질에서 비롯되는 것이기 때문이다. 앞사람이 남기고 간 자취에 대해 아는 것은 단지 무익한 고민을 아는 것일 뿐이다. 그건 내게 증오에 대해서도 두려움에 대해서도 그리고 인간을 지배하는 사랑에 대해서도 아무런 가르침을 주지 못한다.

아둔하기 짝이 없는 장군들은 이렇게 말할 것이다.

"저희 주장이 뒤집어진 건 아직 아무것도 없습니다. 제가 만일 증오와 사랑 또는 이를 지배하는 공포에 대해 안다면 저는 이들의 움직임을 점쳐볼 수 있습니다. 그러니 미래는 현재에 담겨 있는 셈입니다."

저들에게 나는 아직 내딛지 않은 대상 마차의 다음 행보를 예상할 수 있다고 대답해 줄 것이다. 새로이 디디게 될 이 발걸음은 방향과 보폭 면에서 이전의 발걸음과 동일하게 반복될 것이다. 반복되는 것의 이치란 그런 거다. 하지만 대상은 곧 내 논리가 그려놓은 궤적을 이탈한다. 마음이 바뀌었기 때문이다.

장군들이 내 말을 이해하지 못했으므로 나는 대규모 인구 유출 사건에 대한 이야기를 들려주었다.

소금 광산 옆에서의 일이다. 좋든 싫든 사람들은 광산의 삶을 피하고자 그곳을 빠져나가고 있었다. 광산은 누구의 삶도 허용하고 있지 않았기 때문이다. 태양은 뜨겁게 내리쬐고 있었고 맑은 물을 내보내 주기는커녕 땅속은 수분을 몽땅 잡아가는 소금 덩어리만을 내뿜고 있는 상황이었다. 햇볕과 암염 사이에 사로잡혀 외지에서 가죽 수통을 잔뜩 가져온 사람들은 분주한 곡괭이질로 삶과 죽음의 이 투명한 결정체를 캐냈다. 그리고 이들은 행복한 대지와 비옥한 물줄기에 탯줄 같은 것으로 이어진 채 돌아갔다.

그곳에서 태양은 기근처럼 가혹하고 끈덕지고 강렬했다. 새까만 다이아몬드같이 딱딱한 검은 바위 층으로 암염을 밀어내면서 바위는 곳곳에서 모래를 파고들었다. 바람은 그저 정수리를 쓸어볼 뿐이었다. 이곳 사막의 오랜 전통을 지켜봤던 어떤 이는 이런 상황이 앞으로도 몇 백년간 끈덕지게 지속될

129

거라고 예견했다. 산은 마치 이가 고운 줄에 갈리듯 서서히 마모될 것이라고 했고 사람들은 계속 소금을 캘 것이며 대상은 계속해서 물과 물자를 실어 나르고 도형수를 찾아낼 것이라고 했다.

새벽이 오고 사람들은 산 쪽을 돌아보았다. 이들의 눈앞에 여태껏 보지 못했던 광경이 펼쳐진다.

지난 수세기 동안 바위를 깎아 들어간 바람이 우연히 그곳에 분노에 찬 커다란 얼굴을 새겨놓았던 것이었다. 사막도 놀랐고 지하의 염전도 놀랐다. 대양의 소금물보다 더 무자비한 경화염을 터전으로 살아가던 부족들은 바위에 새겨진 이 까만 얼굴에 압도되었다. 맑은 하늘과 같은 깊이를 갖고 있던 이 얼굴은 무척이나 성난 모습이었으며 금방이라도 입을 벌려 저주를 퍼부어댈 것 같았다. 그 모습을 본 사람들은 아연실색하여 정신없이 도망쳤다. 그 소식은 우물 깊숙한 곳에까지 퍼져서 인부들이 갱도에서 나왔을 때 이들은 산을 등져 바위를 보지 않았고 마음을 다잡은 뒤 막사를 향해 달려가 짐을 꾸려 여자와 아이, 노예들의 발걸음을 재촉했다. 이들은 가혹하게 내리쬐는 태양 아래 무방비 상태로 놓인 재산을 앞세우고 북

쪽으로 갔다. 물 부족으로 모두 비명횡사했다. 산이 쇠약해지고 인간들이 영원히 존속할 거라던 논리학자들의 말은 모두 허황하게 됐다. 이런 일이 생길 줄 그들이 어떻게 예상할 수 있었겠는가?

과거로 거슬러 올라가면 사원은 돌들로 해체된다. 그 작업은 예상 가능하고 단순하다. 부서진 몸을 뼈대와 내장으로 펼쳐 놓고 사원을 폐물로 나눠 펼쳐놓고 땅을 산과 잠잘 곳과 양과 염소로 나누어놓는 일도 마찬가지다. 그러나 미래로 나아가자면 언제나 새로운 변수를 고려해야 한다. 그 변수는 이전의 물질적 재료에 더해져 예측이 불가능하다. 본질이 다르기 때문이다. 이 변수들은 많지도 않고 단순하다. 분리되면 죽어 없어지기 때문이다. 침묵이란 돌들에 더해지는 무언가지만 돌들이 분리되면 침묵은 곧 사라진다. 대리석이나 얼굴의 부분 부분에서 우리는 얼굴을 읽을 수 있지만 대리석을 깨부수거나 얼굴의 부분 부분을 따로 떼어놓으면 얼굴은 곧 사라진다. 영토는 염소와 잠잘 곳과 양과 집이 합쳐져 이뤄놓은 것이다.

나는 미래를 예상할 줄은 몰라도 무언가의 근거를 세울 줄

은 안다. 미래란 우리가 구축하는 것이다. 이 시대의 잡다한 것들을 하나의 얼굴 안에 모아둔다면, 그리고 내게 조각가의 손이 주어진다면 내 욕심은 진화할 것이다.

내가 미래를 내다볼 줄 알았다고 말한다면 그건 틀린 것이다. 나는 창조해 낼 것이기 때문이다. 이것저것 뒤섞여 있는 가운데 나는 얼굴 하나를 보여줄 것이고 이를 앞세울 것이며 이 얼굴이 사람들을 다스릴 것이다. 때로는 저들의 피까지 요구하는 영지처럼 될 것이다.

내게는 새로운 진리가 보였다. 미래를 어떻게 해보겠다는 것은 헛된 망상이라는 새로운 진리였다. 하지만 유일하게 가치 있는 작업은 바로 현재의 세계를 표현하는 것이다. 표현하는 것, 그건 바로 현재의 뒤죽박죽 섞여 있는 것들로 이를 다스릴 얼굴을 만들어가는 것이다. 돌들로 침묵을 만들어가는 것이다.

그 밖의 모든 주장은 말이 만들어낸 허풍에 불과하다……

23

마음이 영혼을 앞서는 건 좋지 않다.

감정이 정신을 앞서는 것도 좋지 않다.

제국에서 사람들을 감정으로 뭉치게 하는 것은 감정을 다스리는 정신으로 뭉치게 하는 것보다 더 쉬웠던 것 같다. 아마도 정신은 감정이 되어야 한다는 의미 같으나 중요한 건 감정이 아니다.

많은 사람들이 원한다고 해서 거기에 굴복하면 안 된다. 대중의 바람이 되어야 하는 건 창조 그 자체이기 때문이다. 대중은 정신을 받아들여 이를 감정으로 바꾸어야 한다. 대중은 그저 하나의 배에 지나지 않는다. 대중은 양식을 받아들여 이를 자비와 빛으로 바꾸어야 한다.

25.

나는 교육자들을 불러들여 이렇게 말했다.

"그대들은 어린아이들에게서 사람다움을 말살시켜서는 안 되며 아이들을 개미집의 일개미로 만들어서도 안 된다. 그 사람이 얼마만큼의 능력을 가졌는지는 내게 별로 중요하지 않다. 중요한 건 얼마나 사람다운가 하는 점이다. 나는 그 사람이 행복한지 그렇지 않은지는 별로 궁금하지 않다. 다만 어떤 사람이 행복할지가 궁금할 뿐이다.

한 곳에 머물러 있으며 배를 불린 사람의 호사 따위는 별로 중요한 게 아니다. 그건 그저 우리 안에 처박힌 가축과 마찬가지일 뿐이다.

허울뿐인 상투적 문구로 아이들의 내면을 채우지 마라. 뼈대를 가져다주는 심상으로 이들의 내면을 채우라.

죽은 지식 따위로 아이들의 속을 채우지 마라. 스타일을 단련시켜 주어 아이들이 이해할 수 있도록 하라.

무언가를 쉽게 잘 한다고 해서 그것만으로 아이들의 재능을 판단하지 마라. 자아를 거슬러 가장 많이 노력한 아이가 가장 멀리 가고 가장 훌륭히 성공하는 법이다.

쓸모 있는 사람이 되는 것에 주안점을 두기보다는 사람으로 만드는 것에 더 신경을 쓰라. 그래야 아이는 우직하고 당당하게 스스로를 보다 잘 연마해 나갈 수 있을 것이다.

존경심을 가르쳐라. 남을 조롱하는 건 안면몰수의 열등한 이들이나 하는 짓이기 때문이다. 물질적 재산으로 얽힌 인간관계는 타파하고, 아이들에게 나의 일부와 상대의 일부를 맞바꾸는 법을 가르쳐주어 사람다움을 만들어주라. 서로의 일부를 맞바꾸는 교류의 미덕이 없다면 메마르고 딱딱해진 빈 껍데기에 불과하다.

명상하고 기도하는 법을 가르쳐라. 영혼이 더욱 넓어질 것이다. 그리고 사랑을 실천하는 법도 가르쳐라. 그 무엇도 사랑을 대체할 순 없을 것이다. 자기 자신에 대한 사랑은 사랑의 반대에 해당한다.

우선 거짓말을 벌하고 이어 고자질을 벌하라. 물론 거짓말이 사람에게 쓸모가 있을 때도 있다. 겉으로만 보면 나라에도 도움이 되는 것 같다. 하지만 오직 신의만이 강함을 만들어내는 법이다. 한쪽에 대한 신의가 없으면 다른 한쪽에 대한 신의 역시 없기 마련이다. 신의를 지키는 사람은 언제 어디서고 신의를 지킨다. 한솥밥 먹은 동료를 배신하는 자에게는 신의가 없다. 내게는 보다 강한 나라가 필요하고 인간의 부패함 따위를 힘의 기반으로 삼지는 않을 것이다.

완벽함에 대한 취향을 가르쳐라. 모든 작품은 신에게로 다가가는 발걸음이며 오직 죽는 순간에만 완성될 수 있다.

용서와 자비를 먼저 가르치지 마라. 잘못 이해될 수 있기 때문이다. 또한 용서와 자비는 곧 모욕과 종창을 인정하는 것에 지나지 않을 수도 있다. 모두가 협동하는 경이로운 모습을 가르쳐라. 고통 받는 한 사람의 무릎 하나를 고쳐주기 위하여 사막을 가로질러 허겁지겁 뛰어가는 의사의 행동이 이해되는 것도 이와 같은 맥락에서다. 협동이라는 운전수가 두 사람의 차를 이끌어주는 셈이다."

26

나는 자아의 변화 및 변모에서 비롯되는 놀라운 기적에 관심이 갔다. 마을에 문둥이가 한 명 있었다. 아버지께서는 내게 이렇게 말씀하셨다.

"여기 하극상이 있느니라."

그리고는 나를 초라하고 지저분한 어느 들판의 외곽으로 데려가셨다. 들판 주변에는 울타리가 쳐져 있었고 밭 가운데에는 더럽고 나지막한 집 한 채가 서 있었다. 문둥이 하나가 사람들과 격리되어 지내고 있었던 것이다. 아버지께서는 이렇게 말씀하셨다.

"저자가 자신의 처지를 비관하여 절규할 거라 생각하느냐? 저자가 밖으로 나와 하품하는 모습을 잘 보거라. 저자는 그저 무언가에 대한 애착을 모두 잃어버린 사람에 지나지 않는다.

그저 도망치다 피폐해진 한 사람일 뿐이다. 도망이란 사람을 망쳐놓는 것이 아니다. 지치게 만들어놓는 것이다. 너는 헛된 공상밖에는 품고 있지 않다. 아무것도 쓰여 있지 않은 주사위를 가지고 노는 거다. 얼마나 호사스러운지 따위는 별로 중요하지 않다. 어둠의 왕국을 다스리는 왕밖에는 없는 거다.

중요한 건 무언가가 필요하다는 것이다. 아무것도 쓰여 있지 않은 주사위로는 아무것도 할 수가 없다. 단지 네 꿈에 장애물이 없다는 이유만으로는 네 꿈에 만족할 수 없다. 젊은 시절의 부질없는 공상에 매달리는 건 부질없는 짓이다. 네게 맞서는 무언가가 네게 더 도움이 되는 법이다. 저 문둥이의 불행은 몸이 썩어들어간다는 데 있는 게 아니다. 저자에게 맞서는 게 아무것도 없다는 것, 그게 저 문둥이의 불행이니라.

필요한 것을 잔뜩 쌓아둔 채 한자리에 머물러 거기에만 갇혀 지내는 저 꼴을 보거라."

● ● ●

마을 사람들은 이따금씩 그를 보러 왔다. 사람들은 산에 올라 화산 분화구에서 아래를 굽어보는 사람들처럼 들판 주위에 모여들었다. 발밑에서 지구가 포효할 준비를 하는 소리를 듣고 이들은 하얗게 질렸다. 수수께끼 주위로 몰려들 듯 이들은 문둥이의 네모진 들판 주위로 모여들어 꼼짝 않고 서 있었다. 신비로울 건 아무것도 없었다. 아버지께서는 이런 말씀을 하셨다.

"환상을 갖지 말거라. 저자가 실의에 빠져 있을 거라고, 불면증에 시달리며 팔을 배배 꼬고 있을 거라고, 저자가 신에 대해 자신에 대해 사람들에 대해 분노하고 있을 거라고 속단하지 말거라. 저자에게는 오로지 부재감만 있을 뿐이다. 저자가 사람들과 어떤 공통점을 나눠 갖고 있겠느냐? 저자의 두 눈은 녹아내리고 두 팔은 나뭇가지 부러지듯 떨어져 나간다. 마을에서는 수레 소리만이 들려올 뿐이다. 저자의 삶은 구경거리 이상의 의미를 갖지 못한다. 구경거리는 아무것도 될 수 없다. 너는 네가 변화시키는 것으로만 살아갈 수 있느니라. 네가 상점에서처럼 차곡차곡 쌓여 있는 것으로 말미암아 살아가는 게 아니란 얘기다. 말에게 채찍을 가하고 돌을 실어 나르고 사원을 축조할 수 있었다면 저자도 삶을 살아간다 말할 수 있었을

게다. 하지만 저자에겐 그 모든 게 다 주어져 있지 않더냐?"

• • •

관습 하나가 생겨났다. 고통 받는 문둥이의 모습에 동요된 마을 주민들이 매일매일 찾아와서 경계를 만들어주던 울타리 너머로 문둥이에게 필요한 물건들을 던져주고 가는 것이었다. 문둥이는 우상처럼 대접받고 우상처럼 입혀졌다. 최고의 음식으로 배를 채우게 되었고 축제일에는 음악 감상까지 하는 호사를 누렸다.

그에게는 이 모든 게 필요의 대상이었지만 마을 사람 어느 누구도 그를 필요로 하지는 않았다. 그는 없는 것 없이 모든 걸 갖고 있었지만 남에게 나눠줄 건 아무것도 없었다. 아버지는 이렇게 말씀하셨다.

"저자는 네가 봉헌물을 잔뜩 쌓아두는 나무 성상이나 다름없다. 신자들이 제등을 밝히는 성상이나 다름없느니라. 앞에서는 제물의 향이 피어오르고, 금은보화로 머리가 장식되는 성상과 마찬가지인 셈이다. 하지만 사람들이 성상 앞에 제아무리 금은보화를 많이 갖다 바친다한들, 나무 성상은 그저 나무일 뿐이다. 나무 성상은 아무것도 변화시키지 못하기 때문이다. 반면에 살아 있는 나무는 흙에서 꽃을 피우지 않더냐?"

• • •

나병 환자는 집 밖으로 나와 생기 없는 눈으로 우리를 훑어봤다. 그를 보듬어주려 했던 이 소란은 바다의 파도보다 닿기가 더 어려웠다. 우리와 아예 단절되어 이제는 닿을 수 없는 존재가 되어버린 것이다. 차라리 누군가가 그에게 동정심을 보였더라면 그는 환자를 경멸의 눈초리로 바라봤을지도 모른다. 저들 사이엔 연대의 끈이 존재하지 않는다. 무신경한 놀음에 신물이 난다.

품에 안고 달래주기 위한 동정심이 아니지 않던가? 잔인한 무언가로 문둥이에게 더 큰 화를 불러일으킬지언정, 구경거리나 조롱거리로 전락해 버린 화를 불러일으킬지언정, 알고 보면 그리 뿌리 깊지 않은 화를 불러일으킬지언정, 잉어가 유유자적하며 돌아다니는 연못 주위에 모여든 아이들처럼 그저

그와는 다른 세계에 속한 구경꾼일 뿐인데, 그가 화를 내는 게 뭐가 그리 대수란 말인가? 우리에게 아무런 영향을 미치지도 못하고 바람이 실어 나르면 그만인 허풍 따위를 늘어놓는 그런 분노가 무슨 소용이란 말인가? 그는 저 호사스러움 때문에 헐벗은 자로 보였다.

나는 법 때문에 말 위에 올라탄 채 오아시스에서 구걸하던 나병 환자들을 기억한다. 그들에겐 밑으로 내려올 권리가 없었던 것이다. 이들은 지팡이 끝에 동냥 그릇을 걸어 구걸을 하고 있었다. 시선은 완고했지만 이들의 눈은 아무것도 보고 있지 않았다. 저들에게 행복의 얼굴이란 배척의 대상에 지나지 않았다. 저들에게 행복이란 숲 속에서 한가로이 노니는 작은 동물들만큼이나 낯선 것인데, 여기에 거슬려 할 이유가 뭐가 있겠는가?

이어 노점상 앞을 느릿느릿 지나며 이들은 말 위에 올라탄 채 줄 끝에 바구니를 내려 보냈다. 그리고는 상인이 이를 다 채워주길 인내심을 갖고 기다렸다. 이들의 서글픈 인내심은 두려움마저 일게 할 정도였다. 움직임이 없는 저들의 모습은 병에 걸려 성장이 더뎌진 식물 같았다. 우리에게 저들은 그저 부패의 온상에 지나지 않았다. 저들은 단지 잠깐 스쳐 지나가는 장소이거나 폐쇄된 들판, 악이 머무는 곳일 뿐이었다. 저들이 무엇을 기대하겠는가? 기대할 건 아무것도 없다. 사람들은 자기 자신에게서 무언가를 기대하는 게 아니라 자신과는 다른 사람에게서 무언가를 기대하는 법이다. 그대가 내뱉는 언어가 저속할수록 그대가 사람들과 맺는 관계가 더 초라해지고 기대와 지겨움은 덜해진다.

그런데 저들에게서 무엇을 기대하겠는가? 우리와 이토록 단절된 저들이 대관절 우리에게 무엇을 기대할 수 있겠느냐는 말이다. 저들은 아무것도 기대하지 않았다.

• • •

아버지께서는 말씀하셨다.

"보거라. 저들은 하품조차 하지 못하느니라. 사람들을 기다리다 지쳐 생기는 지겨움마저 포기했기 때문이다."

28

그날 밤, 새벽에 죗값을 치러야 했던 한 남자 때문에 마을은 불현듯 잠에서 깨어났다. 사람들은 그가 결백하다고 말했다. 사람들은 집 밖으로 나와 한데 모여들었고, 순찰대는 돌아다니며 사람들이 모이지 못하도록 해야 했다.

속으로 나는 이렇게 생각했다.

'누군가의 고통이 이 난리에 불씨를 지핀 것이다. 감옥에 갇힌 이자가 타다 남은 불씨처럼 우리 모두를 휘두르고 있는 셈이다.'

그에 대해 알아볼 필요를 느낀 나는 감옥으로 갔다. 별빛조차 허락되지 않은 네모지고 어두운 그곳에서 그를 보았다. 병사들이 문을 열어주자 경첩에서 삐거덕 소리가 나면서 천천히 문이 돌아갔다. 벽은 두껍고 낡아 보였으며 구멍은 창살로

가로막혀 있었다. 야경 순찰대는 현관에서 입구를 따라 정찰
중이었는데 내가 지나가자 야행성 동물들처럼 몸을 곧추 세
웠다. 사람이 아무렇게나 되는대로 편하게 지내다보면 곳곳
에서 성당 지하 납골당 같은 쾌쾌한 자취방 냄새가 나기 마련
이다. 나는 이런 생각을 해보았다.

'살갗이 약해 쇠못 하나로도 목숨을 끊어놓고 산 아래에서
압사시켜 버릴 수 있는, 너무나 연약한 존재인 사람이 쓸모 있
는 존재가 되려면 위험을 감수해야 하지 않던가!'

내 귀에 들리는 모든 발소리가 그를 짓밟고 있었다. 벽과 쪽
문, 버팀벽 모두가 그를 짓누르고 있었다.

'그는 감옥의 영혼이다. 의미의 존재이자 중심적 존재며 감
옥의 진리다. 그에게서는 오직 알맹이의 모습만이 보일 뿐이
다. 창살 너머로 누워 있는 그의 모습이 보인다. 힘겹게 호흡
하며 잠이 들었는지도 모르겠다. 그런 그에게서 마치 이 도시
의 알맹이 같은 모습이 느껴진다. 한쪽 벽에서 다른 쪽 벽으로
뒤척이는 것만으로도 그는 대지의 떨림을 유발하지 않던가.'

사람들은 내게 배신자의 감방 문을 열어주었고 나는 문틈으
로 그를 바라봤다. 무언가 이해해야 할 것이 있음을 알았기에

나는 그를 바라보며 이런 생각을 해보았다.

'아마도 저자는 사람을 사랑했다는 것 말고는 스스로를 탓할 게 아무것도 없을 것이다. 하지만 기거할 곳을 제 손으로 만든 자는 그곳에 하나의 형태를 부여하기 마련이다. 물론 어떤 형태라도 상관없으나, 다만 모든 형태여서는 안 된다. 그렇지 않으면 그에게는 더 이상 기거할 곳이 없어져버릴 테니까.

돌 하나가 보여주는 얼굴은 다른 모든 돌들에선 볼 수 없는 얼굴이다. 모든 얼굴이 다 아름다울 수 있다. 하지만 모두가 함께 아름다울 수는 없다. 하나의 돌이 아름다운 건 아마도 그 돌이 꾸는 꿈이 아름답기 때문일 것이다.

그와 나는 산 정상에 올라 있다. 그와 나, 오직 두 사람뿐이다. 이 밤, 그와 나는 세상의 정상에 올라 있다. 우리는 재회하여 하나가 된다. 이 정도 높이에서는 그 무엇도 우리를 갈라놓을 수 없기 때문이다. 그 또한 나처럼 정의를 갈망한다. 그러나 그는 곧 죽을 것이다……'

가슴이 아파왔다.

하지만 바라는 바를 실천하자면, 나무의 힘이 가지로 변하자면, 여자가 어머니로 거듭나자면, 선택이 필요하다. 선택의 부당함으로부터 삶은 생겨나기 마련이다. 아름다웠던 부당함을 좋아하는 사람들은 많았다. 선택의 부당함은 사람들을 좌절로 몰아넣었다. 존재하는 모든 것은 부당한 법이다.

나는 모든 창조란 우선 잔인하다는 점을 깨달았다.

문을 닫고 복도를 따라 빠져나왔다. 수많은 생각이 교차했고 벅찰 만큼의 애정이 솟구쳤다.

'그의 위대함은 곧 그의 자존심에서 비롯되는 것일진대 노예처럼 사는 삶은 그에게 무엇을 남겼는가?'

나는 정찰대와 간수 그리고 새벽녘의 청소부와 마주쳤다. 이들은 모두 죄수를 위해 일하고 있었다. 육중한 벽 또한 매몰된 보물에서 자신의 의미를 끌어내는 무너진 폐허처럼 죄인을 지켜주고 있었다. 나는 감옥 쪽을 한 번 더 돌아봤다. 별을 향해 고개 젖히고 있는 왕관 모양의 탑은 완전히 복종하는 자세로 짐을 싣고 항해하는 선박의 느낌이었다.

'무엇이 더 우세할까?'

내가 멀리 가자 이 일촉즉발의 장소는 어둠 속에 파묻혔다.

나는 마을에 있는 사람들을 생각했다.

'물론 저들은 그자의 처지를 측은하게 여길 것이다. 저들이

그를 위해 눈물을 흘리는 것도 좋은 일이다.'

• • •

나는 노래, 뜬소문 그리고 사람들에 관한 명상에 잠겼다.

'사람들은 저자를 땅속에 묻을 것이다. 사람들이 묻는 건 저자가 아니다. 씨앗을 묻는 것이다. 내게는 삶에 맞설 힘이 없다. 언젠가는 저자가 옳을 날이 있겠지. 나는 그를 줄 끝에 매달아둔다. 나는 저자의 죽음이 노래하는 소리를 듣게 될 것이다. 분열된 것을 화해시키고 싶어 하는 이에게 이 외침이 울려 퍼지겠지. 하지만 나는 무엇을 화해시켜야 한단 말인가?

나는 위계질서에 흡수되어야 하지만 동시에 다른 쪽 위계질서에 흡수되어서는 안 된다. 영생의 행복과 죽음을 혼동하지 말아야 한다. 영생의 행복을 향해 나아가되 모순을 거부하지 말아야 한다. 그 또한 받아들여야 하는 것이다. 좋은 건 좋은 거고 나쁜 건 나쁜 거다. 약자에겐 그저 달콤한 유혹에 지나지 않는, 그러면서 이들을 약하게 만드는 혼돈은 정말 싫다. 나는 내가 적으로 인정한 것으로부터 말미암아 성장해야 한다.'

29

나는 제국의 한계를 알게 됐다. 이 한계는 이미 제국을 표현해 주고 있었다. 나는 저항하는 것만을 좋아하기 때문이다. 나무든 사람이든 우선은 저항의 존재다. 하여 나는 고집 센 무용수를 표현한 부조 작품들을 빈 상자 덮개에 비유한다. 이 부조 작품들이 저들의 완고함과 내부의 소란을 뒤덮어 감춰주기 때문이다. 시 또한 갈등의 결과물이 아니던가.

나는 저항함으로써 스스로를 드러내 보이는 이를 좋아한다. 스스로의 문을 걸어 잠그고 입을 다물어 자기를 단단한 사람으로 유지시키는 사람, 극심한 고통 속에서도 입을 굳게 다물고 괴로움과 사랑에 저항하는 사람이 좋다. 다른 것보다 더 좋아하는 무언가가 있는 사람, 사랑하지 않는 건 부당하다 여기는 사람이 좋다. 난공불락의 탑과 같은 그대는 결코 손에 잡히

지 않을 것이다.

　쉽고 편한 것이라면 질색이다. 저항하지 않으면 인간이 아니다. 그건 신이 존재하지 않는 개미굴에 불과하다. 원동력을 상실한 인간인 것이다. 감옥에서 내게 기적이 나타났다. 그대보다 나보다 우리 모두보다 간수보다 개폐교보다 그리고 나의 성벽보다도 더 강력한 기적이 나타난 것이다.

　수수께끼가 나를 뒤흔들어 놓았다. 실체가 드러난 수수께끼를 정복하고 있을 때 사랑과도 같은 수수께끼가 나를 뒤흔들어 놓았다. 사람의 위대함이자 사람의 하찮음이기도 하다.

　사람이란 저항에 대한 자부심이 아닌, 신념 속에서 위대해지는 존재이기 때문이다.

30

희생할 수 없는 사람, 유혹을 뿌리치지 못하는 사람, 사람의 형체를 상실할까봐 죽음을 받아들이지 못하는 사람, 아울러 군중에 뒤섞여 군중의 지배를 받고 그 법칙을 따르는 사람에게는 별 관심이 가지 않는다. 그런 사람은 멧돼지나 외톨박이 코끼리, 고립무원 속 존재일 뿐이다. 군중은 개인에게 침묵을 허용해야 하고, 백향목 같은 것이 산을 다스릴 때 이에 대한 증오심으로써 침묵을 끌어내지 말아야 한다.

내게 자신의 논리로써 사람을 이해하고 표현하려는 사람은 아틀라스 산맥 입구에서 삽과 들통을 들고 산을 다른 데로 옮겨보겠다고 말하는 어린아이처럼 느껴진다. 사람은 존재하는 것이지 표현되는 존재가 아니기 때문이다. 물론 의식의 목적은 존재하는 모든 것을 표현하는 것이다. 표현은 어렵고 더디

며 왜곡되기 쉬운 작업이다. 표현될 수 없는 것은 존재하지 않는 것과 다름없다고 믿는 것 또한 잘못된 생각이다. 겉으로 표현하는 것과 머릿속으로 구상하는 것은 동일한 의미를 갖고 있기 때문이다.

하지만 지금껏 내가 이해해 왔던 사람의 면모는 연약하다는 것이었다. 언젠가 내가 생각했던 것이 전보다 그 존재감이 덜하지 않고, 사람에 대해 표현할 수 없는 부분이라서 가치를 지니지 못한 것이라고 생각한다면 그건 착각이다. 나는 산을 표현하는 게 아니라 알려주는 거다. 알려주는 것과 이해하는 것 사이에 혼동이 오고 있다. 이미 산에 대해 알고 있는 자에게는 산을 가리켜주는 것만으로 충분하나, 산에 대해 모르는 자에게는 바위가 굴러 균열이 생기고 있는 이 산을, 라벤더 꽃밭과 밤이면 별빛 속에서 쭈뼛거리는 용마루가 있는 이 산을 어떻게 그대로 전달해 줄 수 있단 말인가?

이 산은 해체된 요새가 아니다. 아무렇게나 흘러가도록 쇠고리에서 줄을 풀어놓은 방향 잃은 배도 아니다. 산은 중력의 법칙에 따라 별들의 기계적 침묵보다 더 근엄한 침묵으로 멋지게 존재한다.

하여 나는 순종적 인간, 자신이 존재함을 보여주는 완고한 인간을 존경하는 논쟁에 생각이 미친다. 문제를 표현하는 법이 아닌, 문제를 이해하는 법을 알고 있기 때문이다. 이들은 지극히 엄격한 규율의 지배를 받고 나에 대한 징표로 죽음을 받아들이는 자들이며, 나의 신념으로 동화시킬 수 있지만 규율을 너무도 엄격히 적용하여 내가 아이처럼 가지고 놀고 또 복종시킬 수 있는 자들이다. 그러나 반대로 이들은 무모한 모험을 감행하고 타인과 충돌을 일으키며 담금질한 철강의 강도와 숭고한 분노, 죽음 속에서의 용기를 보여주기도 한다.

● ● ●

나는 한 사람에겐 두 가지 측면밖에 없다는 사실을 깨달았다. 꺾이지 않는 의지로 꿋꿋하게 싹을 틔우는 씨앗 같은 남자, 혹은 파도가 높은 바다를 항해하는 한 척의 배와 같이 내 품 안에 들어오지 않는 굳은 절개를 지닌 여자, 이런 사람을 내가 사람으로 여긴다는 사실도 깨달았다. 이런 사람은 뜻을 굽히거나 현실과 타협하지 않고 뒤로 물러서는 법도 없으며, 능력이나

욕심 혹은 게으름 때문에 자신의 일부를 망가뜨리지도 않기 때문이다. 가슴에 단단한 올리브 씨를 품고 있는 이, 군중도 독재자도 억압할 수 없는 이, 가슴속에 금강석을 품은 이, 이런 사람을 나는 맷돌에 넣고 갈 수 있다. 그를 신비의 기름으로 만드는 게 아니다. 그에게서 나는 언제나 다른 면을 발견했다.

순종적인 자들, 규율을 엄격히 지키는 자들, 존경할 줄 아는 자들, 신념과 단념으로 충만한 이들, 미덕을 갖춘 영적인 족속의 현명한 아들이다.

그러나 내가 자유로운 자들이라 칭한 이들은 오로지 그 자신의 판단에 의해서만 결정을 내리는 철저히 외로운 자들이다. 이들은 다스려지지 않는 자들이며 융통성이 부족하다. 이들의 저항력은 일관성 없는 변덕밖에는 되지 못한다.

• • •

약혼식의 밤과 사형수의 밤이 이러하다. 이렇게 나는 존재감을 가졌다. 형태를 유지하라. 뱃머리처럼 영속적인 존재가 되라. 나 자신의 바깥에서 건져올리는 것을 백향목처럼 나 자

신으로 만들라. 나는 근간이 되는 틀이자 항구적인 뱃머리요,
그대들을 탄생시킨 창조주다. 다른 나무의 가지들이 아닌 그
자신의 가지를 성장시키는 교목처럼, 타인이 아닌 자신의 침
엽 혹은 활엽을 만들어내고 이를 자라게 하여 스스로를 확립
해야 한다.

• • •

카멜레온처럼 자신의 색을 바꾸며 다른 이의 몸짓으로 말미
암아 자신의 삶을 살아가는 자, 선물을 좋아하는 자, 대중의
환호에서 느껴지는 맛을 알아 대중을 거울로 삼고 스스로를
판단하는 자, 나는 이들을 천민이라 칭할 것이다. 그들은 마치
성채처럼 보물을 기반으로 굳게 문을 닫고 있기 때문에 어디
에서도 그 모습을 찾을 수 없고 어디에도 존재하지 않기 때문
이다. 또한 이들은 보물창고의 암호를 세대에서 세대로 전수
해 주지도 않고 아이들이 자라날 수 있도록 도와주기는커녕
이들의 성장을 방치한다. 저들은 그저 이 세상에 기생하는 버
섯 같은 존재일 뿐이다.

31

나는 갈증으로 고통 받는 이들을 보았다. 물에 대한 집착인 갈증은 질병보다 더 이겨내기 힘든 법이다. 갈증에 대한 치유법을 알고 있는 내 몸이 여자를 갈구하듯 갈구하기 때문이다. 이어 내 몸은 다른 사람이 물 마시는 모습을 상상해 본다. 공상 속에서 여자가 다른 사람에게 웃음을 지어보이는 것과 같은 이치다. 내 육체와 영혼을 섞어놓지 않았다면 아무런 의미도 갖지 못한다. 내가 참여하지 않은 건 모험이 아니다. 천문학자들이 은하수를 유심히 관찰해 본다면, 밤마다 연구에 매진했던 시간들이 있기에 은하수에서 이들은 책장을 넘길 때마다 한 쪽 한 쪽 놀라운 내용으로 가득한 장서를 발견할 것이다. 그리고 이들은 이토록 가슴에 와닿는 정수(精髓)로 세상을 가득 채워주는 신을 숭배할 것이다.

그대들에게 나는 이런 얘기를 해주고 싶다. 노력하지 않아도 될 권리는 오로지 또 다른 노력을 위해서만 허락된다는 점이다. 그대들은 성장해야 하기 때문이다.

32

그해에 제국 동쪽을 다스리던 자가 세상을 떠났다. 그와 나는 힘겹게 맞서 싸웠었는데 수차례 다투고 난 후에야 내가 그를 벽처럼 의지하고 있었다는 사실을 깨달았다. 그와 만났던 순간들이 기억난다. 사막에 텅 빈 자줏빛 천막이 쳐졌고 그 안에서 우리는 무기를 멀찌감치 떨어뜨려 놓고 만났다.

사실 사람들이 한데 뒤섞여 있는 것은 좋지 않다. 사람들은 자기 우물 안에서만 살아간다. 그리고 모든 겉치레는 떨어져 나가는 법이다. 무기를 담보로 삼고 값싼 동정심 따위에는 휘둘리지 않으면서 저들은 우리를 조심스럽게 쳐다봤다. 사실 아버지의 말씀은 틀린 게 없었다.

"사람을 피상적으로 만나지 말거라. 일곱 겹에 든 그의 영혼과 마음, 정신과 만나야 하느니라. 그러지 않으면 너희들의 가

장 미천한 부분에서만 서로를 알려고 하는 탓에 결국 헛되이 피를 흘리게 되고 만다."

나는 아버지의 말씀을 이해했다. 외로움으로 겹겹이 둘러싸인 허물을 벗고 여물어가며 나는 이 깨달음에 도달했다. 우리는 마주보고 모래 위에 앉았다. 나는 그와 나 가운데 누가 더 힘이 센지 알지 못한다. 다만 그 힘은 이 신성한 외로움 속에서 가늠할 수 있게 됐다. 사실 우리의 몸짓 하나만으로도 세상은 들썩거렸다. 하지만 우리는 신중히 행동했고 방목 문제에 대해 논의했다. 그는 이렇게 말했다.

"우리 쪽에서 가축 2만 5천 마리가 죽었소. 당신네 쪽에서 비가 왔었지."

나는 저들이 희한한 관습을 들이대면서 썩어 문드러진 의심을 하는 것에 대해 참을 수가 없었다. 다른 세계에 속한 목동들을 어떻게 내 땅에 받아들일 수 있단 말인가? 나는 이렇게 대꾸했다.

"우리 쪽에는 다른 이의 기도가 아닌 자신의 기도를 배워야 할 어린 백성이 2만 5천 명이요. 기도를 배우지 않으면 저들은 형체를 갖지 못할 것이오."

양측 주민들 사이에는 무력 개입이 결정되었다. 우리의 모습은 마치 밀물과 썰물이 오고 가는 형세였다. 상대에게 미치는 자신의 영향력을 가늠하고 있었더라도, 아무도 앞으로 나아가려 하지 않았던 이유는 우리가 저마다의 정점에 있기 때문이었다. 패배는 적을 더 강하게 만들었다.

"당신이 나를 이겼기 때문에 나는 더 강해졌소."

그의 위대함을 얕잡아보는 건 아니다. 그의 수도에 있는 시간이 멈춘 정원을 얕잡아보는 것도 그의 상인들이 풍기는 분위기를 멸시하는 것도 아니다. 세공사의 섬세한 금은 세공품도 그의 거대한 저수지도 얕잡아보지 않는다. 멸시란 미천한 인간이나 하는 것이다. 그의 진리가 타인의 진리를 배제하고 있기 때문이다. 하지만 진리란 공존하는 것임을 알았던 우리는 타인의 진리를 인정하더라도 그게 우리 자신을 깎아내리는 거라고는 생각하지 않았다. 그 진리가 우리의 그것에는 위배되는 것이라도 말이다.

내가 아는 한 사과나무는 포도나무를 얕잡아보지도 야자수나 백향목을 업신여기지도 않는다. 나무는 가능한 한 스스로를 강하게 만들고 서로의 뿌리를 뒤섞지 않는다. 그리하여 스

스로의 형태를 만들고 본질을 살린다. 퇴색시키지 말아야 할 소중한 재산이 바로 거기에 있기 때문이다.

• • •

그는 내게 이렇게 말했다.

"진정한 주고받음이란 향수나 씨앗 혹은 향기로 집 안을 가득 채울 이 노란 백향목을 두고 하는 말이라네. 전쟁의 함성이 내가 있는 산에서부터 자네가 있는 곳까지 이른다면 이 또한 그 예가 될 수 있겠지. 아마 사자(使者) 또한 가능할 게야. 오랜 기간 교육받고 훈련받아 탄탄한 자질을 갖춘 그가 자네를 거부하는 동시에 받아들이기도 한다면 말일세. 사실 이자는 자네를 낮은 단계에서 거부하는 것이라네. 그렇게 자네를 거부하더라도 증오심을 초월한 곳에서 자네가 평가될 수 있음을 알고 있는 게야. 유일하게 가치가 인정되는 평가는 저에 대한 평가지. 친구에 대한 평가가 가치를 갖는 건 오직 인정과 감사, 그들의 미천한 몸짓 모두를 초월하여 평가될 때뿐이라네. 만일 자네가 친구를 위해 죽는다면 나는 자네가 나약해지는 걸 좌시하지 않을 걸세."

따라서 그에게 내 친구 같은 면모가 있다고 말한다면 그건 거짓을 고하는 것이다. 다행히 우리의 만남은 굉장히 즐거운 가운데 이뤄졌다. 인간의 속된 속성 때문에 살짝 얘기가 빗나간다. 그를 위한 기쁨이 아니다. 신을 위한 기쁨이었다. 신에게로 향하는 길이 하나 있었던 거다. 핵심은 우리가 만났다는 점이다. 우리에겐 서로 할 말이 아무것도 없었다.

● ● ●

신께서는 그가 죽었을 때 흘렸던 내 눈물을 용서하셨다.

이제 나는 홀로 남아 내 과거에 대한 책임을 져야 하는 신세가 됐다. 내가 살아가는 모습을 봤던 이는 아무도 없다. 내가 백성들에게 보여주지 않으려고 마음먹었던 모든 행동들을 동쪽의 그자는 이미 다 알고 있었다. 마음의 분란을 내가 드러낸 것도 아닌데 동쪽의 그자는 말없이 꿰뚫어 보고 있었다. 나를 짓눌렀던 책임들은 모두가 외면하고 있던 것이었다. 다행스럽게도 사람들은 내 자유의지를 믿고 있었다. 하지만 오직 동

쪽의 그자만이 가차 없이 주제넘은 영향력을 행사해 주었다.
그런 그가 모래 위 자줏빛 천막에서 잠이 들었다. 마치 모래가
자신에게 걸맞는 수의라도 되는 듯 모래를 끌고 와 잠이 든 것
이다. 그가 입을 다물었다. 그는 침울한 미소를, 신성한 미소
를 짓기 시작했다. 혼란에 빠진 나는 얼마나 이기적인가. 내가
걸어온 길이 보잘것없어 보일 때 억지로 여기에 중요도를 부
여하고, 내가 제국에 녹아드는 게 아닌 나의 잣대에 제국을 끼
워 맞추며, 그러면서도 내 삶이 여행과 같이 그 정점에 도달했
다고 생각해 버리는 나는 얼마나 미약한 존재인가.

● ● ●

그날 밤 나는 갈라지는 물줄기를 느꼈다. 물줄기는 또 다른
궤적을 그리며 서서히 비탈길을 내려온다. 나는 누구도 알아
보지 못한 채 친근한 기색도 없이 모두에게 무심했다. 무관심
한 내가 되었기 때문이다. 나는 또 다른 비탈길에 대위들과 여
자들과 적들과 아마도 유일한 내 친구 하나도 남겨놓고 왔다.
이제는 내가 알지 못하는 사람들이 사는 세계에서 나만 홀로

남아 있다.

나를 다시 추스른 건 바로 그 대목이었다. 나는 이런 생각을 해보았다.

'나는 마지막으로 남아있던 껍데기를 깨부수었다. 이제 곧 순수해질 거라고 생각한다. 나는 그렇게 대단한 사람이 아니다. 그저 스스로를 과신하고 있었던 것뿐이다. 이 같은 시련이 내려진 이유는 내가 나약했기 때문이다. 사실 나는 내 심장의 미약한 움직임을 부풀렸었지만 죽은 친구의 위엄 앞에서 나는 곧 차분해질 수 있을 것이다. 그리고 나는 울지 않을 테다. 그는 그저 과거에 존재했던 사람이 되는 것뿐이다. 그리고 모래는 내게 더 풍요로워 보이겠지. 이 드넓은 사막 어딘가에서 나는 종종 그가 웃음 짓는 모습을 볼 수 있을 것이기 때문이다. 내게 있어 다른 사람들의 웃음소리는 그의 특별한 웃음소리로 말미암아 더 크게 느껴질 것이다. 특별한 웃음 하나가 다른 모든 웃음을 더 풍부하게 만들어준다. 어떤 석공도 모암에서 뽑아내지 못했던 윤곽을 나는 사람에게서 보게 됐다. 하지만 석공의 모암을 통해서도 나는 이 얼굴을 알아볼 수 있다. 두 눈을 똑바로 뜨고 그 얼굴 하나를 주시할 테니까.'

• • •

산을 다시 내려간다. 백성들이여, 두려워 마라. 나는 줄을
다시 엮어놓았다. 안타깝게도 나는 사람 하나를 필요로 했었
다. 나를 치료해 주었던 그 손, 바느질과는 다른 의미로 나를
다시 꿰매어 엮어주었던 그 손이 자취를 감추었다. 산을 다시
내려가서 나는 암양과 새끼 양을 포개어놓고 이들을 쓰다듬
는다. 나는 세상에서 신 앞에 홀로된 존재다. 하지만 마음속
근원의 문을 열어주는 새끼 양들을 쓰다듬으면서 나는 그대
들에게 인간의 연약함을 다시금 일깨워준다.

• • •

또 다른 그가 나를 자리 잡게 해주었다. 그의 다스림은 그
어느 때보다도 훌륭했다. 죽음 속에서 그가 자리를 잡게 해준
것이었다. 사람들은 해마다 사막에 천막을 치지만 이들이 하
는 일은 기도를 드리는 것이다. 내 무기가 저들의 무기에 영향
을 주고 총알은 장전되었으며 기사들은 사막을 정찰하며 돌

아보고 변방에서 무모한 짓을 하는 이는 목이 떨어져 나간다. 나는 홀로 전진해 나아간다. 천막을 들추고 안으로 들어가 자리에 앉는다. 땅 위에 침묵이 자리 잡는다.

33

지금 나는 의사들도 못 고치는 허리 둔통으로 신음하고 있다. 나무꾼이 내 몸을 도끼로 찍어대는 느낌이다. 이번에는 내 차례가 됐다. 신이 나를 무너뜨릴 차례가 된 것이다. 신은 다 쓰러져가는 탑을 무너뜨리는 나를 허물어뜨릴 것이다. 지금 나의 의식 상태는 스무 살 때의 그것과는 다르며, 그나마 긴장됐던 근육이 풀어진 상태라는 것 그리고 영혼이 자유로이 활공하고 있다는 걸 위안으로 삼아본다. 내게 있어 위안이란 온몸으로 퍼져가는 이 통증으로 고통 받지 않고 내게만 국한된 지극히 더러운 통증이 시작되지 않는 것이다. 사학자들은 연표에 나의 고통 따위에는 세 줄도 할애하지 않을 것이다. 내 이가 흔들리고 발치를 하고 따위는 별로 중요한 일도 아닐 뿐더러 나로서도 최소한의 동정심을 기대하는 건 끔찍한 일이 될 것이기 때문이다. 그런 생각을 하면 화가 치밀어 올라온다.

내 고통은 꽃병에 비유될 수 있다. 겉을 둘러싼 외피가 깨지고 있는 것이지 내용물이 훼손된 건 아니다. 사람들이 말하길 동쪽의 그자는 마비로 고통 받고 옆구리 한쪽이 싸늘하게 식어 제 기능을 다하지 못하게 되었을 때 그리고 더 이상 웃지 않는 샴 쌍생아를 자신과 함께 추방시켜 버렸을 때 조금도 위엄을 잃지 않았다고 한다. 외려 이 시련을 성공적으로 이겨냈다는 것이다. 그의 영혼이 가진 힘에 찬사를 보냈던 사람들에게 그는 경멸하듯 이렇게 말했단다. 사람들이 그의 사람됨을 잘못 본 거라고 그따위 경외심은 도심지 가게에 가서나 보여주라고 말이다. 사람들을 다스리는 자가 자기 몸 하나도 다스리지 못한다면 그건 능력도 안 되는 게 왕위를 꿰차고 앉아 있는 조롱거리밖에 안 되기 때문이다. 내가 폐위되는 일은 없을 것이나 설령 그렇게 되더라도 오히려 내게 해방이라는 엄청난 기쁨을 안겨주게 될 것이다.

나이를 먹는다는 건 이런 거다. 내가 있는 산의 반대쪽에 대해 나는 아무것도 몰랐다. 죽은 내 친구의 마음을 가득 채우고 있었던 그곳에 대해 나는 아무것도 알지 못했다. 죽은 이를 매

도하다가 황폐해진 눈으로 마을을 바라본다. 밀물이 몰려오 듯 다시 사랑으로 가득 차길 기대한다.

39

과일을 노래하는 이여, 포도주와 곡식을 넣어두는 지하 저장고에 사는 이여, 꿀벌의 부지런함이 담긴 꿀단지와 같은 이여, 드넓은 바다의 먹이가 되는 그대여, 나는 침묵의 찬가를 쓸 것이다.

산봉우리에서 나는 그대에게 도시를 유폐한다. 도시의 수레 소리는 멈추었고 거리의 외침도 작업대 돌아가는 소리도 모두 멈추었다. 저녁나절 단지 안에 든 모든 것이 활동을 멈추었다. 신께서 우리의 열기에 주의를 기울인다. 신께서 동요하는 인간들을 옷자락으로 뒤덮는다.

결실을 맺는 살점에 지나지 않는 여인들이 입을 다문다. 그네들의 무거운 젖가슴을 조건으로 한 침묵이다. 여인들의 침묵은 삶의 허영이 입을 다무는 것이다. 여인들의 침묵은 성스

럽고 영원하다. 내일을 향해 어디론가 내달리는 경주가 이뤄지는 침묵이다. 여인의 배를 찢고 나오는 아이의 소리가 들린다. 그 침묵 안에 나는 내 모든 경의와 피를 전부 담아두었다.

턱을 괴고 생각에 잠겨 있는 남자가 입을 다문다. 이제 남자의 침묵은 소모되는 일 없이 생각의 정수를 만들어낸다. 깨달음을 안겨주고 무시할 건 무시할 수 있게 만드는 침묵이다. 때로는 무시하는 편이 더 나을 때가 있는 법이다. 벌레와 기생충, 해로운 잡초에게는 거부되는 침묵이다. 침묵은 생각이 펼쳐지는 동안 그대를 보호해 준다.

생각 그 자체는 말이 없다. 꿀은 감춰진 보물이 되었으므로 꿀벌은 휴식을 취한다. 그리고 침묵은 여물어간다. 날갯짓을 준비하려는 생각 그 자체는 말이 없다. 머릿속이나 마음속에서 동요하는 건 좋지 않기 때문이다.

마음도 말이 없고 의미도 말이 없다. 내면의 단어는 침묵을 지킨다. 영원 속에서 침묵을 지키는 신을 다시 찾는 것이 좋기 때문이다. 모든 것이 발설됐고 모든 것이 행해졌다.

신의 침묵은 목동이 잠을 자는 것과 같다. 새끼 양이 위협을 받는다 해도 이보다 더 달콤한 잠은 없기 때문이다. 목동도 양

떼도 없다면 모두가 곤히 잠든 밤, 별빛 아래에서 누가 이들을 구분할 수 있겠는가?

• • •

오, 주여! 어느 날 당신의 창조물을 곳간에 넣으시면서 당신은 미개한 인간 족속에게 거대한 문을 열어주셨고, 시간이 되면 영원의 축사에 이들을 정리해 두셨지요. 환자를 치료하듯 우리의 물음을 무의미하게 하셨지요.

저는 인간의 진보가 무언가를 하나하나 발견해 가는 데에 있음을 이해하게 됐습니다. 그리고 인간의 물음이란 무의미함을 깨달았습니다. 학자들에게도 물어봤지만 작년에 내가 가졌던 물음에 대한 답을 학자들이 찾아주었기 때문은 아니고 지금 저들이 미소를 짓고 있기 때문입니다. 의문점이 사라지듯 저들에게 진리가 보인 탓이겠지요.

현명함이란 답을 알고 있는 게 아닙니다. 현명함이란 변화무쌍한 말에 개의치 않음을 의미하는 것이지요. 서로 사랑하여 오렌지 농원 앞 작은 담장에 앉아 어깨를 마주대고 있는 이

들을 보면 알 수 있습니다. 이 사람들은 자기들이 이전에 했던 질문에 대한 답을 받지 않았음을 잘 알고 있습니다. 하지만 저는 사랑이 무엇인지를 압니다. 사랑이란 그 어떤 물음도 제기되지 않는 것이지요. 저는 조금씩 모순에 모순을 거듭하며 물음이 존재하지 않는 곳을 향해 무한한 기쁨의 세계로 나아갑니다.

· · ·

입이 가벼운 사람은 사람들에게 상처를 많이 입혔다.

신의 답을 바라는 건 지각없는 사람이 하는 짓이다. 신께서는 당신의 손으로 열을 없애주듯 그대의 물음들을 없애주며 또 치유해 주신다. 신은 그렇게 존재하신다.

주여, 어느 날인가 그대의 창조물을 곳간에 넣으면서 우리에게 당신의 문을 활짝 열어주소서. 그리고 더 이상 질문이 없기에 해야 할 답도 없는 그곳으로 우리를 들여보내 주소서. 모든 질문들을 해결해 주는 열쇠이자 (만족스러움의 얼굴인) 완전한 행복의 세계로 우리를 들여보내 주소서.

그 안에 들어간 자는 바닷물보다 넓은 강물을 발견하게 될 것이며 샘물의 노랫소리를 듣게 될 것입니다. 담장 아래로 다리를 늘어뜨린 그는 숨가쁘게 질주하는 영양에 불과했던 그녀와 마주보고 앉아있습니다.

● ● ●

침묵이란 선박이 머무는 항구다. 신 안에서의 침묵이란 모든 선박들이 머무는 항구다.

39

신은 내게 여인 하나를 보냈다. 내게 노래라도 하듯 잔인하고 교묘한 거짓말을 하던 여인이었다. 나는 청량한 바닷바람 위로 굽어보듯이 그녀에게 몸을 숙여 물어봤다.

"왜 내게 거짓말을 했지?"

그러자 여인은 눈물로 얼굴을 흠뻑 적시며 울었다. 나는 그녀의 눈물이 갖는 의미가 무엇인지 곰곰이 생각해 보았다.

'내게 거짓말이 통하지 않자 눈물을 흘리는 게다. 사람들의 연극 따위는 내게 통하지 않는다. 연극의 의미는 관심 없다. 이 여자는 또 다른 연극을 선보이고 싶어할 것이다. 하지만 비극은 나를 동요시키지 못한다. 이 여인이 완전히 다른 모습으로 보이고 싶어하는 연극이 있다. 덕이란 못생겼기 때문에 후덕한 여인들보다는 덕을 가장하는 여인들에게서 더 잘 지켜지는 법이다. 후덕한 사람으로 보여 사랑받고 싶은 욕구는 너무도 강하지만 통제할 줄 몰라 타인에 의한 지배를 많이 받기 때문이다. 이들은 언제나 무언가에 반대하며 아름답게 보이고자 거짓말을 한다.'

애매한 말로 표현하는 논리는 결코 진정한 논리라고 볼 수 없다. 하여 나는 모든 걸 틀리게 표현하는 것 외에는 아무것도 비난하지 않을 것이다. 내가 거짓말 앞에서 입을 다물고 있는 이유도 여기에 있다. 나는 내 사랑을 내색하지 않되, 허황된 말들이 만들어내는 소음은 듣지 않고, 오직 제대로 된 말을 하려는 노력만을 보기 때문이다. 이건 덫에 걸린 여우가 덫에서 헤어나려고 몸부림치는 일이나 매한가지다. 혹은 새장에서 피투성이가 된 새의 마지막 몸부림이던가.

나는 신을 향해 이렇게 말했다.

"어째서 당신께서는 저 여인에게 소통할 수 있는 언어로 말하는 법을 가르쳐주지 않은 것입니까? 저 말을 들으면 여인을 사랑하는 마음을 갖게 되기는커녕 아마도 저는 여인을 교수형에 처할 것입니다. 하지만 여인에게는 열정이 있고, 어두컴컴한 그녀의 마음속에서 여인의 날개는 피를 흘리고 있으며,

여인은 저를 두려워하고 있습니다. 내가 고깃덩이를 던져주면 파르르 떨며 으르렁거리고는 얼른 낚아채어 자신의 집으로 들어간 사막 여우 같은 모습입니다."

여인이 내게 말했다.

"전하, 저들은 제 무고함을 알지 못합니다."

물론 나는 여인이 내 집에서 무슨 소란을 피웠는지 알고 있었다. 하지만 신의 잔인함이 내 가슴속 깊이 파고드는 것을 느꼈다.

"여인이 울도록 해주소서. 여인에게 눈물을 쏟아부어 주소서. 여인이 제 풀에 지치더라도 여인에게 무기력함은 없습니다."

사실 여인은 상태의 완벽함에 대해 잘못 배웠고, 나는 여인을 해방시켜 주고 싶은 욕심이 생겼다.

"그렇습니다, 주여…… 저는 내 소임을 망각했나이다…… 중요하지 않은 소녀 따위는 사실 없습니다. 울고 있는 저 여인은 세상이 아니라 세상의 표식입니다. 여인에게 두려움이 이는 까닭은 자신이 아무것도 되지 않을까 염려하기 때문입니다. 불타 없어지거나 연기로 날려버릴까 두려운 겁니다. 여인은 흐르는 강물에 난파되어 붙잡아둘 수 없는 상태가 될까 두려운 겁니다. 나는 당신의 대지이자 축사며 당신의 의미가 됩니다. 나는 언어의 위대한 규약입니다. 집이며 틀이며 뼈대입니다."

나는 여인에게 말했다.

"우선 내 말을 들어보거라."

그녀 또한 받아주어야 할 존재다. 사람의 아이들도 마찬가지다. 자신들이 알 수 있음을 모르는 이들은 특히 그러하다.

"내 손으로 직접 그대를 자신에게 이르는 길로 인도하고 싶다. 내 안에서 사람들은 좋은 시절을 맞이하게 될 것이다."

42

저들에게 나는 이렇게 말했다.

"그대들의 증오심을 부끄러워하지 마라."

저들은 10만 명이나 사형에 처해졌다. 사형선고를 받은 자
들은 가축처럼 번호판을 가슴팍에 붙이고는 감옥에서 배회했
다. 나는 감옥을 점령한 뒤 그들을 불러들였다. 다른 이들과
달라 보이지 않았다. 나는 귀 기울여 저들의 말을 들어보았다.
저들의 말을 듣고 또 그 모습을 바라보았다. 다른 이들처럼 서
로 빵을 나누어 먹었고 아픈 아이들 주변에서는 다른 이들과
마찬가지로 안절부절 못했다. 아이들을 달래주며 곁을 지키
고 있었다. 저들 또한 혼자일 때에는 다른 이들과 마찬가지로
외로움을 느꼈다. 그리고 두꺼운 벽 사이에서 다른 죄수에 대
한 편치 않은 마음이 느껴지기 시작할 때에는 울었다.

나는 간수들이 해준 이야기를 기억하고 있다. 이전에 칼로피가 난무하는 범죄를 저지른 자를 내게 데려오도록 했다. 나는 몸소 그를 취조했다. 이미 죽음을 목전에 둔 그를 굽어보지는 않았다. 다만 나는 인간의 헤아릴 수 없는 속을 들여다보았다.

삶이란 뿌리를 내릴 수 있는 곳에 뿌리를 내리기 마련이다. 바위의 습지나 움푹 팬 곳에 이끼가 낀다. 처음에는 사막의 메마른 바람을 견뎌내야 하지만, 이끼는 죽지 않은 씨앗을 숨기고 있다. 그 누가 이 초록빛의 출현이 부질없다 주장할 것인가?

따라서 나는 죄수에게서 사람들이 그를 비웃었다는 사실을 알게 됐다. 자존심과 자부심이 있는 그로서는 견디기 힘들었다. 사형수에게도 자존심과 자부심이 있는 것이다.

저들은 추위 속에서 서로 몸을 부대끼느라 정신이 없었다. 마치 대지의 어린 양들과 꼭 같은 모습이었다.

• • •

나는 판관들을 불러들이고 이렇게 물었다.

"저들은 어찌하여 백성과 단절되어 가슴팍에 사형수의 번호판을 달고 있는 것인가?"

판관은 내게 이렇게 대답했다.

"그게 법입니다."

나는 생각해 보았다.

'물론 그게 법이겠지. 저들이 말하는 법이란 정상에서 벗어난 사람을 없애는 것 아니던가. 흑인의 존재도 저들에겐 부당하다. 저들이 어찌어찌 조작만 하면 공주의 존재도 부당한 것으로 만들어버릴 수 있다. 저들이 그림을 이해하지 못한다면 화가의 존재도 부당한 것이 된다.'

나는 판관에게 이렇게 대답했다.

"나는 저들을 풀어주는 것이 옳다고 보네. 이해하려고 노력해 보게나. 저들이 감옥을 강탈하고 이를 다스리게 된다면, 저들은 반대로 자네들을 가두고 파멸시켜야 하지 않겠는가. 이 싸움에서 제국이 이길 것 같지 않네."

바로 그때 생각이 만들어내는 잔인한 광기가 분명하게 느껴졌다. 나는 신에게 이런 기도를 드렸다.

'어찌 저들이 한낱 보잘것없는 혀 놀림에 기대를 걸게 만드신 겁니까? 정녕 제정신이십니까? 저들에게 언어가 아닌 언어의 사용법을 가르친 게 대체 누굽니까? 이 말 저 말 뒤섞어 허무하기 짝이 없는 말을 내뱉으며 저들은 고문의 시급함을 일깨웠습니다. 졸렬한 말과 일관성 없는 말에서 참으로 효율적인 고문 도구가 탄생한 겁니다.'

• • •

그와 동시에 나는 탄생의 욕구로 가득 찬 순진한 면모를 보았다.

44

어느 날 저녁, 나는 새로운 세대들의 경사로를 따라 산에서 내려왔다. 우선 사람들의 말에도 지쳤고 이제 저들의 수레 소리에서도 철침 소리에서도 마음에서 우러나는 노래가 대지에 울려 퍼지는 걸 들을 수 없게 됐기 때문이다. 내가 저들의 언어를 알아듣지 못하게라도 된 것처럼 저들에게 흥미를 잃었고 이제 나와 관계없는 미래에는 무심해졌다. 이기주의라는 육중한 장벽의 뒤에 숨어 스스로에게 실망한 나는 과연 저들의 어떤 행동이 나를 실망시켰던가에 대해 곰곰이 생각해 보았다. (나는 신에게 이렇게 말했다. "주여, 제가 인간을 포기한 까닭은 당신이 셈 안에서 빠져나갔기 때문입니다.")

• • •

나는 술책을 써서 뭔가를 얻어내려는 생각은 하지 않았다. 종려나무 숲을 새로운 양 떼로 짐 지울 이유가 뭐가 있겠는가? 깊은 바다를 항해하는 배와 같이 내 옷자락을 이곳저곳으로 끌고 다니는데 어찌하여 내 왕궁에 새로운 탑을 올리는가? 각 문마다 일고여덟 명이 기둥처럼 기대어 지키고 서 있는데, 긴 복도를 따라 지나가면 내 옷자락이 쓸리는 소리에도 자취를 감추는 노예들이 있는데, 다른 노예들에게 일용할 양식을 줄 이유가 어디에 있느냐 말이다. 굳이 귀 기울여 듣지 않아도 듣는 법을 익힌 내가 침묵 속에 여자들을 가두어 두었는데, 무엇하러 다른 여자들을 새로이 잡아들이겠는가?

나는 저들이 자는 모습을 지켜보았다. 한 번 눈꺼풀이 내려오면 눈은 그 부드러운 꺼풀 속으로 빨려 들어간다. 별들에 파묻힌 탑의 꼭대기로 올라가고 싶은 욕심에 사로잡혀 나는 그들 곁을 떠났다. 저들이 잠든 것의 의미가 무엇인지 신께 여쭤 보고 싶었다. 푸념 소리도, 하찮은 생각도, 보잘것없는 실력도 잠잠해지고 해가 저물 듯 저들의 마음속의 자만심도 잠잠해졌기 때문이다. 저들이 무슨 말을 했는지는 기억에 없다. 하지만 새의 날갯짓과 눈물의 달콤함만은 기억에 남아 있다.

45.

말 없는 천사들에 이끌려 대지에 내려온 사람이라도
되는 것처럼 모르는 사람들과 경사로를 따라 내려왔던 저녁,
나이가 들어가는 게 다행이라는 생각이 들었다. 가지가 무성
하여 무거워진 나무가 된 기분이었다. 주름이 패고 뿔이 생겨
단단해지는 게 좋았다. 오래된 책장을 넘길 때 세월의 흔적이
남기고 간 향기가 느껴지는 것 같았다. 여간해선 상처도 받지
않는다. 그 또한 내 일부가 된 것 같기 때문이다. 속으로 나는
이렇게 생각했다.

'나이 들어가는 사람을 전제군주라고 해서 고문의 냄새로
괴롭힐 수 있겠는가. 그에게 고문의 냄새란 시큼한 우유 냄새
에 불과할 것이다. 무엇이든 그렇게 바뀐다. 그는 매듭이 헝클
어지고 실이 풀려버린 외투처럼 삶을 완전히 자기 뒤로 매어

두었기 때문이다. 따라서 나는 사람들의 기억에서 이미 정리된 존재다. 아무리 부인하려 애를 써도 이제는 무의미하다.'

장애물에서 해방되었다는 것 또한 다행이었다. 딱딱하게 굳어진 살점을 날개처럼 보이지 않게 만들어버린 것 같았다. 마침내 나 자신으로 새로 태어나서 그토록 찾아 헤매던 대천사장과 함께 산책이라도 하는 기분이었다. 늙어버린 겉껍데기를 벗어버리고 난 뒤 이상하리만치 젊어진 느낌이었다. 열정이나 욕망 따위로 가득 찬 젊음이 아니라 놀라운 평정심으로 이뤄진 젊음. 소용돌이치는 삶의 젊음이 아니라 영원함의 젊음이다. 시간과 공간으로 이루어진 젊음이었고, 존재를 완성함으로써 영원을 얻은 느낌이었다.

● ● ●

나는 길에서 소녀가 칼에 찔린 것을 보고 부축해 주었던 사람과 비슷했다. 남자는 길 위에 버려진 소녀를 단단한 두 팔로 들어 안았다. 남자는 장미 꽃다발을 들고 가듯 소녀를 안고 갔다. 의식을 잃은 소녀는 단잠을 자고 있는 듯했다. 죽음

의 기운이 스며들어 축 처진 어깨 위로 하얀 이마를 드리우고 있는 것이 흡족한 것마냥 웃음을 띠고 있었기 때문이다. 남자는 치료해 줄 수 있을 만한 사람이 있는 평원으로 소녀를 데리고 갔다.

"신기한 모습으로 잠이 든 저 소녀에게 내 삶의 온기를 불어넣어줄 것이다. 이제 나는 허영심도 분노도 사람들의 주장도 굴러들어올 수 있는 재산도 닥쳐올 수 있는 병환에도 관심이 없다. 오직 내 일부를 내어주고 상대의 일부를 받아들이는 교감에만 관심이 있을 뿐이다. 지금 내가 할 일은 평원의 치료사에게 소녀를 데려가는 것이다. 나는 소녀의 눈에 빛을 불어넣어줄 것이요, 소녀의 새하얀 이마 위로 머리 타래를 꼬아줄 것이다. 소녀를 낫게 해준 뒤 기도를 가르쳐준다면 뿌리로 지탱되는 꽃줄기 같은 완벽한 영혼이 소녀를 올곧게 바로잡아줄 것이다."

● ● ●

나는 오래된 껍데기처럼 삐걱거리는 육신 안에 갇힌 존재가 아니다. 산의 경사로를 따라 천천히 내려오는데 무거운 외투 자락을 끌고 가듯 경사로와 평원을 끌고 내려가는 기분을 느 낀다. 곳곳에서 황금색 별빛이 내 보금자리로부터 솟아올랐 다. 주어진 것의 무게에 짓눌려 나는 나무처럼 휘어진다.

• • •

잠든 내 백성들이여, 그대들에게 축복을 내리나니 계속 잠 을 청하여라.

• • •

태양이 달콤한 밤의 시간으로부터 그대를 끌어내는데 지체 하기를! 내 도시는 낮 동안, 일할 채비를 하기 전 편히 쉴 권리 가 있다. 어제 몸져누운 사람들, 신의 유예를 받은 사람들이 아직 기다리고 있다. 기다림이 끝나고 나면 이들은 크나큰 슬 픔의 짐을 다시 짊어지거나 비참한 상태에 이르거나 형을 선 고받거나 이제 막 시작된 문둥병의 고통을 받을 것이다. 이들

은 아직 신의 품 안에 안겨 있는 상태다. 모두가 용서를 받고
신의 품 안에 안겨 있는 것이다.

• • •

바로 내가 그대들에게 짐을 지웠느니,
나는 내 백성인 그대들 곁을 지키고 있다.
그러니 잠을 더 청하여라.

47

저들에게 나는 말했다.

"미워하고 분열하고 노여워한 것이 부끄럽지 아니한가? 어제 흘린 피 때문에 주먹을 들지 마라. 젖을 뗀 아이나 번데기의 허물을 벗고 아름다워진 날벌레처럼 우여곡절 끝에 새롭게 태어난 그대들이 과거의 일로 인해 빈껍데기 같은 진리를 추구하려다 얻게 되는 것은 결국 무엇인가? 주먹이 오가며 서로 헐뜯는 사람들을 보면 나는 그간의 경험으로 미루어 사랑의 쓰라린 시련에 비교했다. 여기에서 생겨나는 결과는 어느 한쪽의 탓도 아니다. 양쪽 모두가 만들어낸 것이다. 두 사람 모두 결과의 영향을 받는다. 새로운 세대가 도래함에 양쪽이 다시금 사랑의 쓰라린 시련을 겪게 될 때까지 양쪽은 서로 화해하고 살아갈 것이다.

저들은 물론 산고의 고통을 받고 있다. 끔찍한 괴로움이 지나가면 축제의 시간이 다가온다. 사람들은 다시 갓난아이가 된다. 밤이 오면 그대들은 잠이 들고 모두 비슷비슷한 존재가 된다. 사형선고를 받고 수감된 이들에 대해서도 나는 이와 같은 이야기를 했다. 이들도 다른 사람들과 하등의 차이가 없는 존재들이다. 중요한 건 이들이 사랑을 되찾았다는 것이다. 살상을 저지른 것에 대해 나는 모두를 용서할 것이다.

말의 기교에 따라 구분하는 걸 원치 않기 때문이다. 이자는 자신에게 속한 것에 대한 애정으로 살상을 저질렀다. 사람들이 그 자신의 삶을 거는 건 오직 사랑을 위해서 뿐이다. 역시 자신에게 속한 것에 대한 애정으로 살상을 저지른 또 다른 사람도 있었다. 이를 인정하고 진리에 반하는 것은 무조건 오류며 오류에 반하는 것은 무조건 진리라고 단정 짓는 태도를 버려라. 그대가 산을 오르도록 이끄는 확신이 있다면, 그 확신은 다른 이도 산을 오르도록 이끌 것이다. 그자 또한 한밤중에 그대를 잠에서 깨운 그것과 동일한 확신의 지배를 받는다. 똑같은 확신은 아닐 수 있다. 그러나 확신의 강도는 같다.

• • •

이 사람에게서 그대는 오직 당신이라는 존재를 부인하는 것만 보고 있다. 마찬가지로 그 사람 또한 당신에게서 자신의 존재를 부인하는 것만 눈에 들어온다. 각자는 자기 안에 냉정한 혹은 증오에 찬 부정과는 다른 게 존재함을 잘 알고 있다. 그보다는 상대가 보여준 순진무구하고 단순하며 확신에 찬 표정을 발견하리란 걸 아는 것이다. 죽음을 감수하기에는 너무나도 순진무구하고 단순하며 확신에 찬 표정이다. 따라서 어쩌면 그대들은 실체도 없는 공허한 적을 만들어내며 서로를 미워하고 있는지도 모른다. 따라서 그대들을 다스리는 나는 이런 말을 해주고 싶다. 잘못 봤더라도 잘못 이해했더라도 그대들은 같은 얼굴을 사랑하고 있는 것이라고 말이다.

그대들의 손에서 피를 씻어내라. 노예제를 기반으로 해서는 아무것도 만들어낼 수가 없다. 여기서는 오직 노예들의 반란만 생겨날 뿐이다. 상대를 전향시키지 못하는 상황이라면 엄격하게 대한다고 해서 얻어낼 수 있는 게 아무것도 없다. 전향을 시켰더라도 신념이 아무 가치를 지니지 못한다면 엄하게

대하는 게 다 무슨 소용이란 말인가?

낮이 오면 무기를 마구잡이로 휘두르는 이유는 무엇인가? 죽이는 자가 누군지도 모르면서 벌이는 살육으로 그대들이 얻는 것은 무엇인가? 간수들과의 타협만 인정하는 원시적인 신념은 집어치우라."

• • •

따라서 나는 논쟁은 별로 권하고 싶지 않다. 논쟁을 벌여봤자 아무런 결론에도 이르지 못하기 때문이다. 자신의 명백함을 내세우며 진리를 거부하는 실수를 범하는 자들과 논쟁을 벌인다면 그대는 저들의 진리를 거부하는 셈이 된다.

저들을 받아들여라. 저들의 손을 잡아주고 이끌어주어라. 그리고 이렇게 말하라. "그대들의 말이 옳다. 하지만 산에는 같이 오르도록 하자."라고 말이다. 그대는 세상에 질서를 세우고 저들은 발아래 광활하게 펼쳐진 풍경 위에서 숨을 쉬게 된다.

• • •

　"이 도시에는 3만 명이 산다."는 식으로 말하라는 건 아니다. 그러면 상대는 "이 도시에는 2만 5천명밖에 살지 않는다."라고 말할 것이다. 수치에는 이견이 있을 수 없으니 한쪽이 틀릴 수밖에 없다. 반면에 "이 도시는 건축가가 만든 안정적인 도시다. 사람들을 태우고 가는 배와 같다."라고 표현하는 방법도 있다. "이 도시에서는 같은 일을 하는 사람들의 노랫소리가 들려온다."라고 말할 수도 있다.

　"사람들을 탄생시키고 모순을 만들어내는 자유는 풍요롭다."라고 말하거나, 혹은 "자유는 존재를 부패하게 만들지만, 내적 요구이면서 백양목 생태의 원칙인 제약은 존재를 비옥하게 만든다."라고 말할 수도 있다. 자유와 제약이 서로 피를 흘리며 존재를 일구어나가는 것이다. 이를 안타까워해서는 안 된다. 이는 출산의 고통이자 자아를 비꼬아보는 것이며 신에게 호소하는 것이기 때문이다. 따라서 저들에게 "자네 말이 맞네."라고 말하라. 사실 그들이 옳다. 이들을 더 높은 산으로 데리고 올라가라. 산을 오르는 데에는 노력이 필요하다. 근육

을 움직여야 하고 마음이 우러나야 한다. 하여 저들 스스로 산을 오르는 노력은 거부할 것이다. 그런 고통스러운 과정이 저들에게 의무를 부과하고 용기를 안겨준다. 매의 위협을 받으면 더 높은 곳으로 도망가기 마련이다. 그대가 만일 나무라면 태양을 향해 더 높이 올라가려 애쓸 것이다.

적들이 그대와 손을 잡는다. 세상에 적이란 존재하지 않기 때문이다. 적은 그대에게 한계를 부과하지만, 그대의 형태와 기반을 만들어주는 존재가 된다. 그러니 저들에게 이렇게 말하면 된다.

"자유와 제약은 필요의 두 가지 양상이다."

자유롭게 무언가를 할 수는 있지만 그렇다고 완전히 자유롭지 못하다. 자유롭게 말을 할 수는 있지만 이 말에 무언가를 섞는 데 있어서는 자유롭지 못하다. 주사위 놀이의 규칙에 있어선 자유롭지만, 다른 놀이의 규칙을 가져와 기존 규칙을 무너뜨리고 변질시키는 것에 있어서는 자유롭지 못하다. 자유롭게 재산을 축적할 수는 있지만, 재산을 모으겠다는 욕심에 남의 것을 취하거나 파괴하는 것에 있어서는 자유롭지 못하다. 그건 글을 엉망으로 써놓고 학위를 따내 자기의 표현능력을 팔아버린 사람과 같은 것이다. 인간은 서식이 갖는 의미를 무너뜨리면 읽어도 별 느낌을 받지 못한다.

내가 왕에 비유하는 당나귀도 마찬가지다. 왕이라는 존재는 존경받을 만하고 존경받는 한 당 나귀는 웃음을 자아낼 것이 다. 곧 왕이 스스로를 당나 귀와 동일시하는 날이 온다. 이제 나는 명백한 것 외에 는 아무것도 말하지 않는 다.

모두가 이를 알고 있다. 자 유를 외치는 자들이 내면의 도덕을 주장한다는 것을. 그래야 인간 이 다스려진다는 것이다. 저들 은 헌병도 그 안에 포함된다고 말한다. 제약을 요구하는 이들 은 제약이라는 게 영혼의 자유 로움을 의미한다는 걸 그대에

게 확인시켜 줄 것이다. 우리는 집 안을 자유자재로 오고 갈
수 있으며 이 방 저 방 둘러보고 다닐 수도 있고 문을 밀 수도
계단을 오르내릴 수도 있다. 벽의 수가 많을수록, 장애물과 빗
장의 수가 많을수록 자유는 더 커지게 마련이다. 만일 그대가
할 수 있는 행동이 몇 가지로 제한되어 있고 여기에서도 선택
을 해야 하는 상황이라면 더더욱 자유는 커진다. 그대 앞에 있
는 돌부리의 단단함이 그대에게 의무를 부과하기 때문이다.
그대가 아무렇게나 뒹굴 수 있는 방 안에서는 더 이상 자유란
존재하지 않는다. 그건 단지 방탕함일 뿐이다.

• • •

결국 모두가 꿈꾸는 도시는 같은 것이다. 어떤 이는 인간을
위해 행동할 수 있는 권리를 요구한다. 반면 어떤 이는 인간
을 빚어낼 수 있는 권리를 요구한다. 모두가 같은 인간을 찬
양한다.

그러나 둘 다 틀렸다. 행동하는 권리를 요구하는 자는 그 권
리가 자기 안에 영원히 존재한다고 믿는다. 교육과 제약, 훈련

으로 보낸 20년의 세월이 바로 자기 안에 권리의 기초를 닦은 사실은 알지 못한 채 말이다. 사랑을 할 줄 아는 그의 능력은 기도의 연습에서 기인한 것이지 내면의 자유에서 비롯된 게 아니다. 그대가 연주법을 배우지 않았다면 음악이라는 도구도 마찬가지며 그대가 어떤 언어도 알지 못한다면 시 또한 마찬가지다. 인간이 존재하고 행동할 수 있도록 인간을 빚어낼 수 있는 권리를 요구하는 후자 또한 틀렸는데, 이유는 그가 사람이 아닌 벽에 기대를 걸고 있기 때문이다. 그는 사원에 대한 믿음만 있을 뿐 그 안에서 이뤄지는 기도에 대한 믿음은 갖고 있지 않다. 오직 사원을 이루는 돌들을 다스리는 침묵만이 중요하다. 이 침묵은 정신 속에 내재한 침묵이다. 사람들의 정신 속에 침묵이 머무는 것이다. 내가 엎드려 경배하는 사원이란 그런 거다. 하지만 돌로 자신의 성상을 만드는 사람도 있고 돌 자체에 절을 하는 사람도 있다.

• • •

제국도 마찬가지다. 나는 사람들을 예속시키려고 제국이라

는 신을 만든 게 아니다. 제국을 위해 사람들을 희생시킬 생각은 없다. 내가 제국을 만든 이유는 이곳을 사람들로 채워 제국에 활기를 불어넣도록 하기 위해서다. 내게 사람은 제국보다 중요하다. 저들을 제국에 예속시킨 것은 저들의 기반을 마련해 주기 위해서지 제국의 기반을 만들기 위해서가 아니었다. 그러니 아무런 결론에도 이르지 못하며 단순히 인과관계를 구분하고 주인과 노예를 구분하는 데에 급급한 언어 따위는 집어치우라. 오직 관계와 구조와 내적 의존성만이 존재할 뿐이다. 통치자로서 나는 내게 복종하는 그 어떤 신하보다도 더 백성에게 종속된 존재다. 테라스로 올라가 녹음이 우거진 평야와 저들의 아우성과 고통의 외침 그리고 신을 찬미하는 기쁨의 술렁임을 품에 안은 채 나는 백성의 신하로서 한걸음 한걸음 나아간다. 나는 저들을 규합하고 데려가는 사자(使者)다. 나는 저들의 잠자리를 돌봐주는 노예다. 나는 저들의 말을 통하게 해주는 통역관이다.

• • •

아치의 종석(宗石) 같은 존재로서 나는 저들을 하나로 모아 사원의 형태로 묶어주는 요체다. 그런데 저들이 어떻게 나를 원망하겠는가? 종석을 받치고 있어야 한다는 걸 아랫돌들이 억울하게 생각하겠는가?

그런 주제에 대한 논의는 거부하라. 헛된 논의일 뿐이다.

201

49

중요한 건 오직 과정뿐이다. 지속되는 건 목표가 아닌 과정이기 때문이다. 마치 목적지에 도달하는 데 의미가 있는 듯 이 산봉우리 저 산봉우리를 옮겨 다니는 여행자에게 목적지는 허상에 불과하다. 존재하는 것을 받아들이지 않고서는 진보도 없다. 그대는 영원의 길을 떠나는 것이다. 휴식은 고려치 않는다. 갈등으로 피폐해진 사람의 입장에서는 일시적인 평화를 추구하거나 또는 갈등을 일으킨 두 요소 가운데 하나만을 눈 가리고 아웅 하는 식으로 받아들이는 건 적절치 못하다. 백향목이 바람을 피하려 드는 걸 본 적 있는가? 바람은 나무에게 시련을 주지만 그로써 나무의 기반을 더욱 단단하게 만들어준다. 악에서 선을 골라낼 줄 아는 자가 진정 현명한 사람이다.

갈등을 잊어버림으로써 생겨나는 보잘것없는 평화를 얻는 데 의미가 있는 게 아니라 자신을 변화시키는 데 의미가 있을 때, 그대는 삶에서 하나의 의미를 발견한다. 만일 무언가가 그대의 앞길을 막고 힘들게 만들거든 계속 더 그러도록 내버려 두라. 그럼으로써 그대는 깊게 뿌리를 내리고 한층 더 성숙하고 여물어간다. 시련을 겪는 건 좋은 일이다. 그 어떤 진리도 자연히 입증되지는 않으며 스스로 알아서 명백해지지는 않는다. 사람들이 그대에게 제시해 주는 진리들은 그저 질서정연하게 늘어놓은 것에 불과하며 수면제와 별반 다르지 않다.

잊기 위해 스스로 바보가 되는 자들, 평화롭게 살겠다는 이유로 단순해지려 애쓰면서 마음속에서 이는 열정을 짓누르는 자들, 나는 그런 이들을 경계한다. 해결책 없는 모순이나 손쓸 수 없는 갈등은 스스로를 성장시켜 그런 상황도 흡수해 버리기 때문이다. 뿌리가 꼬여 있는 가운데 그대는 장차 무엇이 될지 모르는 흙을 취하여 부싯돌과 부식토를 얻어낸다. 그리고 신을 찬양하기 위해 백향목을 세우는 거다. 사람들과 부딪혀 마모되는 이십여 세대를 보내고 난 뒤에 태어나는 사원의 기둥만이 명예를 얻을 수 있다. 그대가 만일 더욱 성장하고 싶거

든 그대 앞의 갈등 상황들에 부딪혀 스스로를 닳고 닳게 만들어야 한다. 갈등으로 말미암아 그대는 신에게로 인도될 것이다. 그게 바로 세상에 존재하는 유일한 길이다.

그대가 고통을 받아들일 때 고통이 그대를 성장시켜 줄 것이다.

• • •

만일 "그 사람의 행복을 위해 그의 잠을 깨워야 하는 겁니까, 아니면 계속 자도록 내버려두어야 하는 겁니까?"라고 물으면, 나는 내가 행복에 대해 전혀 아는 바가 없다고 대답할 것이다. 하지만 만일 북극에서 볼 수 있는 오로라가 나타났다면 그대는 친구가 계속 자게 내버려둘 텐가? 오로라를 볼 수 있다는 사실을 알고도 계속 잠을 잘 사람은 아무도 없다. 물론 그가 잠을 자며 뒹굴거리는 걸 더 좋아할 수도 있다. 하지만 그가 행복하다 여기는 상황에서 그를 끄집어내어 바깥으로 내던져보라. 그도 달라질 것이다.

50

여자가 집을 위해 그대의 삶을 망쳐놓고 있다. 물론 집 안 가득 사랑의 향기가 풍기는 건 바람직한 일이다. 분수 소리가 들려오는 것도 좋고 찰랑거리는 물병이 음악을 만들어내는 것도 좋고 두 눈 가득 저녁의 평온함을 담고 하나둘 들어오는 아이들의 축복이 있는 것도 좋다.

하지만 이건 이거고 저건 저거라며 굳이 나누려 들지도 말고 괜히 다들 그러하듯 전사의 파급력을 더 좋아하려 애쓰지도 또 그의 포용력을 더 좋아하려 노력하지도 마라. 여기서는 단지 말로써만 구분이 되고 있기 때문이다. 사막의 광활함으로 충만한 전사의 애정만이 진정한 사랑이며 사랑이 뭔지 아는 연인이 우물 주위의 함정에서 보여주는 삶의 헌신만이 진정한 헌신이라 할 수 있다. 그렇지 않고 몸뚱이만 내어주는 것

은 헌신을 하는 것도 아니요, 사랑을 주는 것도 아니다. 싸움을 벌이고 있는 자가 사람이 아닌 싸우는 기계나 로봇이라면 과연 어디에서 전사의 위대함을 찾을 수 있을 것인가? 이는 벌레가 괴상망측한 일을 벌이는 것에 지나지 않는다. 또한 여자의 몸을 어루만지는 자가 축사 짚더미 위의 보잘것없는 짐승에 지나지 않는다면 과연 어디에서 사랑의 위대함을 찾을 수 있을 것인가?

내게 위대해 보이는 건 오직 무기를 내려놓고 아이를 달래주는 전사나 전쟁을 치르는 남편뿐이다.

이는 진리를 두고 저울질하는 게 아니다. 어떤 때에 뭐가 좋고 다른 때에 뭐가 좋은지 계산하려는 게 아니다. 두 개의 진리는 서로 함께 있을 때에만 의미를 갖는다. 전사의 마음으로 사랑을 하고 연인의 마음으로 전쟁을 하라.

● ● ●

그대와의 잠자리가 주는 달콤함을 알고서 밤을 즐기기 위해 그대를 손에 넣은 여인은 자신의 매력을 십분 발휘하며 그대에게 이렇게 말한다.

"내 입맞춤이 부드럽지 않은가요? 우리 집이 상쾌하지 않은가요? 우리가 함께 보내는 이 밤이 행복하지 않은가요?"

그대는 부드러운 미소를 지어보이며 그게 아니라는 의사를 전달한다. 이어 그녀가 말한다.

"그러면 내 곁에 남아서 내 어깨에 기대줘요. 욕망이 동할 때에는 팔을 뻗어주기만 하면 되요. 그러면 오렌지 무게에 못 이겨 휘어지는 어린 오렌지나무처럼 나는 당신의 무게에 못 이겨 휘어질 거예요. 지금 당신은 인색한 삶을 살고 있어요. 따스하게 어루만져주는 것 따위는 배우지 못한 삶을 살고 있죠. 모래가 가득한 우물 안에서 물처럼 움직이는 당신의 마음에는 변화가 생기는 초원 같은 게 없어요."

외로운 밤이면 머릿속에 떠오르는 이런저런 이미지들에 대한 충동을 느껴본 적이 있을 것이다. 적막한 가운데서는 이들 이미지 모두가 아름답게 포장되기 때문이다.

그대는 정말 굉장했을지도 모를 기회를 전쟁의 고독으로 인해 놓쳐버렸다고 생각한다. 하지만 사랑을 배운다는 건 사랑의 자리가 비었을 때에만 가능하다. 산의 푸르름을 알게 되는

건 오직 암벽을 타고 산봉우리를 올라갈 때뿐이다. 또한 대답 없는 기도를 수행할 때에만 그대는 신의 가르침을 얻게 된다. 오직 이를 통해서만 그대는 지치지 않고 그대의 부족한 부분을 채워나갈 수 있다. 그리고 여러 날이 지난 후 그대에게 주어진 시간이 다 되어 변화를 완성하게 되면 그대는 비로소 존재할 수 있게 된다.

• • •

물론 그대는 착각을 할 수도 있고 허무한 밤에 호소하는 자를, 시간이 소중한 것들을 빼앗아 흘러가기만 한다고 생각하는 자를 동정할 수도 있다. 일단 합쳐질 수 있음에도 다가감의 시어를 만들어내는 남녀 무용수들이 알고 있듯, 사랑이란 본질적으로 사랑에 대한 갈구에 불과함을 망각한 그대가 사랑도 없이 사랑을 갈구하는 것에 대해 염려할 수도 있다.

그대에게 말하건대 놓쳐버린 기회는 소중하다. 감옥의 벽을 통해 느껴지는 따스함은 아마도 위대한 온기일 것이다. 기도가 풍요로운 만큼 신께서는 응답해 주시지 않는다. 사랑에 양분을 제공하는 건 바로 가시덤불과 부싯돌이다.

• • •

그러니 창고에 쌓아둔 것들의 사용을 정열과 혼동하지 마라. 자신을 위해 요구되는 정열은 정열이 아니다. 나무의 정열은 과일 속으로 들어간다. 과일은 나무에게 그에 대한 대가로 아무것도 내어주지 않는다. 백성을 대할 때의 나 또한 이와 같다. 나의 정열은 내가 아무것도 기대하지 않는 목동들을 향해 흘러가기 때문이다.

이제는 여자에게 갇혀 있지 마라. 그대가 이미 여자에게서 발견했던 것을 찾아내려 애를 쓰라. 원하면 시간 날 때 그대는 그녀를 다시 손에 넣을 수 있다. 그건 마치 산에 사는 자가 이따금씩 바다를 보러 산을 내려가는 것과 같다.

• • •

이제 나는 그대에게 상대의 말을 들어준다는 것에 대해 말

할 것이다. 부랑자에게 문을 열어주고 그가 자리에 앉았을 때
그에게 어찌하여 부랑자가 아닌 다른 사람이 되지 못했느냐
고 나무라지 마라. 그를 판단하려 들지도 마라. 무엇보다도 그
는 무거운 몸을 이끌고, 추억을 한아름 품고 힘겹게 숨을 내쉬
며 구석 한쪽에 지팡이를 세워둘 그 누군가의 집에 있고 싶을
뿐이다. 따사로운 온기와 그대의 평온한 얼굴을 느끼며 있고
싶을 뿐이다. 자신의 모든 과거를 짊어진 채, 하지만 과거가
문제되지 않는 곳에서, 자신의 결점을 다 드러낸 채 그렇게 있
고 싶을 것이다. 그는 목발을 짚고 서 있다는 것도 모른다. 그
대가 남자에게 춤을 추라고 요구하지 않았기 때문이다. 하여
마음을 놓은 그는 그대가 따라 준 우유를 마시고 잘라준 빵을
먹는다. 그대가 보여주는 미소는 맹인에게 내리쬐는 햇살과
따사로운 장막처럼 느껴진다.

부랑자가 미천해 보이는가? 그에게 미소를 지어줄 가치가
없기 때문에?

사람을 맞이하고 그의 말을 들어준다는 본질로써 그대가 상
대하지 않았다면, 그에게 무언가를 내주어봤자 그게 다 무슨
소용인가? 상대를 맞이하여 그의 말을 들어준다는 건 그대와

가장 치명적인 적과의 관계조차 고귀하게 만들 수 있다. 그대
가 짊어지고 있는 짐으로써 상대를 대한다면, 그의 참된 모습
을 어떻게 끌어낼 수 있을 것인가? 상대가 그대의 집에서 빚
을 지지 않고 떠나버린다면 그는 그대를 미워할 수밖에 없을
것이다.

55

사랑과 소유를 혼동하지 마라. 소유에 대한 망상은 최악의 고통을 안겨준다. 흔히들 생각하는 것과는 반대로 사랑은 고통을 안겨주지 않는다. 하지만 사랑의 반대격인 소유의 본능은 사람을 고통스럽게 한다. 신을 사랑하는 마음으로 말미암아 나는 다리를 절면서도 맨발로 길을 나서서 신을 다른 사람들에게로 이끌어준다. 내가 신을 예속 상태로 만드는 건 아니다. 나는 신께서 다른 이들에게 베푸는 것들에서 자양분을 얻는다.

나는 침해받을 수 없다는 점에서 무언가를 진정으로 좋아하는 이를 알아볼 수 있다. 제국을 위해 목숨을 바치는 자가 있다면 제국은 그를 해할 수 없다. 어떤 이들은 헛수고 운운할 수도 있을 것이다. 하지만 누가 그대에게 제국에 대해 헛수고를 했다고 말할 수 있을 것인가? 헌신으로부터 제국의 기틀이 바로 세워지는 것이다. 제국에서 받게 될 명예에 급급한다면 그대가 머릿속으로 하는 계산은 얼마나 비열한가? 진정으로 사원을 사랑했던 자는 사원에 목숨을 바치고 온몸을 바쳐 사원의 건립을 이뤄낸 사람이다. 그렇다고 그가 사원이 자신을 해했다고 생각하겠는가? 아무런 대가도 기대하지 않을 때 비로소 진정한 사랑이 싹을 틔운다. 사람에게 사랑을 가르침에 있어 기도를 수행하는 것이 중요하게 느껴진다면, 이는 기도에 응답이 없기 때문이다.

• • •

실망할 수 없다는 데에서 나는 우정이란 걸 알아봤고, 침해될 수 없다는 데에서 나는 진정한 사랑을 알아보았다.

• • •

나를 사랑한다는 건 우선 나 자신에게 협조하는 일이다.

213

· · ·

친구만이 들어갈 수 있는 사원의 이치도 이와 같다.

하지만 그 같은 친구의 사원은 수도 없이 많을 수 있다.

58

일단 친구란 판단하지 않아야 한다. 친구란 부랑자에게도 대문을 열어주는 자이며, 목발을 짚고 한쪽 구석에 지팡이를 내려놓은 그에게 춤을 추어보라 요구하지 않는 자가 바로 친구다.

만일 부랑자가 밖에서 노숙을 하며 봄을 보내야 한다는 이야기를 하면, 친구란 봄마다 그를 집으로 맞아주는 사람이며 자기가 있던 동네에서 겪었던 배고픔에 대한 이야기를 하면, 친구란 그와 함께 배고픔의 고통을 느껴주는 사람이다.

앞서 말했듯 친구란 그대의 편에 서주는 사람이자 다른 데서는 열어주지 않던 문을 그대에게는 열어주는 사람이다. 그런 친구는 진정한 친구며, 그가 말하는 모든 게 진실이고, 다른 집에 가서 나를 싫어한다 말하더라도 나를 계속 사랑해 주는 사람이다.

신의 보살핌 덕분에 내가 사원에 가서 만날 수 있었던 친구는 나와 똑같은 신의 빛을 받아 반짝이는 얼굴로 내 쪽을 돌아본다. 그 친구는 나와 똑같은 얼굴을 하고 있다. 나는 대장이고 그 친구는 점포상이며, 나는 해군이고 그 친구는 정원사라할지라도, 서로 하는 일이 다르다 해도 우리 둘 사이의 일체감은 이미 형성됐기 때문이다. 서로의 삶이 그렇게 달랐어도 이를 초월하여 나는 그를 발견했고, 나는 그의 친구가 되었다. 그 친구와 함께 있으면 아무런 말을 하지 않아도 된다. 내가 가꾼 내면의 정원에 대해서도 전혀 두려워할 것이 없고, 내가 쌓은 산이라든가 내가 만든 협곡이나 사막이라든가 하는 것을 친구가 알게 되어도 아무렇지 않다. 이 친구가 그곳에 신발을 끌고 가진 않을 것이기 때문이다.

이보게, 친구. 내 애정과 함께 자네가 받은 건 내 내면의 제국에서 파견된 대사와 같은 것이었네. 자네는 이 대사를 무척이나 잘 다룰 뿐더러 대사의 말을 귀 기울여 듣는 사람이지. 그렇게 우린 둘 다 행복했어. 내가 마음의 대사들을 맞이할때, 나의 제국에서 천 일이나 걸어가야 닿는 저들의 제국에서 내가 싫어하는 음식을 그곳 사람들이 먹는다는 이유로, 혹은 저들의 관습이 나의 관습과 다르다는 이유로 내가 이들을 멀리하거나 거부하는 걸 본 적이 있는가? 우정이란 두 사람 사이에 휴전 협정이 이뤄진 것이자, 하찮고 소소한 것들을 초월하여 두 사람의 정신세계가 대대적으로 교류하는 것을 말하지. 식탁에서 상석에 앉았다는 이유로 나는 결코 그 사람을 비난하지 않는다네.

사람을 후하게 대접하고 정중히 예의를 지키며 우정을 키워가는 건 사람 안에서 사람을 만나는 일임을 알기 때문이야. 신도들의 키는 어떻고 몸무게는 어떻다며 왈가왈부하는 신의 사원이라면 거기에서 내가 무엇을 할 수 있겠는가? 내 목발을 받아주는 이 하나 없고, 그런 나를 판단하기 위해 춤을 추게 하는 친구의 집이라면 거기에서 내가 무엇을 할 수 있겠는가?

세상을 살다보면 자네는 무수히 많은 재판관들을 만날 게야. 자네를 위험에 빠뜨리건 강하게 만들어주건 그러거나 말거나 자네의 적들을 그대로 내버려두게. 거센 바람이 백향목을 단련시키듯 저들은 제 할 일을 잘 하고 있을 뿐이야.

신의 사원에 가면 신께서는 자네를 판단하는 게 아니라 자네를 따사로이 맞아주신다는 걸 명심하게.

60

나는 허영심에 대한 고찰을 해보았다. 내게 허영심이란 악이 아닌 병처럼 보였다. 저기 저 여인은 타인의 시선에 휘둘리고 있다. 사람들의 구경거리가 되고 있기 때문에 거동이나 말 한 마디 할 때마다 썩은 내가 풍겨 온다. 여자는 자신이 내뱉은 말에서 굉장한 만족감을 느꼈다. 여자의 볼은 붉게 달아올랐다. 사람들의 시선이 그녀를 향하고 있기 때문이었다. 멍청함과는 다른 거다. 이건 바로 병이다. 타인을 사랑한다던가, 타인에게 무언가를 준다던가 하는 게 아니라면 어떻게 타인에게서 만족감을 얻을 수가 있는 것인가? 그런데 이 여자는 재물에서 읽는 만족감보다 허영심의 충족에서 얻는 만족감이 더 큰 것 같았다. 여자는 다른 모든 즐거움은 차치하고 바로 허영심이라는 즐거움을 위해 돈을 쓴다.

무언가 부족했던 것에서 느껴지는 보잘것없는 기쁨이다. 어딘가가 가려워 이를 살살 긁는 것에서 기쁨을 구하는 사람이나 느낄 법한 궁색한 즐거움이다. 반대로 보듬어준다는 건 머물러 쉬어갈 곳이 되어준다는 것이다. 아이를 보듬어주면 그건 아이를 보호해 주기 위해서다. 온화한 얼굴 표정에서 아이는 이를 느낄 수 있다.

하지만 허영에 가득 찬 여인은 웃음거리가 될 뿐이다.

허영에 가득 찬 사람들은 삶을 포기한 사람들이다. 받으려는 마음이 앞서는 상황에서 자기 자신보다 더 큰 것으로 맞바꾸어줄 사람이 누가 있겠는가? 그런 사람은 이제 더는 성장하지 않을 것이며 영원히 성장이 멈출 것이다.

그런데 만일 내가 이 용감한 전사에게 칭찬을 해주면, 감동한 그는 내가 보듬어준 아이처럼 전율을 보일 것이다. 여기에 허영심은 개입되지 않는다.

무엇이 이 사람에게 감동을 주고 무엇이 저 사람에게 감동을 주는가? 이 둘은 서로 어떻게 다른가?

만일 허영심 많은 여자가 잠이 든다면…….

그대는 자신의 모든 씨앗을 뿌리고 바람에 흔들리는 꽃의

움직임을 볼 수 없을 것이며 씨앗은 그녀에게 꽃을 피워주지 못한다.

그대는 열매 맺는 나무의 움직임을 볼 수 없을 것이며 열매는 그녀에게 결실을 맺어주지 못한다.

그대는 작품을 만들어가는 사람의 환희를 볼 수 없을 것이며 작품은 그녀에게 완성을 보여주지 못한다.

그대는 춤추는 무용수의 정열을 볼 수 없을 것이며 춤은 그녀에게 완성된 모습을 보여주지 못한다.

전사 또한 이와 마찬가지로 삶을 완성해 간다. 내가 그를 치하한 건 그가 다리를 놓았기 때문이다. 나는 그가 모두를 위해 자신을 희생했다는 점을 일깨워준다. 그러자 전사는 다른 사람들로 인해 만족스러워한다.

하지만 허영에 가득 찬 남자는 웃음거리가 될 뿐이다. 나는 겸손하라고 요구하지 않는다. 존재와 영원의 기반이 되는 자신감을 좋아하기 때문이다. 만일 그대가 겸손하다면 그건 변덕이 심한 바람에게 무릎을 꿇는 것이나 마찬가지다. 상대가 그대보다 더 무거우니까.

• • •

받음으로써 살아가지 말고 내어줌으로써 살아가라. 그것
만이 그대가 성장할 수 있는 길이다. 주는 것을 가볍게 여기
란 소리가 아니다. 네 스스로의 열매를 맺어야 한다. 그리고
이 열매를 변함없이 지속시켜 주는 것은 바로 자신감이다.
그게 아니라면 그대는 바람 부는 대로 열매의 맛과 향을 바
꿀 것이다.

그대 자신의 열매란 무엇인가? 그대의 열매는 오직 결실을
맺었을 때에만 그 가치를 발휘한다.

63

창부와 사랑에 관한 굉장한 예가 떠올랐다. 재물 그 자체의 힘을 믿는다면 그건 오산이다. 그대가 힘을 다해 정상에 올라갔을 때 산마루에서 힐끗 보이는 풍경이 바로 사랑이다.

그대 자신에게는 아무런 의미가 없으나 모든 것의 의미는 구조에서 나온다. 대리석으로 만든 그대의 얼굴은 단순히 코와 한쪽 귀, 턱, 다른 쪽 귀를 단순히 합쳐놓은 게 아니다. 바로 근육 조직이 이들을 하나로 연결해 주는 것이다. 무언가를 움켜쥐고 있는 주먹 같은 것이다. 시의 심상은 별에도 7이라는 숫자에도 샘에도 있지 않다. 시의 심상은 샘물 안에서 떠다니는 일곱 개의 별들을 엮어주는 매듭에만 존재한다. 물론 연결고리가 보이려면 엮여 있는 대상들이 필요하다. 하지만 이들을 엮는 힘은 대상 속에 있지 않다. 여우 덫의 힘은 덫을 이루는 끈이나 지지대에 있지 않다. 덫을 이루는 그 어떤 부분에도 여우를 잡아들이는 힘은 존재하지 않는다. 이것이 한데 모여야만 비로소 완전한 창조물이 된다. 완전한 덫에서만 그대는 여우의 비명을 듣게 될 것이다. 노래를 부르거나 조각을 하거나 춤을 추는 사람으로서 나는 나만의 덫으로 그대를 사로잡을 수 있을 것이다.

• • •

사랑도 마찬가지다. 창부로부터 무엇을 기대하겠는가? 창부가 그대에게 줄 수 있는 것은 오직 오아시스를 정복한 뒤에 오는 육신의 휴식밖에 없다. 이 여자는 그대에게 아무것도 요구하지 않고 자기 곁에 있어 달라고 강요하지도 않는다. 그대의 연인을 구하러 쏜살같이 달려 나가고 싶어질 때 그대는 사랑이라는 감정을 느끼게 된다. 그대가 잠들어 있던 대천사를 불러냈기 때문이다.

쉽게 이뤄지는 일은 차이를 만들어내지 않는다. 그대가 사

랑하고 있는 여인이 그대를 사랑하고 있다면, 그대는 그저 두 팔을 벌려 여자를 받아주기만 하면 된다. 차이는 무언가를 준다는 것에 있다. 창부에게 줄 수 있는 건 없다. 그대가 창부에게 주는 것은 화대로 여길 테니까.

만일 그대에게 돈을 내라고 하면 그대는 이 같은 짐을 지게 된 것에 이의를 제기할 것이다. 여기에서는 그게 춤을 춘다는 의미가 되기 때문이다. 도시의 홍등가에는 저녁마다 군인들이 밀려든다. 보잘것없는 봉급을 들고 간 군인들은 그 돈으로 먹을 것을 살 때와 마찬가지로 사랑을 흥정하고 사들여야 한다. 음식을 먹어야 사막에서 앞으로 나아갈 수 있는 것처럼 돈을 주고 사들인 사랑은 육신의 외로움을 달래준다. 하지만 그렇게 사랑을 산 군인들은 모두 상인이나 별반 다름없는 존재가 되어 그 어떤 열정도 느끼지 못한다.

창부에게 무언가를 주려면 왕보다 더 부자가 되어야 한다. 그대가 창녀에게 무언가를 가져다주면 여자는 감사를 표히며 사신의 수완이 좋았다는 사실에 우쭐댈 것이다. 자신이 아름다워서 그 같은 몸값을 얻게 되었다고 자랑스러워할 것이다. 끝도 없는 이 우물 속으로 그대는 금을 실은 천여 대의 대상 마차를 집어넣을 수 있다. 하지만 이걸 받아줄 사람이 필요한데, 여기에는 받는 사람조차 없으므로 진정한 의미에서 무언가를 주는 행위는 시작도 안됐다고 할 수 있다.

그런 연유로 전사들은 잡혀온 사막 여우들을 쓰다듬어 주고 얼굴도 부비면서 어렴풋하게 사랑의 감정을 느끼는 것이다. 이 작은 야생동물에게 무언가를 내어주는 듯한 환상을 가진 전사들은 마치 이 여우들이 자기네들 가슴팍에 웅크리고 앉아 있으려고 온 것으로 생각한다.

그러니 홍등가에서 그대를 필요로 하여 그대 품에 안겨 있는 창부가 있거든 내 앞에 한 번 데려와 보라.

● ● ●

내 밑에 있던 사람 가운데 다른 이들보다 더 부유하지도 더 가난하지도 않은 이가 하나 있었는데, 그자는 자신의 재물을 나무가 바람에 날려 보내고 싶어 하는 씨앗처럼 여기고 있었다. 군인인 그는 재물을 비축해 둔다는 것 자체를 싫어했기 때문이다.

밤이 되면 그자는 흥청망청 써대면서 남루한 집들 주위를

서성거렸다. 진홍빛 흙 위를 성큼성큼 걸어 다니며 보리를 심으려는 자의 모습과도 같았다. 재물 욕심이 전혀 없었던 그는 곧 재산을 다 탕진해 버렸다. 그리고 그는 사랑을 아는 유일한 자가 된다. 아마도 여자들 품 안에서 그가 이를 꿈꿨을지도 모르겠다. 여기에서 그는 다른 춤을 추었고 이 춤으로 여자들에게 받아들여졌기 때문이다.

• • •

받아주는 것이 수락하는 것과 다르다는 걸 모르는 건 크나큰 착오라는 점을 주지시켜 주고 싶다. 받아들이려면 일단 무언가를 내어주어야 한다. 나 자신에게 속한 무언가를 상대에게 주어야 한다는 것이다. 인색한 사람이란 선물에 많은 돈을 쓰지 않는 사람이 아니다. 자신의 것을 내어주면서 얼굴에 환한 빛을 보이지 않는 자가 바로 인색한 사람이다. 그대가 씨앗을 뿌렸을 때 아름다운 빛을 발하지 않는 땅이 바로 척박한 땅인 것처럼.

창부와 술 취한 전사는 때로 빛을 발할 때가 있다.

64

제국에 약탈을 일삼는 자들이 나타났다. 제국에 사람다운 사람이 없기 때문이다. 비장한 얼굴은 이제 가면이 아닌 텅 빈 상자의 뚜껑일 뿐이다.

이들은 존재의 파괴를 거듭하고 있다. 저들의 세계에서는 죽는 것 말고는 가치 있는 일이 없다. 살아가는 것만이 가치 있는 일이 된 것이다. 사실 그대가 죽음을 받아들이는 것도 삶을 위해서다. 그게 살아갈 수 있는 유일한 방법이니까. 저들은 사원이 무너지는 소리를 즐기며 오래된 건물들을 망쳐놓았다. 무너져가는 사원은 반대 급부로 아무것도 남겨주지 못한다. 하여 저들은 자신의 표현 능력을 파괴한 셈이 된다. 저들은 사람을 파괴한 것이다.

그런 사람은 기쁨에 대해 잘못 알고 있는 거다. 이자는 마

을' 이라고 말했었다. 마을의 저항, 관습, 필수 의식 등으로부터 하나의 열정적인 마을이 탄생됐다. 그다음에 그가 이를 혼동했던 것이다. 그는 채워지는 내부와 완성되어 가는 구조에서 기쁨을 얻으려고 하지 않았다. 그는 쌓여있던 무언가에 설치를 하는 것에서 기쁨을 얻으려고 했다. 그리고 그에 대한 희망은 덧없이 사라졌다.

마을은 저녁나절 수프의 온기와 사람들의 우애, 우리로 돌아간 가축들의 구수한 냄새 속에서 축제의 열기에 취한 듯 쉽게 안주할 수 있는 그런 곳이 아니다. 무엇에도 영향을 미치지 못하는 축제라면 이 축제가 그대에게 무엇을 엮어 주겠는가? 노예 해방으로 인한 축제도, 증오 이후에 찾아온 사랑의 축제도 아니고 좌절 속에서 맞이한 기적 같은 일을 기념하는 축제도 아니라면, 그대는 먹고 있는 소고기 한 점의 더도 덜도 아닌 만큼만 행복할 것이다.

그러나 그대 안에서 마을은 서서히 지금의 형태에 이르게 되었고, 그대는 서서히 산을 올라갔다. 나는 그대를 내가 부과한 관습과 의식에 익숙한 사람으로 만들었다. 포기하고 해야 할 일을 하고 화를 내야 할 때에는 화를 내고 용서하고 내가 지켜온 전통을 유지하면서 사람으로 존재하기란 무척 쉬운 일이다. (밤마다 그대의 마음이 노래를 부르게 만드는 건 마을의 망령이 아니다.) 그대는 익숙해진 이 노래를 위해 투쟁했다.

그대는 이 마을에 가서 마을의 관습에 익숙해진다. 그러나 이를 즐기는 것만으로도 그대는 약탈자가 돼버린다. 관습은 놀이도 장난감도 아니기 때문이다. 그대가 여기서 즐거움을 얻는다 하더라도 아무도 믿지 않을 것이다. 그리고 아무것도 남지 않을 것이다. 저들에게나 그대에게나 모두……

65.

아버지께서는 말씀하셨다.

"나는 질서를 세우고 있다. 하지만 단순한 원칙이나 경제적 논리에 따르지는 않는다. 이는 시간 싸움이 아니기 때문이다. 중요한 건 사원 대신 곳간을 세우고 악기 대신 수로를 만드는 것이 인간을 더욱 살찌우게 하는 길인지 알아보는 것이다. 타락하고 거만한 인류가 제아무리 부유하다 하더라도, 중요한 건 어떤 사람인지 알아보는 것이다.

내가 관심 있는 인간은 자신의 그릇을 넓게 해줄 은하수를 관조하듯 사원의 잃어버린 시간 속에서 오랫동안 유영하고 다닐 법한 사람, (기도에 대한 대가로 얻게 되는 응답은 인간을 더욱 타락한 존재로 만들 것이기에) 대답 없는 기도를 수행함으로써 마음을 사랑으로 단련시킬 법한 사람, 종종 시의 울림에 젖어드는 사람이다.

사원 건축에서 절약되는 시간이라는 것은 어딘가로 향하는 배라고 할 수 있다. 사람들의 심금을 울리는 시를 예쁘게 꾸미는 건 고귀함의 방향으로 나아가야지 인간을 기름지게 살찌우는 쪽으로 나아가선 안 된다. 하여 나는 시와 사원을 고안해 낼 생각이다.

장례식장에서의 잃어버린 시간도 마찬가지다. 사람들은 땅을 파고 망자의 시신을 묻는다. 이들은 일을 하고 수확을 하는 데에 이 시간을 쓸 수도 있었다. 시신을 불태우는 화장은 금지한다. 고인에 대한 애정의 마음을 잃어버리게 되는데 시간을 벌어봤자 그게 무슨 소용인가.

고인의 지인들이 다른 묘비들 가운데 그의 묘비를 잰걸음으로 찾아가는 모습보다 더 아름다운 광경을 나는 알지 못한다. 고인은 수확기의 포도처럼 죽어서 땅속에 묻혀 자연의 일부로 되돌아갔지만 납골당의 유골, 어루만져주던 손 모양, 두개골 같이 무언가 그의 잔재인 듯한 것이 남아 있다. 이 보물 상자는 비록 속은 비었으되, 굉장한 것들로 가득 차 있는 상태다. 나는 사람들에게 가능하면 고인 개개인을 위한 집을 한 채지으라고 명했다. 쓸모없고 값비싼 집을 지으라고 했다. 명절

때가 되면 그곳에 모여 이성이 아닌 정신과 육신이 전부 움직이는 가운데 산 자와 죽은 자가 한데 어우러질 수 있다는 사실을 깨달을 수 있도록 하기 위함이었다. 산 자와 죽은 자의 모임은 성장하는 나무 한 그루를 만들어낼 수도 있다.

• • •

우리는 똑같은 시와 곡선, 똑같은 원기둥이 포장되고 정화되면서 세대에서 세대를 관통하는 걸 바라보는 습관이 있다. 근시안적인 시각으로 인간의 앞면만을 바라본다면, 인간은 물론 덧없는 존재다. 그러나 인간이 드리우는 그림자나 남기고 가는 반사광 같은 것까지 감안하면 결코 그렇지 않다. 시신에 수의를 입히고 고인이 머물 곳을 만들어주느라 허비하는 시간을 절약하게 된다면, 나는 세대들을 한데 묶어주는 데 남는 시간을 사용하고 싶다. 그리하면 창조물은 이 연결고리를 통해 나무처럼 곧게 태양을 향해 뻗어갈 것이다. 배 둘레를 늘리는 것보다 사람에게 어울리는 올곧은 신장을 내가 법으로 강제한다면, 시간 절약으로 얻게 된 시간의 사용법에 대해 심사숙고한 뒤 고인에게 수의를 입히는 데 사용할 것이다.”

• • •

아버지께서는 이렇게도 말씀하셨다.

“나는 삶의 질서를 세우고 있다. 뿌리와 줄기, 가지, 이파리, 열매로 구성되어 있지만 나무는 하나의 일관된 질서에 따라 존재한다. 인간이 정신과 마음을 가지고 있지만, 하나의 일관된 질서에 따라 존재하지 한쪽 기능에만 국한되어 존재하지 않는다. 밭을 갈거나 공간의 영원성을 지속시키는 사람의 경우에도 그렇다. 그는 밭을 가는 동시에 기도도 하고 사랑도 하고 사랑에 저항도 하며 일도 하고 휴식을 취하기도 하며 저녁 노래를 듣기도 한다.

사람들은 명예로운 제국에 질서가 잡혀 있다는 점을 인정했다. 어리석은 논리학자, 역사학자, 평론가들은 제국의 질서로 말미암아 제국의 영광이 생겨났다고 주장했다. 하지만 제국의 영광과 마찬가지로 제국의 질서 또한 제국의 열정이 만들어낸 결실이었다. 질서를 만들기 위해 나는 사랑해야 할 얼굴

233

을 하나 만들었다. 그러나 저들은 질서를 자아의 종착지로 만들 것을 제안했으며, 사람들이 이에 대해 논의하고 다듬어가자 질서는 경제성과 간소성을 갖추게 되었다. 사람들은 말로 하기 힘든 것을 교묘히 속이지만 진정 중요한 것은 말로 발설되지 않는다.

내가 사막에서 별빛 아래 이는 바람을 좋아했던 이유를 명확히 설명해 준 교수는 아직 아무도 없었다. 일상적인 것에 대해서는 사람들 간에 이견이 없다. 일상적인 것을 표현하는 언어는 쉽기 때문이다. 보릿자루 하나보다 셋이 낫다는 말은 이 말이 맞는지 틀리는지에 대한 염려 없이 맘 편하게 내뱉을 수 있다. 더 오래 견딜 수 있는 명약을 마시게 한 뒤 별빛이 쏟아지는 밤의 사막을 걷게 한다면 사람들은 더 많은 걸 얻을 것이다."

● ● ●

질서는 존재의 신호일 뿐 존재의 이유는 아니다. 시의 얼개가 시의 완성을 알려주는 신호이자 시의 완성도를 입증해 주는 요소인 것과 마찬가지다. 계획 그 자체를 위해서 일하는 게 아니지 않느냐? 네가 일하는 이유는 바로 결과물을 얻어내기 위해서다. 하지만 논리학자, 역사학자, 평론가는 학생들에게 이렇게 말한다.

"이 위대한 작품을 보라. 그리고 이 작품 속에 담긴 질서를 보라. 이를 통해 작품은 위대해지는 것이다."

그와 같이 만들어진 작품은 생명력 없는 골조에 지나지 않으며 박물관의 폐물이다.

나는 영지에 대한 사랑을 품었고 이제 모든 건 정리되었다. 소작인, 목동, 추수하는 자 사이의 위계질서가 세워졌으며 제일 위에는 아버지가 계셨다. 사원의 돌들에게 신을 명예롭게 만들도록 의무를 부과할 때 사원의 돌들이 질서를 이루고 있는 것과 마찬가지다. 질서란 건축가의 열정으로부터 나오는 것이다.

그러니 말에 연연하지 마라. 삶을 내세우면 질서가 세워지는 것이고 질서를 내세우면 죽음이 강요되는 것이다. 질서를 위한 질서는 인생을 우스꽝스럽게 흉내 낸 것에 불과하다.

66.

일에서 맛을 느끼는 것에 대한 문제가 발생했다. 이 곳 숙영지의 사람들은 도자기류를 만들었는데 아름다운 도자기들이었다. 다른 숙영지의 도자기는 아름답지가 않았다. 나는 자기류를 아름답게 꾸미는 데 정형화된 원칙은 없다는 걸 깨달았다. 돈을 들여 배우는 것도 아니었고 대회를 열어 명예를 구하려는 것도 아니었다. 그런데 예쁘지 않은 도자기를 만들어내던 사람들은 도자기의 질이 아닌 야망을 위해 자기를 만들고 있었다. 이들은 도자기를 만드는 데 숱한 밤을 할애하지만 기교적이고 저속하며 난잡한 자기만을 만들어냈다.

밤을 새서 작업하긴 했지만 이 시간 동안 그들은 돈을 벌 생각이나 음란한 생각, 허황된 욕심에 사로잡혀 있었다. 스스로의 안위만을 생각했던 것이다. 혼신을 다하여 희생의 원천

이자 신의 모습이 담긴 오브제를 만들어 신과 교류한 게 아니었다. 주름과 한숨이 늘어가고 눈꺼풀이 무거워지며 수도 없이 흙을 반죽하여 손이 떨릴 지경까지 이른 것도 아니었고 작업이 끝난 저녁나절에 느끼는 만족감도 갖지 못했으며 닳고 닳을 지경까지 열정을 퍼부은 것도 아니었다. 저들은 그렇게 작품을 만들지 않았다.

내가 알고 있는 유익한 행위 가운데 유일한 건 오직 기도뿐이다. 하지만 변화를 위해 그 자신을 내어주는 것이라면 이 모두가 기도라고 할 수 있다.

68

문득 인간에 대한 또 다른 진리 하나가 떠올랐다. 인간에게 있어 행복이란 아무것도 의미하지 않는다는 점이다. 흥미라는 것 또한 무의미하긴 마찬가지다. 사실 인간이 솔깃할 만한 유일한 흥미를 들라면 영원히 지속되는 상태뿐이다. 부자라면 더욱 부자가 되는 것만이 유일한 관심사고 선원은 계속해서 항해를 하는 것만이 유일한 관심사며 서리꾼은 오직 캄캄한 밤에 망보는 일에만 관심이 갈 뿐이다. 하지만 근심 없이 안심할 수 있는 상태일 때에는 모두가 행복을 쉽게 외면한다는 사실을 깨달았다.

어두컴컴한 도시, 바다로 흘러가던 하수구 같은 곳에서 아버지는 창녀들의 운명으로부터 무언가를 느끼셨다. 창녀들은 희끄무레한 기름덩어리처럼 썩어들어가며 행인들을 타락시

켰다. 곤충들의 습성을 알아보기 위해 곤충 몇 마리를 잡아오라고 하듯 아버지께서는 군대를 풀어 창녀 몇몇을 잡아오도록 했다. 순찰대는 썩어들어간 도시의 눅눅해진 벽 사이를 오고 갔다. 이따금씩 부엌 썩은 내가 진동을 하는 불결한 매춘굴에서 한 소녀가 손님을 기다리고 있었다. 소녀는 자신을 비추고 있는 램프 불빛 아래 작은 간이 의자에 앉아 핏기 없는 얼굴로 슬픔에 젖어 있었다. 빗속에 놓인 초롱같이 슬퍼 보였다. 무딜 대로 무뎌진 소녀의 얼굴에는 상처가 패이듯 미소가 지어져 있었다. 단조로운 노래라도 부르는 것이 행인들의 주의를 끄는 데에 유용하게 작용했다. 질퍽질퍽한 함정을 파놓은 메두사처럼 행인을 유혹하는 것이다. 좁다란 길을 따라 필사적이고도 길게 이어지는 유혹의 음성이 지루하게 펼쳐지고 있었다.

남자가 그 미끼에 사로잡히면 곧 잠시 동안 문이 닫혔고 씁쓸함이 묻어나는 황폐한 공간에서 사랑은 소비되었다. 호객 소리는 잠시 중단됐고 대신 창백한 괴물의 짧은 숨소리와 이 유령에게서 사랑에 대해 더 이상 고민하지 않아도 될 권리를 돈 주고 사들인 군인의 질긴 침묵이 그 자리를 대신했다. 그는 잔인한 공상을 지우기 위해 여기에 왔다. 그의 고향은 야자수 가득 찬 아름다운 풍경을 배경으로 예쁘게 미소 짓는 소녀들 이 많은 곳이었다. 고향에서 점점 멀어지면서 야자수의 풍경 이 그의 마음속에 걷잡을 수 없는 공상의 나래를 펼쳐냈다. 시 냇물은 잔인하리만치 아름다운 소리를 만들어냈고 소녀들의 미소, 그네들의 옷 아래 따스한 젖가슴, 이들의 실루엣을 보여 주는 그림자, 이 모두를 부드럽게 엮어주는 매력, 이 모든 게 그의 마음을 활활 타오르는 불길로 사로잡아 버렸다. 하여 군 인은 얼마 안 되는 급여를 털어 사창가에 간 것이었다. 그 같 은 망상에서 자신을 벗어나게 해달라는 것이었다. 문이 다시 열렸을 때 밖으로 나온 군인은 다시금 딱딱하고 당당한 분위 기의 예전 모습으로 돌아갔다. 도저히 그 빛을 감당할 수 없었 던 가슴속 유일한 보물을 몇 시간 동안 묻어두었던 것이다.

군인들은 감시 초소의 강렬한 빛 때문에 앞을 제대로 보지 못하는 창녀들을 데리고 돌아왔다. 아버지는 내게 창녀들을 보여주셨다.

"일단 무엇이 우리를 다스리는지 네게 가르쳐줄 것이다."

아버지는 창녀들에게 새로운 옷을 입히고는 분수로 아름답

게 장식된 깨끗한 집에 들여보냈다. 그리고 이들에게 가는 레이스 장식 수놓는 일 같은 것을 시키셨다. 아버지는 이 여자들이 전에 벌던 것의 두 배에 해당하는 돈을 내어주셨다. 그리고 여자들에 대한 감시를 그만두게 하셨다.

"늪에 빠진 서글픈 곰팡이 같은 이 여인들도 물론 행복한 존재들이다. 얼마든지 깨끗하고 차분하며 안정적인 삶을 살아갈 수 있는 사람들이다."

그런데 여자들은 하나둘씩 차례차례 이전의 시궁창으로 돌아갔다.

아버지께서는 이렇게 말씀하셨다.

"여자들이 그리워했던 건 저들의 비참한 생활이었다. 행복에 반하는 비참한 생활 따위를 저들이 즐기기 때문이 아니다. 사람은 우선 그 자신의 성향에 따라가기 때문이다. 화려한 집, 레이스 장식, 신선한 과일 등은 유흥이자 유희며 여가일 수 있다. 그런데 이 여자들은 이러한 것들로 존재의 이유를 만들어낼 수가 없었고 오히려 지루함을 느꼈다. 색다른 볼거리를 구경하는 데 그치는 게 아니라 사람들과 인연을 맺고 할당된 의무에 대한 책임을 지며 자신의 합당한 요구를 해야 한다면, 화려하고 깨끗한 생활과 레이스 장식 등을 익히는 것는 오랜 시간이 걸리기 때문이다. 창녀들은 받기만 했을 뿐 내어준 것은 아무것도 없었다. 여자들은 기다림의 아득한 시간을 그리워했다. 기다림의 시간이 쓸쓸해서가 아니다. 그리워한 것이다. 시시각각 밤의 선물이 들어오는 까만 문틈을 바라보는 게 그리웠던 것이다. 그 선물이 증오로 가득 찬 고집불통이어도 좋았다. 문을 박차고 들어오는 군인이 목구멍을 주시하며 먹잇감 노리듯 자신들을 바라볼 때 묘한 독기운이 온몸에 퍼지는 것 같은 가벼운 현기증이 그리웠다. 어떤 군인은 창녀에게 찍소리도 못하게 심한 난도질을 하기도 했다. 벽돌이나 기왓장 아래에서 돈 몇 푼을 뜯어가기 위해서다.

명령에 따라 결국 홍등가가 폐쇄되었을 때 매춘부들은 자기네들끼리 한데 섞여 있던 지저분한 매음굴을 그리워했다. 차를 마시며 혹은 돈 계산을 하며 서로 욕지거리를 내뱉고 음란한 손금으로 미래를 점치며 함께 어울려 지내던 그 곳을 그리워한 것이다. 아마도 점쟁이들은 그녀들에게 아름답게 꾸며진 집에서 살게 될 거라는 예언을, 꽃들이 만개한 집에서 살게 될 거라는 예언을 해주었을지도 모른다. 그네들은 꿈에서나

243

나올 법한 그런 집에서 지금의 자신이 아닌 변화된 자신으로 살아가는 달콤한 상상에 빠져들었을지도 모른다.

너를 변화시켜 줄 이 여행 또한 마찬가지다. 내가 너를 왕궁 안에 가둬 둔다면 너는 이곳에서 오랜 기간 네 욕심과 복수심과 혐오감을 지루하게 품고 살아가야 한다. 그 안에서 제대로 걷지도 못하고 헤맨다면 너는 계속 그렇게 헤매어야 한다. 너를 변화시켜 줄 마법의 주문 같은 건 없다. 내가 해줄 수 있는 건 오직 네가 고통과 억압 속에서 천천히 허물을 벗고 탈피하여 변화를 이룰 수 있도록 강요하는 것뿐이다. 하지만 이 단순하고 순수한 틀 안에서 지루하게 하품이나 하며 꿈을 꾸는 여인은 결코 탈피를 이뤄낼 수 없다. 외부의 자극을 받지 않게 되었으므로 누군가 문을 두드리면 이유 없이 고개를 푹 떨어뜨리고 계속해서 누군가 문을 두드리면 여전히 이유 없이 무언가를 소망한다. 이제 더는 밤의 선물이 찾아오지 않기 때문이다.

역한 냄새가 진동하는 그네들의 밤이 지겹지 않으므로 창녀들은 새벽의 묘미를 맡지 못한다. 이제는 저들의 팔자도 어느 정도 폈다고 볼 수 있으나 매일 밤 변화무쌍한 예언을 듣는 재미는 가질 수 없게 됐다. 더 멋지고 훌륭한 삶은 이제 꿈꿔볼 수 없게 됐다. 냄새나고 지저분한 삶의 결과로 갖게 된 갑작스런 노기를, 자신들의 의지와 상관없이 생겨난 이 노기를 어찌해야 할지도 모르게 됐다. 강물에 떠밀려온 동물들처럼 모순은 밀물이 들어올 때와 같이 그네들을 오랫동안 스스로의 감옥 안에 가두어 두었다. 화가 치밀어 올라올 때에는 무언가 소리칠 명분이 있어야 부당하지 않다. 이렇게 치미는 노기는 마치 죽은 아이에게 주겠다고 나오는 어미의 젖과 비슷하다.

인간은 자신의 행복이 아닌 자신의 성향을 찾으려 든다."

69

시간을 벌었다는 건 무엇인가? 대체 무엇을 위해 시간을 벌어야 하는 것인가? 그러자 어떤 이가 내게 대답한다.

"문화를 위해 시간을 벌어야 하는 것이다."

그는 마치 문화가 무의미한 연습이라도 되는 듯이 대답했다.

그는 마치 문화와 일을 구분할 수 있는 것처럼 말하고 있다. 제 정신이 아니다. 사람은 우선 '일'이란 것에 곧 싫증내기 마련이다. 자신의 인생에서 죽은 부분이라고 여기기 때문이다. 이어 '문화'라는 것에도 싫증을 낸다. 문화란 주사위 던지기처럼 주의를 기울이지 않아도 되는 놀이에 불과하기 때문이다. 주사위가 내 운명을 의미하지 않고 희망을 좌우하지 않는다면 말이다. 운명을 의미하고 희망을 좌우하는 주사위 놀이는 주사위를 걸고 하는 놀이가 아니라 소 떼와 목장, 금괴를 걸고 하는 놀이다. 모래성을 쌓는 아이들도 마찬가지다. 아이들은 흙 한줌을 가지고 노는 게 아니라 성채와 산, 배를 쌓아 올리고 있는 것이다.

물론 기쁘게 늘어져 있는 인간을 본 적도 있다. 종려나무 아래에서 잠든 시인도 보았다. 창부의 집에서 차를 마시는 전사도 보았으며 문간에서 목수가 저녁나절의 달콤함을 맛보는 것도 봤다. 이들은 한없는 기쁨으로 가득 차 있는 모습이었다. 내가 이들에 대한 이야기를 하는 건 저들이 인간으로서 살아가는 것에 지쳐 있었기 때문이다. 더욱이 이들은 탈피에 성공했다. 이들 각각에게 있어 인생의 중요한 부분은 여전히 일에 해당하는 부분이다.

열정을 가진 건축가라면 응당 사원을 축조하는 일을 총괄하고 있을 때 자신의 의미가 극대화하는 것이지 주사위 놀음이나 하며 해이해져 있을 때 건축가로서의 의미가 생기지는 않는다. 잉여 시간을 얻어냈을 때 힘들여 공들이고 난 뒤 근육을 이완하거나 창작의 과정을 거친 뒤 정신을 쉬게 하는 여가에 이 시간을 쓰지 않는다면 그건 죽은 시간에 불과하다. 그대의 삶은 받아들이기 힘든 두 부분으로 되어 있다. 하나는 꾸역꾸

역 하기 싫은 일을 하는 작업 시간이고 또 하나는 부족하기만 한 여유 시간이다.

70

제국의 경찰이 잡아들인 무희는 아름다웠다. 아름답기도 했거니와 신비로운 분위기마저 감돌았다. 그녀에 대해 알아가다 보면 대지의 창고, 고요한 평원, 야산의 밤, 바람이 세차게 몰아치는 사막을 횡단하는 기분 등을 알게 될 것 같았다.

나는 속으로 생각했다.

'그녀는 존재한다.'

하지만 그녀는 먼 곳의 관습을 몸에 지녔고 이곳에서는 적이라는 명목으로 일을 하고 있었다. 그런데 내 신하들이 여자의 입을 열려고 하자 그녀는 오직 침울한 미소만을 보였다. 그 누구도 범할 수 없는 순진무구한 미소였다.

나는 불의와 위협 앞에서 저항하는 사람을 존경한다.

내가 이 여인을 협박했을 때 그녀는 내 앞에서 예를 갖추었다.

"전하, 후회합니다."

나는 아무 말없이 여자를 쳐다보았다. 여자는 두려움에 떨고 있었다. 창백해진 낯빛의 여자는 더욱 천천히 예를 갖추었다.

"전하, 후회하고 있습니다."

여자는 고초를 겪게 될 자신의 운명을 알고 있었기 때문이다. 나는 이렇게 말했다.

"그대의 목숨이 내 손 안에 달려 있느니라."

"전하의 힘에 경의를 표하나이다."

여자는 밀서를 갖고 있던 중죄인이었다. 그리고 그 밀서의 내용에 대해 입을 열지 않아 죽을 위기에 처해 있었다. 내 눈에는 그 여자가 옥석으로 보였다. 하지만 나는 제국을 위해 존재하는 사람이었다.

"그대의 행동은 마땅히 죽음으로 그 값을 치러야 한다."

"전하! (여자의 얼굴은 더욱 창백해졌다.) 아마도 그게 옳은 처사일 겁니다……."

인간의 생리를 알기에 나는 여자가 차마 말할 수 없었던 속 내를 꿰뚫어 보았다.

'이 죽음이 옳은 이유는 단순히 죽는 것 때문이 아니라 죽음으로써 내가 지니고 있는 진실이 살아남기 때문이다.'

여자는 속으로 이런 생각을 하고 있을 터였다.

"자네에게는 자네의 젊은 살결과 초롱초롱한 빛으로 가득 찬 눈보다도 그게 더 중요하다는 건가? 자네는 무언가를 보호한다고 생각하지만 자네가 죽고 나면 그건 아무것도 아닌 게 될 뿐이다."

여자는 대답할 말을 찾지 못한 채 당황하고 있었다.

"전하, 아마도 전하의 말씀이 옳으실 것입니다."

그러나 여자는 단지 입으로만 나를 옳다고 말하고 있었다. 무언가 적절한 응수를 찾지 못했기 때문이다.

"그렇다면 그만 무릎을 꿇어라."

"죄송합니다. 물론 무릎을 꿇을 수는 있습니다. 하지만 입을 열 수는 없습니다, 전하."

나는 말로 자신의 힘을 키우는 사람은 그 누구든 경멸한다. 말은 표현을 하게 해줄 뿐, 행동을 하게 해주지는 않기 때문이

다. 말은 아무런 내용물도 담고 있지 않다. 그러나 내 앞의 이 영혼은 허풍을 내뱉는 영혼들과는 달랐다.

"저는 입을 열 수 없습니다, 전하. 하지만 무릎은 꿇겠습니다."

나는 말을 통해, 비록 그 말들이 서로 모순될 지라도 바다의 거센 파도에도 꼿꼿한 상태로 자기 자리를 지키는 뱃머리처럼 항구적 상태로 남아 있는 사람을 존중한다. 그런 뱃머리 덕에 우리는 어디로 가는지 알 수 있기 때문이다. 하지만 자신들의 논리에 갇혀 있는 사람들은 자기 말만 따르고 수레바퀴처럼 계속해서 제자리를 맴돈다.

나는 여자를 한참동안 뚫어지게 쳐다보았다.

"누구에게 훈련을 받았는가? 자네는 어디에서 왔는가?"

여자는 내 질문에 대한 답은 하지 않고 미소만 지었다.

"춤을 추고 싶나?"

여자는 춤을 추었다.

여자의 춤은 실로 굉장했다. 놀릴 건 없었다. 그녀 안에 부언가가 존재했기 때문이다.

• • •

산 정상에서 강을 내려다본 적이 있는가? 바위를 만난 강물은 바위를 다치지 않게 주위를 굽이치며 돌아나간다. 멀리 커브를 돌아 완만한 경사를 만들기도 한다. 평원에 이르면 굽이치던 강물은 유속을 늦춘다. 강물을 이끌던 힘이 휴식을 취하느라 강물을 더 이상 바다로 끌어주지 않았다. 더욱이 강물은 호수에서 잠이 들어버렸다. 강물이 곧은 가지를 밀어냈다. 양날의 검 같은 평원 위에 가지를 올려놓기 위해서다.

• • •

무희의 선 굵은 몸짓을 만나니 기분이 좋았다. 무희는 이쪽에서 멈칫했다 저쪽에서는 한껏 풀어지는 몸짓을 보여주었다. 조금 전에는 쉽게 보이던 미소가 이제는 바람 앞의 등불처럼 위태롭게 깜빡인다. 무희는 보이지 않는 비탈길 위로 쉬이 미끄러져가다가 곧 속도가 느려진다. 조각을 하듯 한 발한 발이 어렵기 때문이다. 무희가 무언가에 부딪혔다. 승리를

253

거두는가 하면 죽음에 이르기도 했다. 자신에게 맞서는 풍경으로부터 자기를 만들어내는 모습이 보기 좋았다. 그녀에게 허용된 생각과 그렇지 않은 생각이 있었다. 어떤 시선은 가능했고 어떤 시선은 불가했다. 저항과 찬동과 거부가 이어졌다.

젤리처럼 아무런 모양이나 만들어낼 수 있는 여자는 좋아하지 않는다. 하지만 살아 있는 나무처럼 성장하는 것이라면 얘기가 좀 달라진다. 생동하는 나무는 성장으로부터 자유로운 게 아니라 씨앗의 특성에 따라 스스로를 변화시켜 나아가는 것이다.

• • •

춤은 운명이며 삶을 향해 나아가는 발걸음이다. 그대가 가는 길로써 내게 감동을 주려면 그대는 기반을 세우고 움직여야 한다. 그대 앞을 가로막는 급류를 뛰어넘고자 할 때 그대는 춤을 추게 된다. 그대의 연적이 길을 가로막고 있는 사랑을 향해 달려가고자 할 때 그대는 춤을 추게 된다. 누군가를 죽게 만들고 싶을 때 그대는 검의 춤을 추게 된다. 힘을 다 써버린 뒤 배가 쓰러질 항구에 닿아야 할 때, 바람이 부는 가운데 보이지 않는 우회의 길을 택해야 할 때, 기수 아래 범선은 춤을 추게 된다.

춤을 추고 싶다면 적이 필요하다. 그대에게 아무런 적도 없다면, 그대의 검무에 찬사를 보낼 사람이 누가 있겠는가?

• • •

두 손에 얼굴을 파묻은 무희가 비통한 모습을 보이며 내 마음을 울렸다. 거기서 나는 가면을 보았다. 정착민들의 과장된 선전 공연 속에는 거짓으로 번뇌하는 표정이 있기 마련이다. 그러나 이는 속 빈 상자의 뚜껑일 뿐이다. 받은 게 아무것도 없다면 그대 안에 아무것도 없다. 하지만 무희는 마치 유산을 물려받은 사람 같았다. 그녀의 내면에는 사형집행인에게조차 저항할 수 있는 단단한 요체가 들어 있었다. 화형장의 짚더미는 결국 그녀가 품고 있는 비밀을 끌어내지 못할 것이다.

우리가 목숨을 걸 수 있는 무언가가 우리에게 춤추는 법을 가르쳐주는 것이다. 사실 성가나 시, 기도 등으로 아름답게 포

장되는 건 사람일 뿐이고, 내면을 가꾸는 것도 오직 사람뿐이다. 그런 자의 시선은 확실히 그대에게 향한다. 내면이 살아있는 사람이기 때문이다. 만일 그대가 여자의 얼굴을 분명히 새겨둔다면 여자는 한 남자가 일구어놓은 제국을 가려주는 단단한 가면이 될 것이다. 이로부터 그대는 사람이 다스림을 받는다는 사실과 사람은 적에 대항하여 춤을 추게 될 것임을 알게 된다. 그러나 이 무희가 속 빈 나라에 불과하다면 그대는 무엇을 알아낼 것인가?

한 곳에 정착해 사는 사람의 춤이란 존재하지 않는다. 하지만 대지가 척박하고, 수레가 돌부리에 끼이며, 여름은 수확하기에 너무나도 건조하고, 사람들은 야만족에게 저항하며, 야만족은 약자를 짓밟는 이곳에서 춤이 탄생된다. 스텝 하나하나마다 의미가 담겨 있기 때문이다.

춤이란 천사에 대한 투쟁이다. 춤이란 전쟁이며 유혹이고 살인이며 회개의 몸짓이다. 지나칠 정도로 잘 먹인 가축에게서 그대는 어떤 춤을 이끌어낼 텐가?

73

문득 죽음에 대한 애착이 생겼다. 나는 신께 말했다.

"제게 축사의 평온함을 주소서. 정리된 것들의 평온함과 수확이 끝난 곡식의 평온함을 내려주소서. 제가 변화를 완성한 존재가 되게 해주소서. 제 마음의 통곡 소리에 이미 지쳐있는 상태입니다. 새로운 가지들을 다시 뻗기에는 제 나이가 너무 많습니다.

저는 친구들도 하나둘 잃었고, 맞수도 하나둘 잃었으며, 서글프고 한적한 제 인생길 위로는 한줄기 빛이 드리워지고 있습니다. 저는 멀어졌다 돌아와서 바라봤습니다. 금송아지 주위에 모여든 사람들을 보았지요. 이들은 금송아지에 관심이 있어서 모인 게 아니라 어리석기 때문에 모인 겁니다. 요즘 태어나는 세대가 종교가 없는 미개인들보다도 더 낯설게 느껴

257

집니다. 이해 못할 노래같이 쓸모없는 보물들은 제겐 벅차기만 합니다.

숲에서 저는 도끼로 작품을 만들기 시작했고 나무들의 성가에 도취되었습니다. 공정해지려면 탑 안에 갇혀 있어야 하겠지만 지금 저는 너무 가까이에서 사람들을 보느라 지쳤습니다.

주여, 제 앞에 모습을 나타내소서. 신에 대한 사랑을 잃어갈 때에 모든 게 너무나도 힘이 듭니다."

• • •

사람들이 크게 열광하는 모습을 바라보며 이런 생각을 해보았다.

사실 나는 승자가 되어 도시 안으로 입성했다. 사람들은 깃발을 흔들었고 내가 지나갈 때 환호성을 외치며 노래를 불렀다. 바닥에는 승리를 축하하는 꽃이 카펫처럼 깔려 있었다. 하지만 신께서는 내게 오직 쓸쓸함만을 내려주셨다. 나는 나약한 백성들 속에 갇혀 있는 듯한 느낌이었다.

그대를 명예로운 존재로 만들어주는 이 군중은 그대를 무척

이나 외롭게 방치하기도 한다. 그대에게 저절로 주어지는 것
은 또 저절로 멀어진다. 신의 길이 아닌 이상 그대와 타인 사
이에 다리가 놓여 있지 않기 때문이다. 진정한 동반자는 나와
함께 기도하며 엎드리는 자들이다. 이들은 고만고만한 무리
에 섞여 빵이 될 운명의 낱알들이다. 이 사람들은 나를 좋아했
고 동시에 나를 공허하게 만들었다. 나를 기만하는 자는 존중
할 수가 없다. 나는 나에 대한 이 경외감에 동의할 수 없다. 나
는 이를 칭찬으로 여길 수가 없다. 다른 이의 생각에 따라 나
자신을 판단할 수 없기 때문이다. 짊어져야 할 짐이 많아 피곤
하다.

　신의 품 안으로 들어가자면 나 자신에게서 벗어나야 한다.
그런데 내게 환호성을 보내는 이 사람들 때문에 서글픔이 밀
려온다. 목이 말라 우물 안으로 몸을 숙였을 때 우물이 메말라
있는 것과 같이 가슴이 공허하다. 가치 있는 것은 아무것도 주
지 않는 저들은 아무것도 받지 못한 채 내게 열광하고 있을 뿐
이다.

● ● ●

나는 바다로 난 창이 필요하지 나를 질리게 하는 거울 따위
는 필요 없다.

내게 유일하게 가치 있어 보이는 건 허영심에 동요되지 않
았던 죽은 자들뿐이다.

하여 이런 생각을 해본 것이다. 환호성은 내게 아무 가르침
도 주지 못하는 공허한 소음으로만 들려 지겨울 뿐이었다.

• • •

가파르게 경사진 길이 바다 쪽으로 기울어져 있다. 밤의 시
간은 충만하게 흘러갔다. 나는 사물의 이치를 묻기 위해 신을
향해 집요하게 산을 올라갔다. 사람들은 교감을 가졌다고 주
장하는데 이들의 교감이 어떤 것인지 설명해 달라고 할 참이
었다.

산 정상에는 검고 육중한 바윗덩어리 하나밖에 없었다. 그
게 바로 신이었다. 나는 속으로 이렇게 생각했다.

'이거야말로 바로 그분이다. 썩지 않고 변치 않는 존재, 이
게 바로 신이다.'

사실 나는 고독 속으로 깊이 빠져들고 싶지는 않았다. 나는 신께 이렇게 말했다.

"주여, 제게 가르침을 주소서. 여기 있는 제 친구들과 동료들, 신하들은 말하는 꼭두각시로밖에 여겨지지 않습니다. 저는 저들을 제 맘대로 주무르고 있습니다. 제 마음이 괴로운 것은 저들이 제게 복종하기 때문이 아닙니다. 제가 가진 지혜가 저들에게까지 이른다면 그건 잘된 일이지요. 하지만 제 모습을 비춰주는 저들의 모습은 격리되어 살아가는 문둥병 환자보다 더 저를 외롭게 합니다. 제가 웃으면 저들도 웃습니다. 내가 입을 다물면 저들은 침울해집니다. 바람이 나무의 속을 채우듯 내 말이 저들의 속을 채운다는 걸 압니다. 제게 있어 타인과의 교감은 무의미합니다. 내 말을 듣고 있는 수많은 사람들 가운데 사원에서 퍼져 나오는 메아리처럼 저를 향해 들려오는 목소리를 들을 수가 없기 때문입니다. 어찌하여 사랑은 제게 고민거리를 안겨주는 것이며 저를 복제해 둔 것에 불과한 이 사랑으로부터 대체 무엇을 기대해야 하는 겁니까?"

반짝이는 빗물이 흘러내리는 바윗덩어리는 도무지 그 속을 알 수가 없었다. 옆에 있는 나뭇가지 위에 까마귀가 한 마리

앉아 있었다.

　"주여, 당신의 침묵에서 당신의 위엄이 서는 것임을 모르지 않습니다. 하지만 제게는 계시가 필요합니다. 제가 기도를 끝마치면 까마귀에게 날아오를 것을 명해 주십시오. 그러면 이는 다른 사람이 눈을 찡긋하며 암시를 주는 것과 같은 신호를 보내주는 격이 될 것입니다. 그리고 저는 세상에 혼자가 아닌 존재가 될 겁니다. 당신과 비밀로 엮인 존재가 될 것이며 아무도 모르는 우리 둘만의 비밀이 생기는 겁니다. 제가 이해할 수 있을 만한 무언가로 신호를 보내달라는 것 말고는 아무것도 요구하지 않겠습니다."

　그리고 나는 까마귀를 주시했다. 하지만 까마귀는 움직이지 않았다. 하여 나는 벽에 대고 몸을 숙였다.

　"주여, 당신이 옳습니다. 제가 해달라는 대로 굴복하는 것은 당신의 위엄을 지키는 일이 못됩니다. 까마귀가 날아갔다면 저는 더욱 큰 슬픔에 빠졌을 겁니다. 하나의 똑같은 신호, 즉 제 욕심이 반영된 단 하나의 신호밖에는 받을 수 없기 때문입니다. 다시금 저는 외로움에 빠졌을 겁니다."

　엎드려 절을 한 뒤 나는 가던 길을 다시 갔다.

나의 좌절감은 묘하고도 예기치 못한 평정심에 자리를 내주었다. 나는 진창에 빠져 맨살이 가시에 찔리고 거센 비바람과 싸웠다. 그런데 빛이 일제히 내 앞에 펼쳐지는 것이었다. 나는 아는 게 아무것도 없었지만 불쾌하지 않게 알 수는 있었다. 내가 신과 접촉한 건 아니었으나 접촉할 수 있는 건 더 이상 신이 아니기 때문이다. 내 기도를 순순히 들어주는 신은 더 이상 신이 아니다.

나는 응답이 없다는 데에 기도의 위대함이 있다는 걸 처음으로 깨달았다. 기도와 같은 교감의 형태에는 상업적 교역의 추악함이 개입되지 않는다는 것을 깨달았다. 기도를 익힌다는 건 곧 침묵을 익힌다는 뜻이다. 더 이상 기다릴 선물이 없을 때 그때 비로소 사랑이 시작된다. 사랑은 일단 기도를 수행하는 것이며 기도는 침묵을 수행하는 것이다.

나는 다시 백성에게 돌아와 내 사랑을 내색하지 않고 이들을 가두었다. 하여 죽을 때까지 그렇게 저들이 스스로 내어준 것을 자극했다. 나의 침묵에 저들은 제정신이 아니었다. 나는 목동이었고 저들의 노래가 울려 퍼지는 움막이었으며, 저들의 운명을 맡아두는 곳이자 저들의 생명과 재산을 가진 주인

이다. 하지만 저들보다 더 가난한 존재며 굽힐 줄 모르는 자존
감에 휩싸여 저들보다 더 초라한 존재다. 받을 게 아무것도 없
음을 알기 때문이다.

　내 안에서 저들은 변태(變態)를 이루었으며 내 침묵 속으로
저들의 노래가 녹아들었다. 나로 인해 저들과 나는 신의 침묵
속에 녹아드는 기도 외에는 아무것도 아닌 존재가 되었다.

78

관찰을 해보기 위해 나는 천편일률적인 기하학자가
아닌 기하학 해설자들을 불러들였다. 거의 천 명에 가까운 기
하학 해설자들이 모였다.

이 사람은 배를 만들 때 못이나 돛대, 갑판 등에 신경을 쓰
지 않는다. 그는 다만 천 명의 노예와 채찍 든 감시관 몇몇을
조선소에 가둬둘 뿐이다. 그러면 영광스런 배가 탄생한다. 그
가운데 자신이 바다를 정복했노라고 자랑스러워하는 노예는
단 한 명도 없었다.

기하학을 할 때 이들은 결론에 결론을 거듭해 가며 추론을
헤매는 데에 신경을 쓰지 않는다. 작업은 시간도 지나치게 많
이 요구하는 데다 그의 능력을 넘어서는 일이기 때문이다. 하
여 그는 만 명의 해설자들을 모집하여 이들로 하여금 정성껏

정리를 도출하고 편한 길을 탐사하며 결실을 거둬들이게 한다. 하지만 이들은 노예도 아니고 채찍으로 더 빨리 작업을 시킬 수도 없었다. 이들 가운데 스스로를 세상에서 하나밖에 없는 진정한 기하학자로 여기지 않는 자는 단 한 명도 없다. 진정한 기하학자가 뭔지 알기에 자신이 하는 일의 심층도를 높여가기 때문이다.

정신의 수확을 얻어내는 저들의 작업이 얼마나 귀중한지는 알지만 이 일을 창작활동과 혼동하는 것은 우스운 일이다. 창작활동은 자유롭고 예측할 수 없는 무상 행위다. 저들이 나를 자신들과 똑같은 존재로 생각하는 거만함을 발휘할까 염려되어 나는 저들과 거리를 두었다. 저들은 내게 소곤거리는 소리로 불평을 늘어놓았다.

"이성적으로 봤을 때 우리가 이의를 제기하는 게 맞습니다. 우리는 진리의 사제들입니다. 전하께서 내리시는 법은 우리가 추종하는 신보다 확실성이 떨어지는 법입니다. 전하에게는 물론 무장한 군사들이 있습니다. 이들의 근육은 우리를 짓누르고도 남겠지요. 그래도 우리는 전하에게 맞서야 합니다. 설령 전하의 감옥에 갇히는 일이 있더라도 우리는 맞설 것입니다."

내 화를 자극할 위험은 없다는 걸 잘 아는 저들은 이같이 말했다. 그리고는 자신들의 용기에 감복하며 서로를 쳐다봤다.

나는 생각에 잠겼다. 하나밖에 없는 진정한 기하학자를 매일 내 식탁에서 접견했다. 때로 밤에 잠이 오지 않으면 나는 그의 막사 아래로 찾아가 조심스레 신을 벗고 내어준 차를 마시며 그의 지혜의 달콤함을 맛보았다.

나는 그에게 말했다.

"그대는 기하학자다."

"기하학자이기 이전에 저는 사람입니다. 잠이나 배고픔, 사랑 같이 보다 시급한 일들은 다스리지도 못하면서 때때로 기하학을 꿈꾸는 그런 사람입니다만 이제 나이가 든 지금은 아마 전하의 말이 맞는지도 모르겠습니다. 저는 기하학자 이외엔 아무것도 아닙니다."

"그대에게서는 진리가 드러난다."

"저는 아이처럼 언어를 탐색하고 모색하는 사람일 뿐입니다. 제게는 진리기 보이지 않습니다. 하지만 사람들에게 제 언어는 전하의 산처럼 단순해 보입니다. 사람들은 스스로 진리를 만들어내지요."

"그대는 가혹한 기하학자다."

"저는 우주에서 신의 보호막이 남기고 간 흔적을 발견하길 좋아했습니다. 오랜 시간 사람들에게 존재를 감춰온 신과 같이 저는 장막의 한 자락을 붙잡아 걸어두고 얼굴을 가린 베일을 들어 올려 그분의 모습을 보여주고자 했습니다. 하지만 제 자신 이외에 다른 것은 발견하지 못했습니다."

그는 이렇게 말했다. 하지만 저자들은 내 머리 위로 올라서며 노발대발 성을 냈다. 저들에게 나는 이렇게 말했다.

"목소리를 낮추어라. 내 비록 이해는 못할지언정 크게 잘 들을 수는 있다."

저들은 작은 목소리로 수군거렸다.

결국 저들 가운데 하나가 의사를 표현하려고 조심스럽게 앞으로 나왔다. 저들도 그렇게 화를 냈던 게 후회가 되긴 했나보다. 그는 이렇게 말했다.

"우리가 하는 일이 창조적 활동이며 조각가의 행위이자 폐하의 인정을 기다리는 진리의 금자탑에 새겨 넣은 시구라는 것을 아시겠습니까? 우리가 제안하는 것들은 엄격한 논리에 따라 하나의 제안에서 다른 제안으로 거듭납니다. 그 어떤 인

269

간도 이 일을 좌지우지할 수 없습니다."

저들은 절대적 진리에 대한 소유권을 주장하고 있었다. 도색된 목각 우상이 벼락을 내리자 미개한 족속들이 이 목각 우상을 내달라고 요구하듯 소유권을 주장했다. 다른 한편으로는 자신들을 하나밖에 없는 진정한 기하학자와 대등하게 여기고 있었다. 최소한의 성공에 모두가 무언가 도움이 되거나 무언가를 발견했다는 것이다. 하지만 이들이 무언가를 창조해 낸 건 아니었다.

"전하 앞에서 우리는 도형을 이루는 선분들 사이의 관계를 정립해 낼 것입니다. 저희는 전하의 법칙을 어길 수 있지만 전하께서는 우리의 법칙을 위반하실 수 없습니다. 전하께서는 우리를 각료로 여기셔야 할 겁니다. 우리는 지식이 있는 사람들입니다."

나는 말없이 어리석음이란 무엇인가에 대한 생각에 잠겨 있었다. 내가 말이 없자 저들은 경계심을 보이며 망설이다가 이렇게 말했다.

"사실 우리는 무엇보다도 전하를 위해 일하고 싶은 사람들입니다."

하여 내가 이들에게 대답했다.

"그대들이 제대로 된 창작을 한다고 주장하지는 않으니 그 나마 다행이로구나. 왜곡된 시선으로 앞을 보는 이는 왜곡된 작품을 만들어내는 법이다. 공기로 가득 찬 통에서는 바람밖에 나오지 않는다. 그대들이 왕국을 세웠더라면 이미 전복된 역사와 다 만들어진 조각상과 싸늘하게 식어버린 장기에만 적용되는 논리를 따르다 결국 무자비한 칼날 아래 굴복하고 말았을 것이다.

언젠가 한 남자의 자취가 발견된 적이 있었다. 새벽녘 막사를 떠나 바다로 향한 그 남자는 수직으로 깎아지른 절벽까지 걸어가서 아래로 떨어졌다. 그 자리에는 논리학자들이 있었는데 이들은 남자가 남기고 간 신호들을 연구한 뒤 진실을 알아냈다. 벌어진 일들의 연결고리에는 중간에 빠진 고리가 없었기 때문이다. 발자국은 걸음걸음 연이어 있었고, 중간에 끊긴 흔적은 전혀 없었다. 죽은 남자의 발자국을 거슬러 따라가 보니 그 끝에는 남자의 막사가 있었다. 막사에서 걸음을 따라 내려가 보면 죽은 남자의 시신에 다다른다."

"우린 모든 걸 깨달았소."라고 외치며 논리학자들은 좋아

했다.

　나는 이해하는 게 아는 것이라고 생각했다. 잔잔한 물보다 깨지기 쉬운 미소를 내가 '알고' 있는 것처럼 말이다. 그 미소는 단순한 생각만으로도 충분히 흐트러질 수 있는 연약한 것이었고 잠이라도 들게 되면 사라질 수 있는 것이었으며 여기에서 나온 미소가 아닌, 걸어서 백 일은 더 가야 있는 이방인의 막사에서 나온 미소였다.

● ● ●

　창조는 만들어진 사물과는 다른 본질에서 비롯되며, 창작 이후에 만들어지는 궤적에서 벗어나고 그 어떤 신호로도 읽히지 않는다. 이 궤적들과 자취들, 신호들은 늘 하나에서 다른 하나가 비롯된다. 현실의 벽 위로 모든 창조의 그늘이 드리워지는 것은 지극히 논리적이다. 하지만 명백한 발견을 했다고 해서 그대가 어리석음에서 해방될 수 있는 것은 아니다.

　저들이 확신을 못하고 있기에 나는 선심을 베풀어 계속해서 가르침을 주었다.

"생명의 비밀을 탐구하던 연금술사가 있었다. 그는 증류기와 약품을 이용하여 살아 움직이는 작은 파편들을 만들어냈다. 하여 논리학자들이 연금술사에게로 달려왔다. 논리학자들은 다시 실험을 해보았고 약을 섞어 증류기 위로 불을 만들어 보았으며 살점이 있는 또 다른 세포를 만들어냈다. 이들은 이제 생명의 비밀이란 존재하지 않는다고 주장하며 그곳을 떠났다. 생명이란 원인에서 결과가 나오고 결과에서 원인이 나오는 지극히 자연스러운 순리일 따름이다. 시료 위에서 불이 만들어지고 시료가 서로 반응하여 만들어지는 결과가 생명일 뿐이지, 시료 그 자체는 살아 있다고 볼 수 없다.

언제나처럼 논리학자들은 모든 걸 완벽히 이해했다. 사실 창조라는 건 창조의 지배하에 만들어진 사물과는 다른 본질에서 비롯되며, 신호 안에 그 흔적을 남기지 않는다. 그리고 창조하는 이는 자신의 창조물로부터 언제나 벗어나 있다. 그가 남기는 흔적은 지극히 논리적이다. 내 경우에는 보다 겸손하게도 기하학자인 친구에게 가르침을 얻었다. 그는 '생명이 생명의 씨앗을 뿌리는 것 말고 새로운 게 뭐가 있던가?'라고 했다. 연금술사가 의식하지 않았다면 생명은 나타나지 않았

273

다. 내가 아는 한 연금술사는 살아 있는 존재다. 우리는 이를 망각하고 있다. 언제나처럼 그는 자신이 만들어내는 창조의 과정에서 떨어져 있기 때문이다. 따라서 자네가 모든 문제들이 해결된 산 정상으로 다른 이를 데려갈 때, 이 산은 그자를 혼자 내버려둔 자네가 모르는 사이에 진리로 승화한다. 자네가 이 산을 택한 이유에 대해서 아무도 궁금해하지 않는다. 사람들은 그저 거기 있을 뿐이고 모두 어딘가에 존재해야하기 때문이다."

그런데 저들이 수군거렸다. 논리학자들은 사실 논리적이지 않다. 나는 이렇게 말했다.

"알고 있다는 환상과 더불어 벽에 드리워진 그늘의 춤을 따라가는 그대들은 얼마나 오만한가. 그대들은 기하학자들이 제안한 것을 하나하나 읽어가기만 할 뿐, 이를 정립하기 위해 노력했던 누군가가 있다는 사실은 생각하지 않는다. 그대들은 모래 위에 남은 자취들을 하나하나 따라가기만 할 뿐, 다른 어딘가에 사랑하기를 거부했던 누군가가 있었다는 사실은 알려하지 않는다. 그대들은 연금술사의 재료들에서 생명이 태동하는 것을 지켜보기만 할 뿐, 반박과 선택을 한 누군가가 있었다는 사실은 알지 못한다. 노예에 불과한 그대들은 망치를 들고 내게 와서 배를 구상했다고 그리하여 배를 물에 띄웠다고 가식을 떨지 마라.

혼자 있다 죽은 이자를 나는 그가 원했다면 내 옆에 앉혔을 것이다. 그렇게 하여 내 곁에서 그는 사람들을 다스렸을지도 모른다. 사실 이자는 신이 보낸 사람이었다. 그의 언어는 나로 하여금 멀게만 느껴지던 연인의 존재를 깨닫게 해주는 능력이 있었다. 모래의 본질에서 비롯된 존재가 아니었기에 단번에 읽어낼 수는 없는 존재였던 연인을 발견하게 하는 언어였다.

수많은 선택의 길 가운데 그는 이 길을 택했다. 그 어떤 성공도 보장되진 않지만 어딘가로 이르는 길이었다. 첩첩산중의 미로 속에서 아리아드네의 실이 없을 경우 누구도 추론만으로 나아갈 수는 없다. 그대는 수렁을 본 순간에만 그대의 길이 가로막힌다는 사실을 알고 있다. 반대쪽 경사로는 아직 사람들에게 알려져 있지 않다는 사실도 알고 있다. 따라서 마치 그곳에 갔다 오기라도 한 것처럼 그대에게 길을 그려주며 나서는 안내자가 가끔 나타난다. 하지만 한 번 다녀간 길은 흔적이 남기 마련이고 이 길은 분명한 길이 된다. 굴곡처럼

보이는 이 길이 기적을 만들어낸다는 사실을 그대는 망각하고 있다."

79

이자는 아버지에게 대들며 이렇게 말했다.

"인간의 행복이란 건 말이죠……."

아버지는 그의 말을 끊고 다음과 같이 말씀하셨다.

"내 집에서 그따위 말은 하지 마라. 나는 진정성의 무게가 담긴 말은 즐겨 듣지만 속 빈 강정 같은 껍데기 말은 거부한다."

"하지만 제국을 다스리는 전하께서 인간 행복의 첫 번째 조건에 대해 고민하지 않으신다면……."

"나는 바람을 뒤쫓아 가서 비축품을 챙기는 것 따위는 고민하지 않는다. 바람이 일지 못하도록 잡고 있으면 바람은 더 이상 일지 않을 것이다."

80

아버지께서는 이런 말씀을 하신 적이 있었다.

"오렌지나무를 단단하게 세우려면 비료와 퇴비도 줘야 하고 곡괭이질도 해야 하며 가지도 쳐야 한다. 그렇게 나무 한 그루가 자라나서 꽃을 피울 수 있는 것이다. 정원을 가꾸는 내가 땅을 갈 때에는 꽃에 대한 고민도 행복에 대한 고민도 하지 않는다. 꽃을 피우려면 일단 나무가 '되어야' 하고 행복한 사람이 되려면 일단 사람이 '되어야' 하기 때문이다."

그런데 어떤 사람이 이렇게 물었다.

"사람이 내달리는 이유가 행복을 위한 게 아니라면 사람은 대체 뭘 위해 그렇게 앞을 향해 달려가는 겁니까?"

그러자 아버지께서는 이렇게 말씀하셨다.

"그에 대해서는 나중에 납득시켜 줄 것이다. 그보다 먼저 내가 지적하고 싶은 것은 노력 끝에 기쁨이 있다고 네가 어리석은 논리학자의 추론에 따라 인간이 행복을 위해 노력하는 것이라 믿는다는 점이다. 이런 논리대로라면 삶의 끝에 죽음이 있으므로 인간이 바라는 건 오직 죽음뿐이라는 결론에 이르게 된다. 이렇듯 우리가 사용하는 말이라는 것은 뼈대 없는 해파리에 불과하다. 그대에게 나는 행복한 상태에 있는 사람이 전쟁에 참여하기 위해 자신의 행복을 희생시킨다는 점을 주지시켜 주고 싶다."

"그건 자신의 소임을 다하여 더 고차원적인 형태의 행복을 추구하기 위함이 아닐는지요……"

"확인이든 반박이든 말에 한 가지 의미만을 담아내지 않는다면 나는 그대와의 대화를 거부하겠노라. 계속해서 형태를 바꾸는 얼음 따위와는 뭘 어찌해야 되는 것인지 알지 못한다. 만일 첫사랑의 놀라움도 행복이고 배를 관통한 총알 때문에 우물에 닿을 수 없어 터지는 죽음의 구토도 행복이라면, 삶에 대한 그대의 확신에 대해 내가 어떻게 반박을 하란 말인가? 그대는 단지 사람들은 자기가 찾는 것을 찾고 있고 자기가 달려가는 곳으로 달려가고 있다고 주장할 뿐이다. 여기에는 반

박의 여지가 전혀 없으며 나로서는 그대의 진리를 난공불락의 진리로 만드는 것 말고는 달리 할 일이 없다.

그대는 교묘한 재주를 부리듯 말하고 있다. 그런 허튼소리도 그만두고, 행복을 위한답시고 전쟁터로 떠나는 인간에 대한 변명도 그만둔다면, 그래도 행복이 인간의 모든 행동을 설명해 준다고 주장하고 싶다면, 나는 그대에게 우선 전쟁터로 떠나는 게 광기의 행동으로 설명된다고 얘기하고 싶다. 하지만 여기서도 사용하는 단어의 뜻을 명확하게 짚어줘야 한다. 가령 그대가 쇠똥을 퍼붓거나 엉뚱하게 행동하는 어떤 자를 미치광이라고 부른다면 나는 제 발로 전쟁터에 나가는 병사들을 뭐라고 불러야 할지 모르겠다.

그대는 사람들이 다가가려고 애를 쓰는 곳에 대해 표현해 줄 언어를 갖고 있지 못하다. 내가 사람들을 데리고 가려하는 곳에 대해 표현해 줄 언어 또한 갖고 있지 못하다. 그대는 광기니, 행복이니 하는 몇 안 되는 단어들밖에 들어 있지 않은 보잘것없는 창고의 언어들을 소모적으로 사용하고 있다. 그러면서도 이로써 삶을 담아낼 수 있다는 헛된 희망을 품고 있다. 아틀라스 기슭에서 삽과 통을 들고 산을 옮기겠다고 주장하는 어린애와 같은 우를 범하는 꼴이다."

"그렇다면 제게 가르침을 주소서."

81

정신이나 마음을 움직이기 위해서가 아니라 내세울
만한 동기를 위해 결심하는 거라면 나는 그대를 부인한다.

의미는 갖고 있으되 아무것도 담고 있지 않는 그대 아내의
이름처럼 그대가 하는 말은 무언가에 대한 기호가 되지 못한
다. 하나의 이름을 두고 논리를 펼 수는 없다. 정작 중요한 건
다른 데 있기 때문이다.

"그녀의 이름이 아름답다는 뜻이므로 그녀는 아름답습니
다."라고 말할 수 있겠는가?

그러니 인생에 대한 고찰이 어찌 논리적 고찰 그 자체로 충
분할 수 있겠는가? 이면에 다른 속뜻이 있다면, 그런 속뜻은
불분명한 논리로 굳어질 수 있다. 행복에 대해 이런저런 말들
로 가타부타 논하며 저들끼리 행복을 비교하는 것은 별로 중

요하지 않다. 삶이란 그저 존재하는 것일 따름이다.

따라서 그대가 행동하는 이유를 설명하는 언어가 그대의 속 깊은 음정을 전달해 주는 시와 다르다면, 말로 설명되지 않는 아무것도 담고 있지 않으면서 내게 말들을 퍼부으려 한다면, 나는 그대를 거부한다.

새로이 다가온 사랑을 위해서가 아니라 빈약하고 비중 없는 논리를 실어 나르는 대기의 미미한 떨림을 위해 그대의 행동 을 바꾸는 것이라면 나는 그대를 거부한다.

우리는 기호를 위해 죽는 게 아니라 기호에 담긴 속뜻을 위 해 죽는 것이다. 이 속뜻을 제대로 표현하고 싶다면 세상의 모 든 도서관 장서가 필요할 것이다. 전리품으로 간단히 손에 넣 었던 그것을 그대에게 말로 설명할 수가 없다. 그대도 역시 거 대한 산과 같은 내 시의 의미를 받아들이는 수고를 스스로 해 야 한다. 태어나서 단 한 번도 바다를 떠나보지 못해 바다밖에 모르는 그대에게 내가 본 산의 의미를 설명해 주려면 나는 얼 마나 많은 단어와 시간을 소비해야 하겠는가?

샘물 또한 마찬가지다. 그대가 여태껏 단 한 번도 목마른 적이 없었다면, 두 손을 모아 샘물을 떠먹어본 적이 없었다

면, 그대에게 샘물의 의미와 소중함을 어떻게 설명할 수 있겠는가? 나는 마음껏 샘을 노래할 수 있다. 내게는 샘을 향해 걸어가던 기억이 있다. 그대의 기억을 깨워줄 힘은 어디에 있는가?

그대에게 샘에 대한 이야기를 하려는 게 아니다. 나는 신에 대한 이야기를 하려는 것이다.

● ● ●

내 언어가 마음을 사로잡으면서 의미 있는 것으로 변하려면 그대 안에서 이 언어가 무언가를 붙들어 맬 수 있어야 한다. 하여 내가 그대에게 신에 대해 가르쳐주고 싶을 경우, 그대를 산으로 올려 보내어 일단 별들이 총총 걸린 산마루가 그대의 마음을 온통 사로잡을 수 있도록 해야 할 것이다. 샘의 소중함을 일깨워주려면 먼저 사막으로 보내어 갈증으로 목이 타들어갈 지경까지 만들어야 한다. 그 뒤 6개월간 벽돌을 만들게 해서 한낮의 태양이 진을 빼놓도록 할 것이다. 그 후에 나는 이렇게 말할 것이다.

"한낮의 태양이 진을 다 빼놓은 이 사람은 아무도 모르는 밤의 시간에 별들이 총총 걸린 산마루를 올라 신성한 샘물을 마시며 갈증을 해소한다."

그러면 신의 존재를 믿게 될 것이다.

그러면 신의 존재를 부정할 수 없을 것이다. 이유는 간단하다. 그저 신이 존재하기 때문이다. 내가 우울함을 조각하면 얼굴에 우울함이 새겨지듯 그렇게 분명히 존재하기 때문이다.

언어나 행위는 존재하지 않는다. 같은 신의 두 가지 양상이 존재할 뿐이다. 기도를 수행이라 부르고 밭 가는 일을 명상이라 부르는 이유도 여기에 있다.

87

그대는 아무런 계시도 받지 못할 것이다. 그대가 받고 싶어 하는 신성성의 표시는 침묵 그 자체이기 때문이다. 사원을 이루고 있는 돌들은 사원에 대해 아무것도 아는 게 없으며 아무것도 알 수가 없다. 다른 나뭇가지와 함께 나무를 이루고 있는 나뭇가지 또한 나무에 대해 아무것도 알지 못하며 아무것도 알 수 없다. 다른 나무들과 함께 지역을 형성하고 있는 나무 또한 자신이 속해 있는 지역에 대해 아무것도 알지 못하며 아무것도 알 수 없다.

신에 대해서도 마찬가지다. 그대는 신에 대해 아무것도 알지 못하고 아무것도 알 수 없다. 사원의 모습이 일단 돌에게 보여야 하고 나무의 모습이 일단 나뭇가지에게 보여야 하는데 이는 무의미한 일이다. 돌에게는 사원을 받아들일 언어가 없기 때문이다. 언어는 나무 차원에서 존재한다.

이는 신에게로 향하는 여행을 한 이후 내가 발견한 사실이다.

• • •

내 안에 갇힌 나는 언제나 외로운 존재다. 내 힘으로 이 외로움에서 벗어날 수 있다는 희망이 없다. 돌에게는 돌과 다른 무언가가 된다는 희망이 없다. 하지만 돌들은 서로 힘을 합치면 된다는 희망이 있다. 돌들은 한데 모여 사원을 이룬다.

나는 대천사장의 모습을 봤다고 주장할 수가 없다. 대천사장은 눈에 보이지 않거나 혹은 존재하지 않기 때문이다. 신으로부터 무언가 계시를 받고자하는 사람들은 거울 앞에 서보지만 오로지 자기 외에는 아무것도 보지 못한다. 그러나 내게는 나를 변모시켜 백성들과 어우러지게 만들어주는 열기가 생겨나고 있다. 이는 곧 신의 표식이다. 한 번 침묵이 조성되면 모든 돌들이 침묵에 빠져든다.

따라서 공동체를 벗어난 나는 조금도 중요한 존재가 아니며 자족할 줄도 모르게 된다.

그러니 밀알인 채로 남아 겨우내 곳간에서 그냥 잠들도록
하라.

88

저들은 존재의 초월을 거부했다.

저들이 말했다.

"나는 나일 뿐이오."

저들은 배를 두드린다. 자기들에게, 자신들에 의해 누군가 있기라도 한 것처럼 굴었다. 사원을 이루는 돌들이 '나부터, 내가, 나는……' 이라고 말을 한다면 딱 저런 꼴일 것 같다.

이 사람들에게 나는 다이아몬드를 캐라는 명령을 내렸다. 저들의 땀방울, 거친 숨소리, 둔해짐은 다이아몬드의 빛이 되었다. 저들은 다이아몬드에 의해 존재했고, 다이아몬드는 저들의 의미가 되었다. 그러던 어느 날 저들이 반란을 일으켰다. "나부터! 내가! 나는!" 저들은 이런 식으로 외쳐댔다. 저들은 순순히 다이아몬드를 캐는 일에 불복했다. 새로 거듭나는 것

289

을 거부했던 것이다. 하지만 스스로에 대한 자존감은 갖고 있었다. 다이아몬드는 내버리고 저들은 스스로 모델이 되기를 자처했다. 저들의 모습은 추했다. 저들은 다이아몬드 안에서만 아름다울 수 있기 때문이다. 돌들은 사원을 이루고 있을 때나 아름다운 법이다. 무릇 나무란 대지에 자리를 잡고 있을 때나 아름다운 것이며, 강이란 제국에서 유유히 흐르고 있을 때나 아름다운 것이다. 사람들은 강물을 노래한다.

'강물이여, 소 떼의 젖줄이자 평야를 유유히 흘러가는 핏줄이여, 네 덕에 우리의 나룻배가 움직이고 있구나.'

하지만 저자들은 스스로를 목표이자 결과로 생각했으며 자신들에게 도움이 되는 것에만 관심을 가졌지 자신들이 힘써 일했던 우위의 대상에게는 더 이상 관심을 갖지 않았다.

하여 저들은 왕자를 대거 학살하고 다이아몬드를 박살내어 나눠 가졌으며 훗날 진리를 캐어 자신들을 지배할 가능성이 있는 존재들은 지하에 깊이 파묻었다.

저들은 말했다.

"이제 사원이 돌들을 위해 일해야 할 때가 됐다."

사원의 돌들을 가지고 간 저들 모두는 부자가 되어 떠난 거

라고 생각했다. 하지만 그로 인해 신성성을 잃어버렸다는 사
실과 사원에서 빛나던 신성성이 한낱 돌 부스러기에 지나지
않게 되었음은 전혀 알지 못했다.

88

그대는 이렇게 물었다.

"노예 상태의 예속이란 어디에서 시작해서 어디에서 끝나는 겁니까? 우주란 어디에서 시작해서 어디에서 끝나는 겁니까? 인간의 권리는 어디에서 시작되는 겁니까? 저는 돌들의 의미가 되는 사원이 어떤 권리를 갖는지 알고 있습니다. 사람들의 의미가 되는 제국이 어떤 권리를 갖는지 알고 있으며, 시어의 의미가 되는 시가 어떤 권리를 갖는지 알고 있습니다. 하지만 사원에 맞서는 돌들의 권리는 인정하지 않습니다. 시에 맞서는 시어의 권리도 인정하지 않으며 제국에 맞서는 사람들의 권리도 인정하지 않습니다."

진정한 이기주의란 존재하지 않는다. 제명만이 있을 뿐이다. '나부터! 내가! 나는!'을 외치며 홀로 가버린 사람은 제국에 없는 존재나 마찬가지다. 사원을 벗어난 돌 또한 마찬가지며 시를 벗어난 시어도 마찬가지고 몸의 일부를 이루지 못하게 된 살점도 마찬가지다.

어떤 이가 아버지께 이런 말을 했다.

"저는 제국을 없애고 단 하나의 사원에 사람들을 모을 수 있습니다. 그러면 이들은 더 큰 사원의 의미를 갖게 되는 것 아닙니까?"

아버지께서는 다음과 같이 대답하셨다.

"그건 그대가 아무것도 이해하지 못했기 때문이다. 천사의 석상을 이루고 있는 이 돌들을 보라. 여기 석상의 팔을 이루고 있는 돌들은 석상의 팔에서 그 의미를 갖고 있다. 석상의 목을 이루고 있는 돌들은 석상의 목에서, 석상의 날개를 이루고 있는 돌들은 석상의 날개에서 그 의미를 갖고 있다. 이 모든 돌들이 모여 하나의 천사 석상을 이루고 있는 것이다. 돌들은 한데 모여 첨탑을 이루기도 하고 또 기둥을 이루기도 한다. 천사의 석상과 첨탑과 기둥이 모이면 그 전체가 하나의 사원을 이루게 된다. 그리고 모든 사원들이 모이면 그 전체가 하나의 성스러운 도시를 이루어 사막을 걸어가는 그대를 지배하게 될 것이다.

293

돌들을 모아 날개, 목, 팔을 만든 뒤 천사의 석상을 만들고 사원을 만들고 성스러운 도시를 만들지 말고 애초에 돌들을 모아 똑같은 형태의 돌무더기 여러 개를 만들어 단번에 성스러운 도시를 만드는 게 더 이익이라고 생각할 수도 있다. 성스러운 도시의 빛나는 영광은 하나지 다양함에서 나오는 게 아니라고 여기는 것이다. 기둥의 빛나는 영광 또한 하나며 기둥머리, 몸통, 받침대 등 기둥을 이루는 다양한 요소에서 나오는 게 아니라고 여기는 것이다.

고차원적인 진리를 깨달으려면 보다 높은 차원으로 바라봐야 한다. 바다로 향하는 내리막길이 하나듯 인생 또한 하나다. 그러나 삶은 층위에서 층위로 거듭나며 다양해지고 한층 한층 단계를 올라가듯 존재에서 존재를 거듭하며 힘이 달라진다. 하나의 배를 이루는 요소는 여러 개일지라도 그 요소들이 모인 전체는 하나다. 배를 자세히 살펴보면 돛도 있고 돛대도 있고 뱃머리도 있으며 선체도 있고 선수재도 있다. 더 자세히 살펴보면 줄도 있고 나무 받침도 있고 삽반노 있고 놋도 있다. 물론 각각은 따로 분해된다.

잘 정돈된 돌들의 집합체에 불과하다면 내 제국은 아무런 의미도 갖지 못하고 진정한 삶이랄 것도 긴장된 자세로 지나가는 군인들의 행렬도 없다. 하지만 그대의 집이 가정을 이루고 가정이 모여 부족을 이루고 부족이 모여 마을을 이루고, 마을이 모여 제국을 이루는 것이다. 그렇게 만들어진 제국은 사람들의 열기로 가득 차고 동서남북으로 활력이 넘쳐난다. 대양에서 바람의 탄력을 받아 고정된 목적지를 향해 가는 배도 이와 같다. 바람이 변하더라도 배가 세부적인 요소들의 집합체일지라도 배는 변함없이 목적지를 향해 간다.

이제 그대는 성장의 작업을 계속 할 수 있게 됐다. 제국들을 취하여 보다 큰 하나의 배로 만들고 다른 배들을 통합하여 한 방향으로 끌고 가는 것이다. 다변화하는 바람으로부터 탄력을 받으며 별빛이 쏟아지는 가운데 기수를 고정해 앞으로 나아가는 것이다. 통일을 이룬다는 건 개별적 다양성을 엮어주는 것이지 부질없는 질서 하나를 세워보겠다고 각각의 다양성을 말소시키는 것이 아니다."

(하지만 그 자체로서의 층위는 존재하지 않는다. 그대는 이 가운데 일부에게 이름을 붙여주었고, 이를 본떠 다른 일부에게도 이름을 붙여줄 수 있지만 확신할 수는 없는 일이다.)

90

그대 얼굴에 근심이 서린다. 사람들을 짓밟는 압제자를 보았기 때문이다. 고리대금업자가 채무자를 노예로 삼는 것을 보았기 때문이다. 때로 건축가가 신을 섬기기 위해 사원을 쌓아 올리는 것이 아니라 자기를 위해 사원을 짓느라 땀방울을 갈취하는 것을 보았기 때문이다. 하지만 그렇게 해서 성장을 이뤄내는 사람을 그대는 보지 못했다.

이는 방식이 잘못됐기 때문이다. 이들은 차곡차곡 쌓아 올린 게 아니라 아무렇게나 돌을 가져다가 팔을 만들어냈다. 아무렇게나 팔다리를 만들어서 천사의 석상을 만들어냈고, 아무렇게나 천사, 기둥, 첨탑을 가져다가 사원을 만들어냈다. 어쩌면 그대는 원하는 단계에서 멈출 수 있다. 사람들을 석상의 팔이 아닌 사원에 복종시킨다고 해서 더 좋을 건 없다. 이런

방식으로 만들어진 거라면 압제자도 고리대금업자도 석상의
팔도 사원도 자신들을 살찌워준 대가로 사람들을 흡수하여
이들을 다시 살찌울 능력이 없기 때문이다.

대지의 재료들이 되는대로 조직되어 나무로 성장하는 경우
는 없다. 나무가 만들어지려면 우선 나무로 자랄 만한 씨앗을
뿌려야 한다. 나무는 씨앗에서 발아하여 위로 올라가는 것이
다. 나무는 결코 아래로 자라는 법이 없다.

• • •

그대의 피라미드가 신의 품 안에서 완성되지 않는다면, 이
피라미드는 아무런 의미도 없다. 신은 먼저 사람을 변모시킨
다음 사람들 사이로 퍼져나간다. 만일 왕자가 신에게 무릎을
꿇는다면, 그대는 왕자를 위해 희생할 수 있다. 그러면 그대가
가진 재산은 본질을 바꾸어 그대에게로 돌아간다. 고리대금
업자도 혼자만으로는 존재할 수 없으며 석상의 팔도 사원도
천사의 석상도 혼자로는 존재할 수 없다. 석상의 몸에서 나온
게 아니라면 이 팔 조각은 대체 어디서 나온 것이란 말인가?

석상의 몸은 단순히 팔다리를 갖다 모아놓은 게 아니다. 마찬가지로 한 척의 배는 단순히 재료만 모아놓은 것으로는 다양한 효과를 만들어낼 수 없다. 그렇게 만들어진 배는 각각의 다양성이 조화되지 못한 채 동떨어져 존재하는 것일 뿐이다. 오히려 상호 모순적으로 존재하면서 바다를 항해할 뿐이다. 석상의 몸 또한 개별적 구성체로 이루어져 있지만 이들은 단순한 합체물이 아니다. 창작을 하는 모든 이들, 정원사들, 시인들이 말하듯 우리는 개체에서 전체로 가는 게 아니라 전체에서 개체로 간다. 건축가들이 부리는 노예의 노예들은 모래 위에 세운 탑을 향한 애정의 불을 붙여주는 것만으로도 충분히 돌수레와 기타 수많은 발명품들을 만들어낸다.

95.

다이아몬드는 사람들의 땀방울이 일구어낸 결정체다. 그러나 사람들이 땀 흘려 일구어내고 나면 다이아몬드는 소모되지도 분리되지도 않으며 일꾼들 각각에게 소용되지도 않는다. 나는 대지에서 깨어난 별, 다이아몬드의 채취를 포기해야 하는 것인가? 금제 물병을 세공하는 세공사들을 없애버린다면 금제 물병도 나눌 수 없게 된다. 각각의 물병이 삶 하나의 값어치를 하고 있기 때문이다. 세공사가 금제 물병을 세공한다면 나는 다른 곳에서 경작한 밀로 그의 배를 채워줘야 한다. 내가 이 사람을 밭가는 데 보내버린다면 금제 물병은 더 이상 없을 것이며 사람들에게 나누어 줄 밀이 더 많아질 것이다. 다이아몬드를 채취하지 않고 더 이상 금세공을 하지 않는 게 인간의 고귀함이라고 볼 수 있겠는가? 이로써

풍요로워지는 사람이 어디 있던가? 다이아몬드의 운명 따위가 내게 무엇이 중요하겠는가? 수많은 사람들의 질투심에 발맞추어 나는 수확물을 1년에 한 번 태워버릴 수 있다. 그렇게 하면 저들은 하루의 축제를 누릴 수 있게 된다. 아니면 저들이 만든 금붙이로 치장한 왕비를 맞이할 수도 있다. 그러면 저들은 다이아몬드로 치장한 왕비를 모실 수 있게 된다. 그에 대한 대가로 축제의 열기가 저들에게 퍼져나갈 것이다. 그런데 다이아몬드를 박물관에 고이 모셔두는 것이 더 풍요로운 행위라 여기는 이유는 무엇인가? 박물관에 모셔둔 다이아몬드는 빈둥빈둥 노는 몇몇을 제외하고는 누구에게도 쓸모 있는 물건이 못 된다. 거칠고 뚱뚱한 경비원만 고상하게 만들어주지 않겠는가?

사원과 같이 시간을 들여 투자한 것만이 가치 있는 것임을 받아들이라. 저마다 제 몫을 받아갈 내 제국의 영광은 내가 채굴을 강요한 다이아몬드와 내 곁을 화려하게 장식해 줄 왕비에게서만 나온다.

• • •

나는 정신의 수행이 되는 자유로움밖에 알지 못한다. 우스 꽝스러울 뿐인 다른 자유로움은 모른다. 벽을 뛰어넘기 위해 문을 찾는 일에만 억눌려 있는 그대는 젊은이로서 자유롭지 못하고 밤에도 자유로이 태양을 써먹을 줄 모른다. 문이 하나 밖에 없더라도 그대가 압박감을 느낀다면 내가 그대에게 저 문 말고 이 문을 선택하라고 강요할 때 그대는 나의 억지에 불 평불만을 늘어놓을 것이다. 그리고 다른 여자가 더 있다는 걸 알지 못하는 그대가 마을의 모든 여자들이 사시라는 것을 모 른다면 내가 그대의 마음에 드는 여인과 결혼하지 못하게 막 아설 때 그대는 나의 독재에 불평불만을 늘어놓을 것이다.

하지만 그대의 아내가 될 여자에게 나는 변화를 강요했고, 그대에게는 하나의 정신을 만들어주었다. 그대 두 사람은 정 신의 수행이자 의미를 가진 유일한 자유를 쓰게 될 것이다.

방종은 그대의 존재를 말소시킬 것이다. 내 아버지의 말에 따르면 '존재하지 않는 것은 자유롭지 않은 것'이다.

96.

만물을 엮어주는 매듭 같은 신의 절대적 필요성에 대해 언젠가 네게 이야기해 줄 것이다.

주사위가 아무것도 의미하지 않는다면 비장하게 주사위를 던질 수가 없다. 뭍에 닿기 전 멀리서 풍랑이 이는 걸 알게 됐을 때, 짙게 드리워진 먹구름이 싸워야 할 적으로 보일 때, 파도와 거센 바람이 휘몰아칠 때, 내가 차례로 바다에 내보낸 사람들에게 이 모든 것은 서로 영향을 끼치는 것처럼 느껴질 것이다. 그리고 대꾸하지 않아도 될 당연한 필요성에 따라 그들에게 이는 서로 어울리지 않는 아수라장의 광경이 아닌 제대로 축조된 바실리카 성당의 광경이 된다. 그리고 나는 그 영속성을 세워줄 종석(宗石)이 된다. 따라서 항해자들은 돌아와 굉장한 사람으로 거듭나게 될 것이다. 그리고 자신의 질서를 배의 규정에 부과하게 될 것이다.

하지만 나와 무관한 다른 사람이 유유자적하며 바다를 거닌다면, 원하는 대로 어슬렁거리고 돌아다니며 자신의 뜻대로 배를 돌릴 수 있겠지만, 예의 바실리카 성당에는 이르지 못할 것이며 짙게 드리워진 먹구름도 그에게 시련이 되지 못할 것이고, 돛에 색을 입힌 것보다도 더 대수롭지 않을 것이다. 시원하게 불어올 뿐인 이 바람은 세상을 변화시키지 못하고 살결만 부드럽게 어루만져주는 바람이 될 것이며, 일렁이는 파도는 그의 속만 거북하게 만들 뿐이다.

그러므로 내가 만물을 엮어주는 신의 매듭이라 부르는 것은 규칙이 다변화하는 놀이가 아닌 절대적 필요성으로 나타나는 경우에만 제국을 건설하고 사원을 건축하며 구역을 만들어주는 것이다.

아버지께서는 이렇게 말씀하셨다.

"너의 할 일이란 네게 선택권이 있지 않은 일에서 찾게 될 것이다."

• • •

303

그래서 환심을 사려 애쓰는 사람들이 잘못됐다는 것이다. 환심을 사려면 유순하고 온순한 존재가 되어야 한다. 무엇보다 요구하는 바에 부응해 주어야 한다. 사람들이 원하는 대로 해주기 위해서는 모든 걸 저버려야 한다. 뼈대도 형체도 없는 해파리 같은 존재들에게 내가 볼 일이 뭐가 있겠는가? 나는 저들을 혐오한다. 형체가 불분명한 저들의 세계로 저들을 되돌려 보냈다. 스스로를 정립한 뒤 나를 보러 오라.

마찬가지로 여자들은 자신을 좋아하는 사람에게 싫증을 낸다. 남자가 자신의 사랑을 보여주겠다고 여자의 거울이 되고 메아리가 되길 받아들인다면 여자는 그에게 싫증을 내기 마련이다. 자기 모습을 봐야 할 필요가 있는 사람이 누가 있겠는가? 하지만 내게는 내가 만난 요체를 가지고 굳건하게 스스로를 정립한 그대가 필요하다. 존재하므로 그대는 자리에 앉아도 좋다.

스스로의 제국을 이뤄낸 자에게는 기꺼이 여자가 그 아내로서 그를 섬기게 마련이다.

97

나는 자유에 대한 단상을 해보았다.

돌아가신 아버지께서 산이 되어 지평선을 만들어주었을 때, 논리학자, 역사학자, 비평가들이 허풍을 잔뜩 늘어놓으며 다시금 기를 펴고 있었다. 아버지께서는 생전에 이들의 허풍을 잠재우셨으며 이들은 인간이 아름답다는 사실을 깨달았다.

인간은 아름다운 존재였다. 아버지께서 인간의 토대를 만들어주셨기 때문이다. 저들은 이렇게 적어놓았다.

"인간은 아름다우므로 해방시켜 줘야 마땅하다. 그러면 인간은 한껏 자유롭게 날개를 펼칠 것이며 인간의 모든 행동이 아름다움을 발할 것이다. 사실 우리는 인간 본연의 빛을 손상시켜 왔다."

저녁마다 나는 사람들이 줄기를 세우고 가지를 치는 오렌지

나무 농장에 간다. 여기서 나는 이렇게 말할 수도 있다.

"아름다운 오렌지나무에는 오렌지들이 풍성하게 달려 있다. 그런데 어찌하여 과실을 맺게 해주었던 가지를 잘라내는 것인가? 나무는 자유롭게 해방시켜야 마땅하다. 그러면 나무는 한껏 날개를 펼칠 것이다. 사실 우리는 나무 본연의 빛을 손상시켜 왔다."

하여 저들은 인간을 해방시켜 주었다. 인간은 똑바로 서 있다. 똑바로 서 있게 만들어졌기 때문이다.

어찌할 수 없는 본래의 업무에 충실하기 위해서가 아니라 점령이라는 천박한 필요에 따라 헌병들이 이들을 구속하고 나섰을 때 본연의 빛이 손상됐던 사람들이 반발하고 나섰다. 자유에 대한 열망으로 사람들은 들불처럼 활활 타오르며 들고 일어섰다. 저들에게 이는 아름답게 존재할 자유를 의미하는 것이었다. 저들이 자유를 위해 죽었을 때 스스로의 아름다움을 지키려 기꺼이 죽은 것이었고 그래서 죽음은 아름다웠다.

자유라는 단어는 나팔 소리보다 더 맑게 울려 퍼졌다.

나는 아버지께서 하신 말씀을 기억하고 있다.

"저들의 자유는 존재하지 않을 자유를 말하는 것이다."

저들은 광장의 떠들썩한 무리가 되었다. 만일 그대가 뜻대로 결정을 내리고 그대의 이웃도 뜻대로 결정을 내린다면 같은 행위를 한데 모아두었을 때 서로 자멸하고 만다. 만일 똑같은 대상에 취향대로 색칠을 하느라 어떤 이는 붉게, 다른 이는 파랗게, 또 다른 이는 황토색으로 칠한다면, 결국 아무 색도 아닌 것과 같은 이치다. 열 맞춰 선 상황에서 저마다 제 갈 길을 가려한다면 어지러운 분란이 일게 되고 질서는 무너지고 말 것이다. 만일 그대가 권력을 모두에게 나누어 준다면 그로부터 얻게 되는 결과는 권력의 강화가 아닌 분산이 될 것이다. 사람들이 사원을 옮기기로 결심하고 저마다 제멋대로 사원의 돌을 가져다 나른다면 사원의 형태는 온데간데없고 오직 돌무더기만이 남게 된다.

창작이란 하나로 존재하고 나무는 단 하나의 씨앗에서 생겨난 것이다. 물론 모든 나무가 이 나무처럼 공평하게 자란 것은 아니다. 씨앗 가운데에는 싹을 틔우지 못하는 씨앗들도 많다.

권력이 지배욕을 의미한다면 이는 어리석은 야망에 지나지 않는다. 하지만 권력을 가지고 창조주의 행위를 한다거나 창작 활동을 한다면, 재료들이 섞이고 늪에서 빙하가 생기고 사원들이 시간에 대항하다 풍화되고 태양의 열기가 나른하게 퍼져나가고 마모되어 찢겨져나간 책 페이지가 섞이고 언어가 뒤섞여 퇴화되고 힘이 고루 분배되고 노력이 서로 균형 잡히고 모든 걸 엮어주는 신의 매듭에서 탄생된 건축물이 일관성 없게 무너져 가는 등 자연의 순리에 거슬러 나아간다면, 나는 이 권력을 찬양할 것이다.

이는 자갈로 뒤덮인 사막에서 빨아들일 것도 없는 토양에 뿌리를 내리고 물을 끌어올리는 백향목과도 같은 것이기 때문이다. 백향목은 한기와 뒤섞여 열기를 잃어갈 태양빛을 나뭇가지 안에 가둬 둔다. 모든 게 조금씩 분배되며 거의 변화가 일지 않는 사막에서 태양 빛은 균등하지 않은 나무의 성장을 이뤄낸다. 나무는 바위와 자갈을 뚫고 태양 아래 사원을 만들어가며 바람이 이는 가운데 하프 같이 아름다운 소리로 노래하며 부동의 풍경 속에서도 움직임을 만들어낸다.

• • •

삶은 뼈대를 만들어가는 것이며 힘이 뻗어가는 선을 만들어 내는 것이며 균등하지 않은 성장을 이뤄내는 것이다. 지겨워 하는 아이들이 있을 때, 이들을 구속하는 것 말고 달리 방법이 있는가? 구속은 게임의 규칙이다. 그리고 난 후에야 아이들은 뛰어다닐 것이다.

해방시켜 줄 대상이 없어 자유가 증오심 가득한 평등 속에 서 비축해 둔 식량을 나눠주는 것에 불과한 때가 되었다.

자유로운 때에는 그대가 이웃의 영역을 침범하고, 그대의 이웃이 그대의 영역을 침범하기 때문이다. 그대가 발견한 휴식의 상태는 움직임을 멈춘 공들이 뒤섞인 상태를 말한다. 따라서 자유는 평등에 이르고 평등은 평형에 이르며 이는 곧 죽음을 의미한다. 그보다는 인생이 그대를 다스리고 장애물에 부딪히듯 다가선 나무의 힘에 부딪혀보는 게 더 낫지 않겠는 가? 그대 본연의 빛을 손상시켜 마땅히 싫어해야 할 유일한 속박이란 이웃에 노여움을 느끼고 동료에 시기심을 느끼며 천박한 사람과의 동등함을 느낄 때 나타난다. 그러한 상태에 빠지

게 되면 그대는 죽은 것이나 다름없는 무리가 되고 말 것이다. 하지만 그대들이 한 그루 나무로부터 성장한 존재라면 압제자에 대해 왈가왈부하는 속 빈 강정 같은 말들은 무시하라.

• • •

자유라는 것이 사람으로서 아름다울 자유가 아닌 군중의 표현인 때가 왔다. 필연적으로 인간은 군중에 속하게 되어 있고, 군중은 자유롭지 못하다. 방향은 없고 무게만 있어 그 자리에 주저앉게 되기 때문이다. 사람들은 아무렇지도 않게 부패할 자유를 자유라 칭했고 부패함을 정의라 칭했다.

나팔 소리와 같던 자유라는 단어에서 비장함이 빠져나간 때가 왔다. 사람들은 자신들을 잠에서 깨워 무언가를 세우러 나가도록 강요했던 새로운 나팔 소리를 막연히 꿈꾸었다.

그대를 잠에서 깨워주는 나팔 소리만이 아름답기 때문이다.

● ● ●

하지만 이해가 되는 속박이란 오로지 그대의 사원에 구속되
는 것뿐이다. 제멋대로 박혀 있는 돌들은 자유롭지 못하다. 돌
들이 자신을 내어주고 그로부터 의미를 얻는 게 아니기 때문
이다. 나팔 소리가 울리고 이 나팔 소리가 그대에게서 그대 자
신보다 더 큰 무언가를 끄집어낼 때 이 나팔 소리
에 구속되는 게 바로 이해가 되는 속박이다. 자
유가 위대한 존재의 얼굴을 하고 있을 때,
자유가 곧 인간 본연의 아름다움으로
향하는 길이었을 때, 저들은 아름
다움에 구속되어 속박을 받아들
였고 밤이면 나팔 소리에 자
리에서 일어났다. 이들은
잠을 잘 자유도 여자를 어
루만질 자유도 없이 지
배를 받았
고 의무

이륙
니
키

를 지고 있는 상태여서 헌병이 안에 있든 밖에 있든 그건 별로
중요치 않았다.

설령 헌병대가 안에 있었다 하더라도 저들은 밖에 있었다.
마찬가지로 그대의 아버지가 우선 명예를 따르도록 엄하게
굴었기에 그대에게 명예라는 의미가 중요한 것이다.

내가 눈가림에 불과한 방종을 구속의 반의어로 보더라도 방
종이 단속의 결과는 아니길 바란다. 내 사랑을 내색하지 않고
산책하면서 내가 얘기했던 예의 그 아이들, 자신들이 정한 게
임의 법칙을 따르면서 속임수를 쓰지 않는 아이들을 유심히
관찰했다. 아이들은 놀이의 얼굴을 알고 있었다. 내가 얼굴이
라고 일컬은 건 게임에서 비롯되는 모든 것을 가리킨다. 아이
들의 열기, 문제를 해결한 뒤의 기쁨, 패기 어린 용감함, 이 모
두를 일컫는 것이며 그 맛은 다름 아닌 바로 놀이에서만 느껴
지는 것이다. 이 놀이에 무언가 신적인 존재가 있어서 아이들
이 이렇게 되도록 만든 것이다. 다른 어떤 놀이도 그대를 그와
똑같이 만들어주지는 못한다. 스스로 달라지기 위해 그대는
놀이를 바꾼다. 하지만 게임에서 스스로를 위대하고 고귀하
다고 여긴 그대가 속임수를 쓰게 되면, 그대는 즐거움을 위해

위대함과 고귀함을 파괴하고 말았음을 깨닫게 될 것이다. 그대는 얼굴에 대한 사랑의 구속을 받은 것이다.

● ● ●

사실 헌병이 하는 일이란 그대를 타인과 비슷하게 만들어놓는 것이다. 이들이 어찌 고차원적인 걸 이해할 수 있겠는가? 헌병에게 있어 질서란 나란히 줄지어놓은 박물관의 질서일 뿐이다. 하지만 나는 네가 네 이웃과 비슷하게 되는 그런 질서를 기반으로 제국의 통일을 이루지는 않을 생각이다. 나는 사원에 있는 석상과 기둥처럼 너와 네 이웃이 제국의 기반을 이루며 하나된 질서를 기반으로 제국의 통일을 이룰 것이다.

내가 말하는 구속이란 사랑의 의식이다.

100

만일 그대가 편견에 이끌려 사람들을 감옥에 가두고, 그렇게 감옥에 간 사람들이 많은 상황이라면, 그대의 편견이 사람들을 재판하는 데 바르지 못한 관점을 제공한 것이다. (심지어 그대는 모두를 다 가두어버릴 수도 있다. 부적절한 욕망을 품은 사람들을 감옥에 보내어 단죄하는 것과 마찬가지로 그대가 규탄하는 행동의 일부에 모두가 휩쓸려 연루될 수 있고 성자들 또한 감옥에 갈 수 있기 때문이다.) 그대의 편견은 오르지 말아야 할 산이자 피가 난무하는 틀린 길이며 그대로 하여금 인간에 반하는 행동을 하게 한다. 그대가 처단한 자가 지닌 아름다움의 부분이 생각 외로 클 수도 있건만 그대는 사랑을 짓밟아버리고 있지 않은가?

그대의 헌병대는 필연적으로 어리석을 수밖에 없다. 그대의 요원들은 명령을 맹목적으로 따르고 저들의 일에서 그대는 이들의 직관을 요구하는 게 아니라 반대로 권리를 거부한다. 이들이 맡은 임무는 잡아들이고 재판을 하는 게 아니라 그대가 주는 신호에 따라 구분을 하는 것에 해당한다. 만약 그대의 헌병대가 혼자 있을 때 콧노래를 흥얼거리는 사람, 때로 신을 의심하는 사람, 일터에서 하품을 하는 사람, 무엇이든 생각하고 대처하고 좋아하고 싫어하고 존경하거나 경멸하는 사람 등을 흑백논리에 따라 검은 분자로 분류하라는 지시를 받으면 그대에게는 모두가 반역의 무리로 보일 것이다. 그 많은 사람들을 참수해야 하는 것인지 그대는 고민하게 되리라. 대중은 혐의를 갖고 있는 듯 의심스러워지고 백성은 첩자로 보일 것이다.

이 사람 저 사람을 좌우로 명확하게 분리시킬 수 있는 '인간을 초월하여 구분하는 방식'이 아닌 '인간 자체를 통해 구분하는 방식'을 그대가 택했기 때문이다. 하여 그 사람을 자기로부터 분리하고 그를 그 자신의 첩자로 만들고 그 자신의 혐의자로 만든다. 따뜻한 밤이 오면 저마다 신을 의심하고 고독 속에서 콧노래를 부르며 일터에서 하품을 하기 때문이다. 어떤 때는 생각하고 행동하고 좋아하고 싫어하고 존경하거나

경멸한다. 세상에 그 무엇이든 말이다. 살아 있기 때문이다. 그대에게는 오직 마음을 움직이지 않는 조잡한 생각으로 가득 찬 사람만이 성스럽고 온전하며 바람직해 보일 것이다.

사람들로부터 이러이러한 게 아닌 사람 그 자체에서 비롯되는 것들을 뽑아내라고 명했으니, 헌병들은 여기에 최선을 다할 것이고 그들의 수색망에 걸려들지 않는 자는 없을 것이다. 저들은 악의 무리가 그토록 번성함에 불안해할 것이며, 그대에게 보고서를 통해 사태의 심각성을 알려 그대 또한 불안하게 만들 것이다. 그리고는 진압이 시급하다며 자신들의 믿음을 그대 또한 갖도록 설득할 것이다. 그대가 저들의 말을 들어주면, 저들은 그대가 백성들 전체를 가둘 감옥을 짓게 할 것이다. 그렇게 하다 종국에는 그대가 저들 또한 감옥에 가둘 날이 올 것이다. 저들 또한 같은 사람이기 때문이다.

만일 농부들이 태양의 은총 속에서 그대의 땅을 갈아주고 조각가들이 돌을 조각하며 기하학자들이 도형을 만드는 날이 오길 바란다면 그대는 산을 바꿔야 할 것이다. 어떤 산이 선택되었느냐에 따라 그대의 도형수들은 성인이 될 것이며 그대는 돌 깨는 노역을 시켰던 자에게 석상을 세우도록 할 것이다.

101

늘 생각은 해왔지만 신께서 명확하게 답해 주시지 않았던 표절의 개념에 대한 생각을 정리해 보려 한다. 문제를 심하게 파괴하여 자신이 원하는 결과를 얻어내는 사람이 표절자인 것은 알고 있다. 내면의 움직임을 전달하고 그대에게 만족스러운 결과를 주는 문체는 존재한다. 하지만 차를 끌고 가겠다는 목적으로 설치다가 차체를 파손시킬 수도 있는 것이다. 마치 나귀에게 짐을 너무 많이 실어 나귀를 죽게 만드는 것과 같은 상황이다. 얼마만큼의 양을 감당할 수 있는지 잘 측정하여 그만큼의 일을 수행하도록 하면 이전에 했던 것보다 일을 더욱 잘 할 것이다. 나는 규정에 어긋나는 글쓰기를 한 사람을 퇴출시키려 한다. 그는 제멋대로 규정을 만들어내면서 정해진 규정은 어설프게 따르는 척했기 때문이다.

• • •

　자유가 사람으로서 아름다울 자유를 의미할 때, 자유를 누리는다는 건 창고에서 약탈하는 것과 같다. 물론 잠든 창고는 아무 소용이 없다. 그건 훌륭하게 틀이 잡힌 아름다움이나 절대 빛에 노출시키지 않을 아름다움이다. 곡식이 차곡차곡 쌓여 있는 곳간을 만드는 건 훌륭한 일이다. 그러나 그대가 겨울에 곡식들을 퍼서 나눠주지 않는 한 쌓인 곡식은 의미가 없다. 곳간은 무언가를 채워 넣는 곳간 자체의 뜻과 반대되는 곳에 그 의미가 있다. 곳간은 무언가를 들이는 장소가 아닌 무언가를 나오게 하는 장소다. 엉뚱한 언어만이 곳간이 갖는 진정한 의미의 반대어를 만들어낸다. 들이니, 내보내니 하는 단어들은 서로 아옹다옹 주고받는 말장난에 불과하다. 그럴 때는 아니라고 하면 그만이다.

　"이 곳간은 곡식을 들이는 곳이다."라는 말에 다른 논리학자는 "이 곳간은 곡식을 내보내는 곳이다."라는 합리적인 설명으로 응수할 것이다. 이럴 때 그대는 말의 허황된 기운을 다스리고 모순을 잠재우며 '곳간은 곡식들이 잠시 머물렀다 가는 기항지 같은 곳이다.' 라고 곳간의 뜻을 바로잡아 주어야 한다.

내가 가진 자유라는 것은 오직 구속이 만들어낸 결과물을 사용하는 것뿐이다. 구속만이 해방될 가치를 만들어내는 힘을 갖고 있다. 자백을 거부하고 압제자와 간수들의 명령에 저항한 까닭으로 고문을 받다 해방된 자는 자유로운 존재라고 할 수 있다. 통속적인 열정에 저항하는 자 또한 자유로운 존재라고 할 수 있다. 주변의 모든 유혹에 노예가 된 자를 두고 자유로운 존재라고 볼 수는 없지 않은가? 저들은 이를 자유라고 부르지만 유혹에 끌려 노예가 될 자유도 자유라고 볼 수 있는지 모르겠다.

• • •

만일 내가 사람을 만든다면 나는 그를 사람이 되는 길로 인도할 것이며, 만일 내가 시인을 만든다면 나는 그를 시가 있는 곳으로 인도할 것이고, 만일 내가 그대를 대천사장으로 만든다면 나는 그대를 가볍게 내뱉어지는 말의 세계와 무희의 스텝처럼 어디로 향할지 모르는 춤의 세계로 인도할 것이다.

103

사형수를 지키는 간수는 기하학자들이 잘 모르는 인간에 대해 더 깊은 지식을 갖고 있다. 그대는 사람들을 움직이고 이들을 판단할 것이다. 내 제국도 그와 같다. 장군과 간수들 사이라면 내가 망설일 수도 있겠지만 간수와 기하학자들 사이라면 나는 망설이지 않는다.

• • •

사실 이는 진가를 아냐의 문제도 '진리를 알아내는' 지혜와 '진가를 일아내는' 기술을 혼동하느냐의 문제도 아니다. 그렇다. 이는 진가를 알게 해주는 진리의 문제인 것이다. 하지만 춤을 추거나 죄수를 감시할 줄 알기에 과거에는 간단히 가늠

할 수 있었던 복잡하고 추상적인 진리를 이제는 힘겹게 알아
내게 될 것이다. 사실 죄수는 아이들과 같다. 사람도 마찬가지
다.

104

저들은 아버지를 귀찮게 굴었다.

"사람들을 지배하는 건 우리의 몫입니다. 우리는 진리에 대해 알고 있습니다."

제국의 기하학자들은 이렇게 말했다. 아버지께서는 이들에게 다음과 같이 대답하셨다.

"그대들은 기하학자들의 진리를 알고 있는 것이다."

"그게 진리가 아니란 말씀입니까?"

"그건 진리가 아니다."

• • •

아버지께서는 내게 말씀하셨다.

"저들은 삼각형의 진리를 알고 있고, 다른 이들은 빵의 진리를 알고 있다. 만일 네가 반죽을 잘 못하면 빵은 부풀지 않는다. 오븐이 너무 뜨거우면 빵은 타버리기 일쑤이다. 저들의 손에서 바삭바삭한 빵이 나오더라도 입안을 즐겁게 해주는 빵이 나오더라도 빵 반죽을 하는 이들은 내게 와서 제국의 통치권을 요구하지는 않는다."

"기하학자들에 관해서는 아버지의 말씀이 옳을지도 모릅니다. 하지만 역사학자들과 비평가들도 있지 않습니까? 이들은 사람들의 행위를 입증해 주었습니다. 이들은 사람에 대해 알고 있습니다."

"나는 악마를 믿는 자에게 제국의 통치권을 줄 것이니라. 제국이 완성되는 동안 악마는 인간들의 어두운 면모에 대해 깨우치도록 해주었기 때문이다. 물론 사람과 사람 사이 인연의 끈에 있어 악마는 아무런 일도 하지 않았다. 내가 기하학자들에게 기대를 하지 않는 이유도 여기에 있느니라. 기하학자들은 내게 삼각형 속에서 악마를 보여준다. 저들의 삼각형에서 그 어느 것도 인간을 지도하는 데에 도움을 주지 못한다."

"생각이 비관적이십니다. 그러니까 아버지 말씀은 악마를

믿는다는 겁니까?"

"아니다."

아버지는 이어서 설명했다.

"믿는다는 건 무엇을 의미하느냐? 만일 내가 보리를 익어가게 하는 것이 여름이라고 믿는다면 나는 무엇이 비옥한 것이며 무엇이 문제점인지 아무것도 이야기할 수가 없다. 우선 나는 여름이 보리가 익어가는 계절이라고 딱 꼬집어서 말했기 때문이다. 보리가 익는 데에는 다른 계절들도 마찬가지로 작용을 한다. 보리가 귀리보다 먼저 익는 것을 알듯 계절 사이의 연관 관계를 도출해 낸다면 나는 이들 관계를 믿을 것이다. 이들 관계가 존재하기 때문이다. 서로 이어진 대상 따위는 내게 중요하지 않다. 나는 먹잇감을 잡기 위한 그물 같은 역할을 했던 것이다. 이것은 석상과도 같은 것이다.

창조주의 입과 코와 턱의 묘사를 짐작할 수 있겠느냐? 물론 못하겠지. 하지만 이런저런 대상에 대한 여러 평판은 인간에게 고통이 된다. 게다가 네게까지 그 평판이 들려올 수 있는데 네가 대상과 소통하는 게 아닌, 이들을 엮어주는 매듭과 소통하기 때문이다. 미개한 자는 소리가 북에서 나온다고 믿는다.

하여 그는 북을 좋아한다. 또 어떤 이는 소리가 북채에서 나온
다고 믿는다. 하여 그는 북채를 좋아한다. 마지막으로 어떤 이
는 소리가 팔이 가진 힘에서 나온다고 믿는다. 하여 그는 공중
에 팔을 들어 올려 거들먹거린다. 하지만 너는 소리가 북에 있
는 것도 북채에 있는 것도 고수의 팔에 있는 것도 아님을 알고
있다. 네가 진리라 명하는 것은 '북치는 사람의 북치는 행위'
이다.

따라서 나는 기하학자들이 제국의 머리 꼭대기에 있는 것을
거부한다. 이들은 건축에나 소용되던 것을, 사원을 움직이는
데에나 쓸모 있던 가치를 높이 떠받들 것이며, 돌 속에 담긴
자신들의 힘을 좋아라 할 것이다. 그들은 삼각형을 위한 진리
를 가지고 사람들을 다스려 보겠다고 날 찾아온 것이다."

• • •

나는 문득 서글퍼졌다.
"그러면 진리란 없는 거군요."
아버지께서는 미소를 지으시며 다음과 같이 설명해 주셨다.

"어떤 답변이 거부된 것에 대해 어느 정도로 지식을 동원할 수 있는지 내게 설명해 준다면 나는 우리 앞을 가로막는 장애물들을 보며 애석함을 금치 못할 것이다. 하지만 네가 어떤 대상을 잘 알아듣게끔 설명해 준다 해도 나는 그 대상을 머릿속에 떠올리지 않는다. 연애편지를 읽는 사람은 이 편지가 어떤 종이나 잉크로 쓰였든지 간에 상관없이 충만한 기쁨을 느낀다. 종이나 잉크에서 사랑을 찾으려들지 않기 때문이다."

108

잠이 든 보초병에게 가보았다. 이자는 사형에 처해야 마땅하다. 수많은 사람들이 보초병의 경계에 의지한 채 새근새근 잠을 자고 있는 것이니 말이다. 삶이 그대를 살찌우고 존속될 때 인적 없는 바닷가에서 호흡하듯 밀물이 들어오는 것처럼 사람들은 새근새근 잠이 들었다.

수많은 땀방울과 가위질, 망치질, 멀리서 끌어온 돌들, 값진 천에 아름답게 수놓느라 피로해진 눈, 정성스러운 손놀림으로 정교하게 놓은 자수 등등 문이 닫힌 사원에는 꿀벌이 꿀을 모으듯 서서히 모인 사제의 재산이 있다. 곳간에는 식량이 비축되어 있어 겨울나기가 수월할 것이다. 지혜의 창고에 있는 성전(聖典)은 사람을 든든하게 만들어준다. 몸이 아픈 자들은 저들의 관습대로 편안한 죽음을 맞이하게 해주었고, 유산을

남기고 가기에 죽음은 거의 느껴지지도 않았다.

　보초병인 그대여, 연약한 도시를 지탱하고 약한 실체가 여실히 드러나지 않도록 막아주는 성벽이 존재하는 의미는 바로 그대에게 있다. 성벽에 군데군데 틈이 생기더라도 도시에는 상처가 생기지 않기 때문이다. 사방을 오고 가는 그대는 우선 사막의 뜬소문과 맞닥뜨리게 된다. 단단히 무장하고 파도 밀려오듯 꾸준히 그대에게 닿는 소문은 그대를 뒤흔들어 놓기도 하고 그대를 위협하는 동시에 강인하게 만들기도 한다.

　그대를 휩쓸어가는 것과 그대의 기반을 다져주는 것 사이를 혼동해서는 안 된다. 바람은 모래언덕을 빚어놓음과 동시에 이를 없애주기도 하는 존재가 아니던가? 마찬가지로 파도는 해안 절벽을 조각해 놓기도 하고 이를 허물어뜨리기도 한다. 속박은 그대의 영혼을 빚어놓기도 하지만 그대의 영혼을 바보로 만들어놓기도 하고 일은 그대에게 활기를 불어넣어 주기도 하지만 그대의 삶을 마비시키기도 한다. 어딘가 비어 있는 사랑은 그대의 빈 곳을 채워주기도 하지만 그대의 마음을 허전하게 만들기도 한다. 그대의 적은 그대의 형태를 만들어주는 존재다. 그대가 쌓아 올린 성벽 내면에서 그대를 보다 강인한 존재로 성장하게끔 만들기 때문이다.

같은 맥락에서 바다는 배의 적이 된다. 바다는 한입에 배를 삼켜버릴 준비가 되어 있고 배는 바다의 위협에도 안간힘을 쓰며 앞으로 나아가기 때문이다. 그런데 바다는 배의 벽이자 한계이면서도 동시에 배 자체를 만들어주는 존재이기도 하다. 세대에서 세대를 거치며 파도가 숱하게 선수재에 부딪히면서 배의 밑면을 항해하기 좋은 구조로 길들였고 배는 더욱 아름답게 가꿔졌다. 돛을 찢어놓는 바람 또한 마찬가지다. 기체의 날개가 지금의 형태로 설계된 건 바람 덕분이듯, 배의 돛 또한 바람의 영향으로 그와 같이 설계될 수 있었다. 적이 없으면 그대는 형태를 만들어갈 수도 척도를 가늠해 갈 수도 없다. 그리고 보초병이 없다면 성벽이 다 무슨 소용이겠는가?

따라서 잠든 보초병은 도시를 알몸의 상태로 만든다. 알몸 상태의 도시가 발각되면 도시는 점령당하고 만다. 도시 전체가 숙면에 빠졌기 때문이다.

보초병은 평평한 돌에다 머리를 기대고 입을 반쯤 벌린 채 잠을 자고 있었다. 그는 어린아이와 같은 얼굴을 하고 어린아이가 장난감을 꼭 껴안고 자듯이 총을 꼭 껴안고 있었다. 그

모습을 바라보니 동정심이 일었다. 뜨거운 밤 무능한 모습의 인간에게 연민이 생겨났기 때문이다.

무능한 보초병들이여, 미개함이 그대들을 잠들게 했다. 사막에 압도된 그대들은 허술한 문들이 기름칠 된 경첩 위에서 조용히 돌아가도록 방치했다. 그리하여 지친 도시는 풍요로운 상태가 되었다.

전방을 지키던 파수꾼이 잠들었다. 도시는 이미 정복된 것이나 다름없다. 더 이상 도시가 아니기에 그대가 잠을 잔 게 아니던가. 긴밀하고 영속적인 도시지만 도시는 탈피를 꿈꾸고 있다. 그리고 그대에게 씨앗을 내밀어 보이고 있는 것이다.

• • •

그대가 잠시 방심하고 잠을 잔 사이 패망한 도시의 모습이 그려졌다. 모든 것이 그대를 통해 엮여 있던 것인데, 이 모든 게 그대 때문에 풀려버렸기 때문이다. 도시의 눈과 귀였던 그대가 불침번을 서는 모습은 얼마나 아름다운가. 도시를 포용하는 그대의 모습은 고귀하다. 그대의 단순한 애정은 논리학자들의 지성보다 우세하다. 저들은 도시를 감싸안는 것이 아니라 이를 분해하는 존재들이다. 저들은 도시를 그저 이곳은 감옥, 이곳은 병원, 저곳은 친구들의 집이라는 식으로밖에 보지 못한다. 저들은 집마저 분해하고 만다. 여기는 방이 하나, 저기는 또 다른 방이 하나, 이런 식으로 보고 마는 것이다. 어디 방뿐이겠는가. 방에 있는 물건들도 마찬가지다. 여기에는 이런 물건이 있고, 저기에는 저런 물건이 있다고 보는 것이다. 그리고 저들은 물건 자체도 없애버리고 만다. 펼쳐진 재료들을 가지고 무언가를 세울 능력이 없는 이들이 무엇을 만들 수 있겠는가?

하지만 보초병인 그대가 불침번을 서면, 그대는 별들에게 인도된 도시와 관계를 맺고 있는 것이다. 이 집도 저 집도 이 병원도 이 왕궁도 아닌 바로 이 도시와 관계를 맺고 있는 것이

다. 죽어가는 이의 신음도 해산하는 여자의 비명도 사랑의 한 탄도 갓난아기의 호소도 아닌 일체된 도시의 다양한 숨소리를 품고 있는, 다름 아닌 이 도시와 연관되어 있는 것이다. 경계를 서는 보초병도 졸고 있는 보초병도 어떤 이의 고민도 열기와 졸음이 뒤섞인 복합체도 은하수에서 재처럼 부서져 나온 별빛 아래 불빛도 바로 이 도시와 관계를 맺고 있는 것이다.

보초병이여, 사랑하는 연인의 가슴의 소리를 들어보라. 휴식의 소리와 다양한 숨소리를 들어보라. 귀를 기울이고 싶을 때에는 잘라서 듣지 않는 게 중요하다. 이는 다름 아닌 심장이 뛰고 있는 소리이기 때문이다.

• • •

보초병이여, 그대가 불침번을 설 때 그대는 내 분신이나 다름없다. 도시는 그대에게 의지하고 있고, 제국은 도시에게 의지하고 있기 때문이다. 내가 지나가면 그대는 무릎을 꿇는다. 그게 순리이기 때문이다. 나무의 수액도 뿌리에서 잎으로 올라가지 않던가. 그대의 존경심이 내게로 올라오는 건 당연한 일이다. 제국에서 피의 흐름은 이런 순환경로를 통하게 되어 있다. 남편의 사랑은 아내에게로 향하고 어미의 젖은 아이에게 향하며 젊은이는 노인을 공경하고 그대는 나를 존경한다. 여기에서 그대는 누군가에게 무엇을 받는 관계라고 말할 수 있겠는가? 우선 내가 먼저 그대를 섬기고 있으니 말이다.

그러므로 그대가 총에 기대어 있는 모습을 보고 그대를 신의 품에 안긴 내 분신이라고 하는 것이다. 머릿돌과 주춧돌을 구분할 수 있는 자 그 누구며, 이 사람 저 사람 시기하는 모습을 보일 수 있는 자 그 누구인가? 그러므로 내가 사람을 시켜 그대를 잡아들이라고 하지 못할 것도 없는데, 그대를 보고 내 심장이 사랑으로 두근거리는 것이다.

그대는 잠을 자고 있다. 보초병인 그대가 잠이 들었다. 보초병은 죽고 없다. 나는 그대를 거북한 눈길로 바라본다. 그대와 더불어 내 제국이 잠들어 죽었기 때문이다. 자고 있는 보초병이라는 신호는 좋은 것이 아니다.

'사형집행인이 제 소임으로써 이자를 영면에 들게 할 수도 있겠지.'

하지만 연민에 젖어든 가운데 예기치 못했던 문제가 떠올랐

333

다. 오직 강성한 제국만이 잠든 보초병의 머리를 벨 수 있는데 잠자는 보초병밖에 내보내지 않는 제국은 그 누구의 머리를 벨 권리도 갖고 있지 않기 때문이다. 엄격함은 잘 활용할 줄 알아야 한다. 잠든 보초병들의 머리를 베어버린다고 해서 제국을 깨어 있는 상태로 만들 수 있는 건 아니다. 제국이 깨어 있는 상태일 때 잠든 보초병들이 참수형에 처해지는 것이다. 여기에서 그대는 원인과 결과를 혼동하고 있다.

강성한 제국들이 잠든 보초병들의 머리를 베는 것을 보고 그대는 처형을 통해 그대의 힘을 더욱 키우고 싶어 한다. 그렇다면 그대는 피비린내 나는 어릿광대에 지나지 않는다.

사랑을 만들라. 보초병이 경계심을 늦추지 않도록 만들고 잠든 보초병들을 벌하라. 잠든 보초병들은 제국으로부터 떨어져 나간 상태다.

● ● ●

그대를 감시하는 하사의 규율 외에는 그대를 다스릴 규율이 없다. 하사가 스스로 의심할 경우 하사는 감시하는 중사의 규율 외에 지켜야 할 것이 없다. 그리고 중사에게는 감시하는 대장의 규율만이 있을 뿐이다. 나를 다스림에 있어 신의 계율 이외에 아무것도 없는 나는, 의심을 품고서는 사막으로 제대로 나아가지 못할 것이다.

　나는 그대에게 비밀을 말해 주고 싶다. 바로 영속성의 비결이다. 만일 그대가 잠을 자면 그대의 삶은 중단된다. 또 마음의 빛이 사라지는 때가 찾아와도 그대의 삶은 중단된다. 그대 주변에서는 아무것도 변하지 않았으나 그대 안에서는 모든 게 변했기 때문이다. 도시 앞에서 보초를 서고 있는 그대는 사랑하는 그녀의 심장 박동을 들을 수 없게 됐다. 그녀의 심장 뛰는 소리를 듣고 그대는 숨이 멈춘 것인지 뛰고 있는 것인지 구분하지 않았다. 모든 게 하나밖에 없는 그녀에게서 비롯된 신호일 뿐이니까. 그대는 어떻게 손 써야할지 모를, 뒤죽박죽 섞여 있는 물건 틈바구니에서 갈 길을 잃어버린 상태로 제각각 울려 퍼지는 야상곡의 지배를 받고 있다. 환자의 신음소리에 아랑곳하지 않는 취객의 노래와 갓난아기의 울음에도 아랑곳하지 않는 망자의 한탄과 시장의 북적거림에 아랑곳하지 않는 사원의 지배를 받고 있다. 그대는 '이렇게 무질서한 상

황과 일관성 없는 연극을 가지고 내가 무엇을 만들어내야 하는 것인가?'라고 생각한다. 만일 그대가 여기에 나무가 있다는 사실을 알지 못한다면 뿌리와 줄기, 가지, 잎사귀 등의 존재 또한 가늠할 수 없게 된다.

그대를 받아줄 사람이 없는 상황에서 어떻게 한결같은 마음을 지킬 것인가? 만일 그대가 사랑하는 이가 아파서 그 곁을 지키고 있는 상황이라면 결코 잠들지 않을 것임을 알고 있다. 하지만 이젠 그대가 사랑했던 존재가 사라져버렸고 뒤죽박죽 엉망이 되어버렸다.

모든 걸 엮어주는 신의 매듭이 풀렸기 때문이다.

• • •

나는 그대가 스스로에게 충실한 사람이길 바란다. 그대가 다시 돌아올 것을 알기 때문이다. 이해하라는 요구도 매 순간 꿰뚫어 보라는 요구도 하지 않는다. 지극히 도취된 사랑에는 무수한 공허함의 순간들이 배어 있음을 잘 알기 때문이다. 사랑하는 여인 앞에서 그대는 이런 생각을 할 것이다.

'그녀의 얼굴은 그저 하나의 얼굴에 지나지 않는다. 딱히 내가 좋아할 이유가 없는 얼굴이다. 그녀는 이런 목소리를 지녔다. 여기서는 이런 바보 같은 말을 했다. 여기에서는 이런 실수를 저질렀다.'

그녀는 하나하나 분해되는 요소들을 합쳐놓은 존재일 뿐이고, 개별요소의 합체인 그녀는 그대에게 애정을 키워갈 수 없게 된다. 그리고 그대는 그녀를 싫어하는 게 아닐까 하고 생각을 할 것이다. 그대는 정녕 그녀를 싫어할 수 있는가? 그대는 그녀를 사랑할 수조차 없는 사람이다.

그대가 입을 다물고 있는 까닭은 단지 졸음의 문제임을 어렴풋이 알고 있다. 지금 이 순간 여인에게서 진실인 것은 그대가 읽고 있는 시에서도 진실이고 여러 유기체들이 모여 있는 하나의 구역에서도 진실이고 제국에서도 진실이다. 그대에게는 젖을 빨 힘도 모든 걸 엮어주는 신의 매듭을 발견할 힘도 부족하다. 이 힘이 곧 사랑이 되고 앎이 되는 것인데 말이다.

잠든 보초병이여, 그대는 개별적으로 다가오는 게 아닌 전체로 다가오는 조공의 의무와 같이 그대의 사랑을 되찾게 될 것이다. 바람을 피운 것이 지겨워질 때쯤이면 그대 안에서 이

집이 버려진 채로 있었다는 걸 고려하는 게 좋을 것이다.

순찰길로 향하는 모든 보초병들이 열정적일 거라고는 생각하지 않는다. 이들 가운데 다수는 지겨워하며 따뜻한 수프의 온기를 그리워할 것이다. 그대 안에는 온갖 잡신이 다 깃들어 있고 그대에게 배를 불렸으면 좋겠다는 동물적 신호를 보내기도 하며 지겨움을 느끼는 자는 무언가를 먹을 생각을 하기 때문이다. 모든 보초병들의 영혼이 깨어 있을 거라고는 생각하지 않는다.

내가 영혼이라고 하는 것은 모든 걸 엮어주는 신의 매듭이 되는 전체와 소통하고 내 앞에 들이닥친 벽을 우습게 여기는 것이다. 그런데 이따금씩 저들 가운데 하나의 영혼이 불타오르는 때가 있다. 하나일지언정 그 심장이 뛰고 있는 것이다. 하나일지언정 이 영혼은 사랑이 뭔지 알고 있고, 도시에서 들려오는 소리와 도시의 비중으로 스스로가 채워지는 듯한 느낌을 받는다. 하나일지언정 이 영혼은 스스로를 포괄적인 존재로 여기게 되고, 별을 들이마시며 마치 바다의 노랫소리로 가득 찬 소라처럼 지평선을 한가득 담고 있는 존재가 된다.

언젠가 그대에게도 이 같은 경험을 할 날이 온다면 그걸로 충분하다. 그렇게 한 사람으로서 존재한다는 충만함을 느끼면 그걸로 된 것이다. 그리고 그대가 이 경험을 받아들일 마음의 채비가 되었다면 그걸로 족하다. 사실 졸음이나 허기, 욕구 등이 이따금씩 찾아오지 않던가. 그대의 회의감은 오직 순수함의 발현일 뿐이고 나는 그대를 진심으로 위로해 주고 싶었다.

그대가 조각가라면 얼굴이 의미하는 바를 깨달을 날이 올 것이요, 그대가 사제라면 신의 의미를 깨달을 날이 올 것이며, 그대가 사랑을 하는 연인이라면 사랑의 의미를 깨달을 날이 올 것이고, 그대가 보초병이라면 제국의 의미를 깨달을 날이 올 것이다. 그대가 한결같은 마음을 지키며 그대의 집이 버려진 것 같더라도 집을 청소한다면 그대 마음의 유일한 양식이 될 그 무언가를 깨달을 날이 올 것이다.

그대는 이런 깨달음의 때가 언제 찾아올지 모른다. 중요한 건 오직 깨달음을 얻는 것만이 유일하게 그대의 빈 곳을 채워 줄 수 있다는 점이다.

그리하여 나는 기적적으로 시가 그대를 불태울 수 있도록 암울한 연구의 시간을 통해 지금의 그대를 일궈놓은 것이다. 그리고 제국이 그대를 가슴에 품을 수 있도록 제국의 의식과

관습을 통해 그대를 일궈놓은 것이기도 하다. 그대가 준비된 상태가 아니라면 아무것도 줄 수가 없다. 무릇 무언가의 방문이 이루어지려면 일단 방문을 맞아들일 집이 필요한 법이기 때문이다.

· · ·

뜨거운 밤, 회의감과 지겨움에 성벽을 따라 걸으며, 침묵의 도시에서 들려오는 소리에 귀를 기울이며, 활기 없는 집합체에 불과한 사람들 거처를 감시하며, 아무도 없는 사막의 공기를 마시며, 사랑하지 않으면서 사랑하려 노력하고, 믿지 않으면서 믿으려 노력하며, 충실할 대상이 없음에도 충실하려 노력하며, 그대는 보초병이 깨어날 때를 준비한다. 이는 가끔 사랑이 주는 보상이자 선물이 될 것이다.

충실해야 할 대상이 보일 때, 스스로에게 충실해지는 건 어려운 일이 아니나. 나는 그대의 기억이 매 순간을 되살려주길 바란다. 그리고 그대가 "내 집에 손님이 찾아올 수도 있으니, 나는 손님을 맞이하도록 깨끗하게 청소할 것이다."라고 말했으면 좋겠다.

내가 구속하는 이유는 그대를 도와주기 위해서다. 나는 사제들에게 희생을 강요한다. 비록 이 희생이 더 이상 의미 없는 일일지라도 말이다. 조각가들에게는 조각할 것을 강요한다. 비록 저들 스스로 의심할지라도 말이다. 보초병들에게는 사형에 처할 위험을 무릅쓰고 분주히 오가며 보초를 설 것을 강요한다. 그렇게 하지 않으면 저들은 스스로 죽음을 자초해 제국과 단절된 것이나 다름없다.

나는 엄히 다스림으로써 저들을 구제하고 있는 것이다.

• • •

엄숙한 초소에서 출정 준비를 하고 있는 자도 마찬가지다. 나는 이자를 적진 너머로 정찰을 보냈다. 이자는 그로 인해 목숨을 잃게 될 것을 잘 알고 있다. 적들은 지금 불을 켜고 있는 상황이기 때문이다. 사람들이 성채의 비밀을 캐기 위해 고래고래 소리 지르며 극심한 고문을 가할 거라고 생각한 그는 두려웠다.

341

물론 순간적인 사랑에 사로잡혀 기뻐하는 사람들도 있기 마련이다. 결혼 자체만을 즐겁다고 생각하여 결혼하는 사람들도 있다. 첫날밤 아내를 품에 안는 게 단순히 아내의 몸을 정복한 것에 지나지 않는다고 생각하지 않던가. 어찌 보면 아내와의 첫날밤이 홍등가의 천편일률적인 여자들 가운데 하나를 품에 안았던 기억과 별반 다르지 않다고 생각할 수도 있다.

그러나 결혼한 상황에서는 모든 것의 의미와 색깔이 변한 상태임을 잊지 마라. 결혼을 하고 나면 집으로 돌아갈 때의 기분도 달라지고 아침에 눈뜰 때 느껴지는 책임감도 달라진다. 이제 내 어깨 위에는 아이들의 기대가 올려져 있으며 나는 아이들에게 기도하는 법을 가르쳐주는 사람이 된다. 심지어 주전자 하나도 그 의미가 달라지는 법이다. 아내와 사랑을 나누기 전, 단순한 이 주전자는 차의 의미를 갖게 된다. 아내가 그대의 집으로 들어오는 순간, 그대의 양모 카펫은 아내의 발길이 닿기 위한 초원으로 변한다. 그대에게서 생겨난 새로운 변화가 그대의 세상에서 새 의미로 자리매김하게 되며 이 가운데 닳아 없어지는 건 별로 없다. 그대의 내면을 채워주는 건 그대가 받은 물건도 아니요, 그대의 손으로 어루만지는 육신도 아니다. 이런저런 이점을 누리게 됨으로써 그대의 내면이 채워지는 것도 아니다. 모든 걸 엮어주는 신의 매듭이 그 성질을 달리해 줌으로써 그대의 내면이 채워지는 것이다.

• • •

임종의 순간 망자의 옷으로 치장을 하는 이자 또한 마찬가지다. 현재로서 그는 아무것도 받지 못할 존재로 느껴진다. 그에게는 사람을 쓰다듬는 사소한 행위조차 허용되지 않는다. 외려 그에게는 뙤약볕 속에서의 갈증, 이를 악물게 하는 모래바람, 가슴속에 비밀을 꾹꾹 담아놓은 사람들만 허용되었다. 영면에 들어가기 위해 망자의 옷으로 치장을 하는 이자는 어떤 죄목으로 내가 교수형에 처했던 누군가가 무자비한 도형수에게 온몸으로 맞서 싸우듯 처절하게 자신의 절망감을 호소해야 될 것만 같다. 하지만 이자에게는 평온함이 깃들어 있다. 이자는 침착한 시선으로 그대를 바라보며 근위병의 애정 어리나 무뚝뚝한 농담에 응수하는 여유를 보이기도 한다. 이자에게서 허풍 따위는 느껴지지 않으며 시답잖은 위용이나

죽음에 대한 멸시나 냉소적 분위기도 내비치지 않고, 그 비슷한 행동조차 하지 않는다. 이자는 그저 잔잔한 물과 같이 투명하게, 다소 슬퍼 보이기는 했어도 스스로가 품은 애정 이외에는 그 무엇도 숨기지 않고 있었다. 그 이유는 나중에 알게 될 것이다.

하지만 교수대에 오르면서도 두려움에 떨지 않는 이자에게 맞설, 죽음보다 우세한 무기가 무엇인지 나는 알고 있다. 아킬레스건이 될 만한 게 너무나도 많기에, 이자가 마음속으로 신성시 여기는 것들 모두가 그에게 영향을 미칠 수 있다. 단순한 질투심이 제국에도 영향을 주고 사물의 의미에도 영향을 주며 집으로 돌아가는 기분에도 영향을 미친다면, 이러한 질투심은 고요한 삶, 현명한 삶, 금욕적인 삶의 아름다운 이미지를 대체 어디까지 훼손시키는 것인가? 그대는 그에게서 모든 걸 빼앗아올 수 있다. 사랑했던 여인뿐 아니라 집과 포도밭 그리고 보리밭에서 시끌벅적하게 수확하던 즐거움 등 그가 모든 걸 신에게 바치려고 했기 때문이다. 그는 추수라든가 수확이라든가 포도밭 아니라 태양빛도 바치려 했으며 심지어 그의 여인도 바치려 했다. 그대는 훼손된 흔적 하나 없는 수많은 보물들을 포기하고 가는 한 남자를 발견할 수 있을 것이다. 사랑하는 여인의 미소를 빼앗는 것만으로도 충분히 그 사람을 실성한 사람으로 만들 수 있다.

이쯤에서 그대는 굉장한 수수께끼 하나를 접하게 되지 않는가? 바로 그대와 그 사이를 연결시켜 주는 것은 그가 가진 물건이 아니라 모든 걸 엮어주는 신의 매듭으로부터 그가 끌어내는 의미라는 점이다. 그리고 그는 그가 자양분을 받아낼 수 있었던 대상이 파괴되는 것보다는 자신이 파괴되는 걸 선호했다는 점이다. 여기에는 하나의 존재에서 다른 존재로의 흐름이 있다.

바다를 자신의 소명으로 여기고 사는 사람은 난파로 인한 죽음까지도 불사한다. 물론 난파 상황에 처하게 되면 덫에 걸린 동물이 발버둥치듯 그도 동요할 것이다. 하지만 이 사람은 그런 감정의 동요는 개의치 않는다. 이미 이를 예상했고 받아들인다. 오히려 언젠가 자신은 바다에서 죽게 되리라는 확신이 그에게 기쁨을 안겨다 준다. 잔인한 죽음이 자신들을 기다리고 있다며 불평하는 소리를 하더라도.

나는 여자들을 꼬이기 위한 허풍과는 다른, 사랑에 대한 은

근한 바람과 수줍게 고백하는 사랑의 밀어를 듣고 싶다.

• • •

다른 어디라도 마찬가지겠지만 스스로를 표현할 수 있게
하는 언어는 없다. 사랑이 꽃필 때라면 그대는 '그녀'라는 단
어만으로 (삶의 의미이자 신의 매듭을 의미하는) 그대의 기분을 두둥실
떠오르기에 충분한 존재임을 표현할 수 있다. 그리고 그대가
그토록 기분이 좋은 건 바로 그 방식으로 소통하기 때문이다.
그녀는 갑자기 너무나도 커다란 존재가 되어 영혼에 바다의
소라와 같은 울림을 만들어낸다. 아마도 '제국'이라는 말을
던졌을 때, 그대는 단지 단어 한 마디 던진 것일 뿐이며 이 말
이 곧이곧대로 이해될 거라고 생각할 수 있다. 그대의 직관대
로 주변의 모두가 그렇게 이해한다면 말이다. 하지만 그 가운
데 제국을 단순한 하나의 총합체로만 여기며 그대를 비웃는
사람이 있다면 얘기는 달라진다. 그는 그대가 부속품 가게 하
나를 위해 목숨을 내놓는 것에 대해 그대를 가련하게 여길 것
이다.

여기에는 실체에 더해지는 환영 같은 게 있어서 이것이 실체 자체를 지배하며, 또 그대의 지식을 벗어나는 것이더라도 그대의 영혼과 마음에는 확실한 것으로 여겨지기 때문이다. 이는 또한 논리적으로 이해가 가능한 (그러나 그대와 다른 사람들이 이를 견지하고 있다는 것밖에는 확신할 수가 없는) 무엇보다도 더 확실하게 그대를 지배하며, 행여 미친 사람 취급을 받거나 어리석은 모순에 휘둘려 환영을 보고 있는 게 아닐까 저어되어 그대의 입을 다물게 만든다.

모순은 제국의 실체가 무엇인지를 증명하려 하면서 제국을 파괴시킬 것이기 때문이다. 그대의 영혼에만 그렇게 보이고 다른 사람들의 눈에는 그렇게 안 보이는 상황에서, 그자에게 여기에서의 제국은 전적으로 다른 것이라고 어떻게 이해시킬 것인가?

나는 실체에 더해지는 환영들에 대해 종종 생각해 보았다. 이는 그대가 간절히 바라는 무언가일 뿐이나, 격동의 밤 좌절의 순간 속에서 습관처럼 바라던 것보다는 더 아름답게 나타난다. 하지만 신의 존재에 대해 회의감이 들 때면 신께서 그대를 찾아온 안내자의 모습으로 나타나길 희망한다. 하지만 그

대를 어디로도 데려가줄 수 없고, 외로움 속에 그대를 가둬둘 그대의 분신밖에는 만날 수 없을 것이다. 게다가 그대는 신의 위엄이 나타나길 바라는 게 아니라 시장판의 구경거리나 축제 따위를 기대하고 있다. 결국 그대는 시장판의 저속한 즐거움과 신에 대한 강한 환멸밖에는 느낄 수 없을 것이다. (그런 저속함에서 어떻게 증거를 찾아 보여줄 텐가?) 그리고 그대는 무언가가 그대가 있는 곳으로 내려와주길 바라며, 그대의 눈높이로 그대를 찾아와주길 바란다.

내가 신을 추구(追究)하는 것과 마찬가지로 그대의 바람은 결코 이뤄질 수 없을 것이다. 반대로 그대가 위로 올라가려는 노력을 하고 신의 매듭이 존재하는 곳으로 다가가려는 노력을 한다면 그대 앞에는 영혼의 제국이 열리고 마음과 영혼에만 보이는 환영이 그대의 마음을 사로잡을 것이다.

이렇게 되면 그대는 죽을 수도 없게 된다. 죽는다는 건 곧 잃는다는 것, 포기한다는 것을 의미하기 때문이다. 아니, 포기한다기보다는 그 안으로 그대가 섞여 들어가는 것이다. 그리고 그대의 모든 삶을 되돌려 받게 된다.

여러 생명을 구하기 위해 죽음까지 각오했던 그대는, 난파도 불사했던 그대는, 이를 잘 알고 있다.

그대에게는 참된 앎에 눈을 뜨고 죽음도 불사하며 죽어가는 사람들이 보일 것이다. 이들은 다른 어딘가에서 누군가가 웃음 지을 수 있도록 울부짖고 좌절하고 멸시당하길 마다하지 않는 존재들이다. 저들에게 그들이 틀렸다고 말해 보라. 그러면 저들은 웃을 것이다.

하지만 그대 잠든 보초병이여, 그대가 도시를 버렸기 때문이 아닌, 도시가 그대를 버렸기 때문에 잠이 든 보초병이여, 창백하게 질린 아이의 얼굴을 한 그대 앞에서 이제 제국이 깨어 있는 상태를 유지하지 못하는 건 건 아닌가하는 걱정이 밀려온다.

물론 도시의 노랫소리가 한가득 울리고 그대에게서 갈래갈래 나누어져 있던 것이 엮여 있는 상태임을 보고 나는 착각을 할 수도 있다. 그대는 성당의 양초처럼 곧은 자세로 기다리고 있어야 그대의 시간을 보상받을 수 있으며 순찰을 도는 그대의 발길이 세상의 중요함을 지키는 별빛 아래 환상적인 춤을 추는 스텝과 같이 느껴질 수 있을 것이다. 칠흑 같은 어둠 속에서 배들은 귀금속과 상아를 실은 짐을 하역하고 성벽 위 초

소에서 보초병인 그대는 제국의 성벽을 지키는 데 기여한다.

　어딘가에서 연인들이 차마 말문을 열지 못하고 입을 다물고 있을 것이며 서로를 바라보며 무언가 말하고 싶어할 것이다. 한 사람이 말을 하고 다른 한 사람이 눈을 감으면 우주가 뒤바뀌게 된다. 그대는 바로 이 침묵을 지켜주고 있는 것이다. 또 어딘가에서는 죽기 직전의 마지막 숨을 내쉬고 있는 이가 있을 것이다. 사람들은 죽어가는 이가 마음으로 내뱉는 말을 주워 담으려 몸을 숙이고 있고 그 말을 듣고 나면 이 말을 축복으로 여기며 영원토록 가슴속에 묻어두고 살아갈 것이다. 그대는 죽어가는 자의 말 한마디를 지켜주고 있는 것이다.

• • •

　보초병이여, 신이 그대의 영혼을 맑게 만들어 그대가 권리를 갖고 있는 이 드넓은 지역을 바라보게 만들었음에도 그대의 제국이 어디에서 멈추게 된 건지 모르겠다. 어떤 때는 그대도 잡일을 하며 툴툴거리면서 따뜻한 수프를 꿈꾸는 사람이 되기도 할 것이다. 이는 내게 별로 중요하지 않다. 그대는 응당 잠을 잘 수도 본분을 잊어버릴 수도 있다. 하지만 그대의 본분을 망각하고 집이 무너지는 걸 방치해 두는 건 옳지 않다.

지조라는 건 자신에게 충실함을 의미하기 때문이다.

나는 그대 하나만을 구하려는 게 아니다. 그대의 동료들 또한 구제해 주고 싶다. 하여 그대의 영혼에서 비롯되는 내면의 영속성을 얻어내려는 것이다. 멀리 길을 떠난다고 해서 내가 집을 파괴하지는 않는다. 내가 장미꽃 돌보기를 중단한다고 해서 장미꽃을 불태워 없애버리지 않는 것과 마찬가지다. 그렇게 있다 보면 장미꽃이 꽃을 피울 수 있도록 돌봐줄 새로운 누군가가 올 것이다.

• • •

그러므로 나는 병사들을 보내어 그대를 잡아들이게 할 생각이다. 그대는 사형에 처해질 것이며 이로 말미암아 잠든 보초병 또한 영원히 없어지게 될 것이다.

그대에게 남은 할 일이란 고문의 본보기가 되어 보초병들의 경계심을 만들어내는 일이다.

국립중앙도서관 출판시도서목록(CIP)

성채. 1 / 생텍쥐페리 지음 ; 배영란 옮김 ; 이림니키 그림. -- 고양
: 현대문화센타, 2010
    p. ;   cm

원표제: Citadelle
원저자명: Antoine de Saint-Exupe'ry
프랑스어 원작을 한국어로 번역
ISBN 978-89-7428-377-3 04860 : ₩12000
ISBN 978-89-7428-376-6(세트)

프랑스 소설 [--小說]

863-KDC5
843.912-DDC21   CIP2010003239

성채 1

초판 1쇄 인쇄 2010년 9월 10일
초판 1쇄 발행 2010년 9월 15일

지은이 | 생텍쥐페리
옮긴이 | 배영란
교 열 | 이현정
발행처 | 현대문화센타
발행인 | 양장목

출판등록 | 1992년 11월 19일
등록번호 | 제3-448호
주소 | 경기도 고양시 일산동구 백석동 1309
전화 | 031-907-9690~1 **팩스** | 031-813-0695
이메일 | hdpub@hanmail.net

ISBN 978-89-7428-377-3 (04860)
ISBN 978-89-7428-376-6 (전2권)

잘못 만들어진 책은 구입하신 서점에서 교환하여 드립니다.